SHERMAN ALEXIE
REGENMACHER

ERZÄHLUNGEN

Deutsch von Regina Rawlinson

GOLDMANN VERLAG

Die Originalausgabe erschien 1993 unter dem Titel
»The Lone Ranger and Tonto Fistfight in Heaven«
bei Atlantic Monthly Press, New York.

Umwelthinweis:
Alle bedruckten Materialien
dieses Taschenbuches sind chlorfrei
und umweltschonend.

Der Goldmann Verlag
ist ein Unternehmen der Verlagsgruppe Bertelsmann

Deutsche Erstausgabe Sept. 1996
Copyright © der Originalausgabe 1993
by Sherman Alexie
Copyright © der deutschsprachigen Ausgabe 1996
by Wilhelm Goldmann Verlag, München
Umschlaggestaltung: Design Team München
Satz: Uhl + Massopust, Aalen
Druck: Elsnerdruck, Berlin
Verlagsnummer: 42665
Redaktion: Ute Thiemann
T.T. · Herstellung: Stefan Hansen
Made in Germany
ISBN 3-442-42665-0

1 3 5 7 9 10 8 6 4 2

Für Bob, Dick, Mark und Ron

*Für Adrian, Joy, Leslie, Simon
und all die anderen indianischen Schriftsteller,
deren Worte und Musik
meine Texte möglich gemacht haben*

There's a little bit of magic in everything
and then some loss to even things out.
Lou Reed

I listen to the gunfire we cannot hear,
and begin this journey with the light of knowing
the root of my own furious love.
Joy Harjo

Inhalt

Jeder kleine Hurrikan 11

Eine Droge namens Tradition 22

Weil mein Vater immer gesagt hat, er sei
der einzige Indianer gewesen, der dabei
war, als Jimi Hendrix in Woodstock
»The Star-Spangled Banner« gespielt hat 35

Crazy-Horse-Träume 49

Die einzige Ampel im Reservat
zeigt nicht mehr rot 55

Rummelplatz 68

Was es bedeutet, Phoenix,
Arizona, zu sagen 73

Fun House 91

Ich wollte doch nur tanzen 98

Der Prozeß von Thomas Builds-the-Fire 108

Entfernungen 120

Jesu Christi Halbbruder lebt gesund und
munter im Spokane-Indianerreservat 127

Zug um Zug	151
Eine gute Geschichte	160
Das erste jährliche panindianische Hufeisenwerfen und Barbecue	166
Reservatsphantasien	170
Die ungefähre Größe meines Lieblingstumors	175
Indianische Erziehung	194
Der weiße Reiter und Tonto tragen im Himmel einen Faustkampf aus	204
Familienporträt	215
Jemand hat immerzu Powwow gesagt	223
Zeugen, geheime und nicht geheime	237
Textnachweise	251

Jeder kleine Hurrikan

―――

Obwohl es Winter war, obwohl der nächste Ozean vierhundert Meilen entfernt und der Stammesmeteorologe vor Langeweile eingeschlafen war, fiel 1976 ein Hurrikan vom Himmel und landete mit solcher Wucht auf dem Reservat der Spokane-Indianer, daß er Victor aus dem Bett und seinem neuesten Alptraum warf. Es war Januar, und Victor war neun Jahre alt. Er schlief in seinem Zimmer im Keller des HUD-Hauses, als es geschah. Seine Eltern waren oben und gaben die größte Silvesterparty der Stammesgeschichte, als der Wind auffrischte und der erste Baum umfiel.

»Verdammte Scheiße«, brüllte ein Indianer einen anderen an, und damit ging der Streit los. »Du bist eine Null, du bist ein wurmstichiger Apfel.«

Die beiden Indianer schrien sich quer durch das Zimmer an. Der eine war groß und dick, der andere klein, muskulös. Hoch- und Tiefdruckfronten.

Die Musik war so laut, daß Victor kaum hören konnte, wie der Streit der beiden Indianer zum Faustkampf ausartete. Bald waren keine Stimmen mehr zu hören, nur kehlige Geräusche, die Flüche hätten sein können oder splitterndes Holz. Dann brach die Musik so plötzlich ab, daß die Stille Victor angst machte.

»Was zum Teufel ist hier los?« brüllte Victors Vater, schnell und laut. Seine Stimme ließ die Wände des Hauses erzittern.

»Adolph und Arnold streiten sich mal wieder«, sagte Victors Mutter. Adolph und Arnold waren ihre Brüder, Victors Onkel. Sie stritten immer. Schon seit Urzeiten.

»Dann sag ihnen, sie sollen gefälligst aus meinem Haus verschwinden«, brüllte nun wieder Victors Vater, und die Phonstärke stieg an, bis sie der gespannten Stimmung im Haus entsprach.

»Sie sind schon draußen«, sagte Victors Mutter. »Sie prügeln sich im Hof.«

Als Victor das hörte, lief er zum Fenster. Er sah, wie seine Onkel mit solcher Kraft aufeinander einschlugen, daß sie sich lieben mußten. Fremde würden einander nie so weh tun wollen. Doch es war sonderbar still, als ob Victor eine Fernsehsendung mit abgedrehtem Ton sähe. Er hörte, wie die Gäste oben an die Fenster traten und auf die Veranda herauskamen, um sich den Kampf anzusehen.

Victor hatte ein paarmal in den Nachrichten gesehen, wie sich Verrückte während eines Hurrikans am Strand an Bäume fesselten. Diese Leute wollten die Kraft des Hurrikans aus nächster Nähe erleben, wie eine Fahrt mit der Achterbahn, aber die dünnen Seile gingen kaputt, und die Menschen gingen auch kaputt. Manchmal wurden sogar die Bäume aus der Erde gerissen und mitsamt den an sie gefesselten Menschen weggeweht.

Während er am Fenster stand und zusah, wie seine Onkel immer blutiger und müder wurden, band Victor die Kordel seiner Pyjamahose fester. Er ballte die Hände zu Fäusten und drückte sein Gesicht an die Scheibe.

»Die bringen sich um«, schrie jemand oben aus einem Fenster. Niemand widersprach, und niemand rührte sich vom

Fleck, um etwas dagegen zu tun. Zeugen. Sie alle waren Zeugen, mehr nicht. Seit Hunderten von Jahren waren die Indianer Zeugen von Verbrechen epischen Ausmaßes. Was Victors Onkel trieben, war nicht mehr als eine Ordnungswidrigkeit, die selbst dann noch eine Ordnungswidrigkeit bleiben würde, wenn einer von beiden starb. Daß ein Indianer den anderen umbrachte, entfesselte keinen besonderen Sturm. So ein kleiner Hurrikan lag in der Art. Er verdiente nicht einmal einen Namen.

Aber Adolph hatte Arnold bald überwältigt und versuchte ihn im Schnee zu ertränken. Victor sah zu, wie sein einer Onkel seinen anderen Onkel nach unten drückte, sah den von Haß und Liebe erfüllten Ausdruck auf dem Gesicht des einen Onkels, sah, wie sein anderer Onkel hilflos und voller Angst um sich schlug.

Dann war es vorbei.

Adolph ließ Arnold los, er half ihm sogar auf die Beine, und dann standen sie voreinander und sahen sich an. Sie fingen wieder an zu brüllen, unverständliches, unverständiges Zeug. Die Lautstärke schwoll an, als andere Stimmen von der Party einfielen. Victor konnte den Schweiß, den Whiskey und das Blut fast riechen.

Man stellte eine Schadensbilanz auf, man wog die Möglichkeiten ab. Würde der Kampf weitergehen? Würde er an Heftigkeit abnehmen, bis die beiden Onkel einander in verschiedenen Ecken stumm gegenüberhockten, erschöpft und verlegen? Konnten die Ärzte vom Indian Health Service die gebrochene Nase und die verstauchten Fußgelenke wieder richten?

Aber es gab noch andere Schmerzen. Victor wußte das. Er

stand am Fenster und betastete seinen Körper. Er hatte Muskelkater in den Beinen und im Rücken vom Schlittenfahren, und der Kopf tat ihm noch ein bißchen weh, wo er Anfang der Woche gegen eine Tür gelaufen war. Ein Backenzahn, der ein Loch hatte, pochte; in seiner Brust war es hohl und leer.

Victor wußte aus den Nachrichten, wie Städte aussahen, nachdem ein Hurrikan über sie hinweggezogen war. Plattgewalzte Häuser, in alle Himmelsrichtungen verstreute Sachen. Die Erinnerungen nicht zerstört, aber für immer verändert und beschädigt. Was ist schlimmer? Victor hätte gern gewußt, ob die Erinnerungen an seine eigenen Hurrikans besser werden würden, wenn er sie verändern könnte. Oder wenn er einfach alles vergaß. Victor hatte einmal ein Foto von einem Auto gesehen, das der Hurrikan hochgehoben und fünf Meilen mitgeschleppt hatte, bevor es auf ein Haus fiel. So erinnerte Victor sich an alles.

An Heiligabend, als Victor fünf war, weinte sein Vater, weil er kein Geld für Geschenke hatte. Sicher, sie hatten einen geschmückten Baum, ein paar Kugeln vom Trading Post, eine Kette mit bunten Lichtern und Familienfotos mit herausgestanzten Löchern am oberen Rand, die auf Zahnseide gefädelt waren und an den dünnen Zweigen hingen. Aber keine Geschenke. Nicht eines.

»Dafür haben wir uns«, sagte Victors Mutter, aber sie wußte, daß es bloß ein trockenes Aufsagen der Lektion aus den alten Weihnachtsfilmen war, die im Fernsehen liefen. Es war nicht echt. Victor sah zu, wie sein Vater große, ächzende Tränen weinte. Indianertränen.

Victor stellte sich vor, wie die Tränen seines Vaters in den strengen Reservatswintern gefroren und zersprangen, wenn sie auf den Boden fielen. Daß sie wie Millionen eisiger Messer durch die Luft schossen, jedes einzelne anders und schön. Jedes einzelne gefährlich und willkürlich.

Victor stellte sich vor, wie er eine leere Schachtel unter die Augen seines Vaters hielt und die Tränen auffing, daß er die Schachtel hielt, bis sie voll war. Victor würde sie in die Comicseite der Sonntagszeitung einwickeln und seiner Mutter schenken.

Erst in der vergangenen Woche hatte Victor im Schatten der Tür seines Vaters gestanden und zugesehen, wie der Mann seine Geldbörse aufmachte und den Kopf schüttelte. Leer. Victor sah zu, wie sein Vater die leere Geldbörse einsteckte, wieder herausholte und noch einmal öffnete. Immer noch leer. Victor sah zu, wie sein Vater diese Zeremonie ein ums andere Mal wiederholte, als ob die Wiederholung an sich eine Veränderung garantierte. Aber die Börse blieb leer.

Bei jedem dieser kleinen Stürme erhob sich Victors Mutter mit ihrer Medizin und ihrer Magie. Sie holte Luft aus leeren Schränken und backte Frybread. Sie schüttelte dicke Decken aus alten Halstüchern hervor. Sie flocht Victors Zöpfe zu Träumen.

In diesen Träumen saßen Victor und seine Eltern im Mother's Kitchen Restaurant in Spokane und warteten das Ende eines Unwetters ab. Regen und Blitze. Arbeitslosigkeit und Armut. Fertiggerichte. Überschwemmungen.

»Suppe«, sagte Victors Vater jedesmal. »Ich möchte einen Teller Suppe.«

In Mother's Kitchen war es immer warm in diesen Träumen. Immer lief ein gutes Lied in der Musikbox, ein Lied, das

Victor zwar nicht richtig kannte, von dem er aber trotzdem wußte, daß es gut war. Und er wußte, daß es ein Lied aus der Jugend seiner Eltern war. In diesen Träumen war alles gut.

Manchmal allerdings wurde der Traum zum Alptraum, und in Mother's Kitchen war die Suppe ausgegangen, in der Musikbox lief nur Countrymusik, und das Dach hatte ein Loch. Der Regen fiel wie Trommelschlag in Eimer, Töpfe und Pfannen, die darunter standen, um soviel Wasser wie möglich aufzufangen. In diesen Alpträumen saß Victor auf seinem Stuhl, während ihm der Regen, Tropfen um Tropfen, auf den Kopf fiel.

In diesen Alpträumen fühlte Victor, wie ihm vor Hunger der Bauch weh tat. Ja, er fühlte, wie sein ganzes Inneres schwankte, fast einknickte und schließlich umkippte. Schwerkraft. Nichts zum Abendessen außer Schlaf. Stürme, und das Barometer auf veränderlich.

In anderen Alpträumen, in seiner Alltagswirklichkeit, sah Victor zu, wie sein Vater auf nüchternen Magen einen Wodka trank. Victor konnte hören, wie das Beinahegift hinunterstürzte und schließlich einschlug, in Fleisch und Blut, Nerv und Ader. Vielleicht war es wie ein Blitz, der einen alten Baum in zwei Hälften spaltet. Vielleicht war es wie eine Wasserwand, eine Reservatsflutwelle, die sich krachend an einem kleinen Strand bricht. Vielleicht war es wie Hiroshima oder Nagasaki. Vielleicht war es wie all das zusammen. Vielleicht. Aber nachdem er getrunken hatte, atmete Victors Vater tief ein und schloß die Augen, reckte sich und warf sich in die Brust. Wenn Victors Vater viel getrunken hatte, war er nicht mehr krumm wie ein Fragezeichen. Er sah eher wie ein Ausrufezeichen aus.

Manche Menschen mochten den Regen. Aber Victor haßte ihn. Haßte ihn wirklich. Die Feuchtigkeit. Die Nässe. Tief hängende Wolken und Lügen. Meteorologen. Wenn es regnete, entschuldigte Victor sich bei jedem, mit dem er redete.

»Tut mir leid, das mit dem Wetter«, sagte er dann.

Einmal hatte Victors Cousine ihn gezwungen, bei strömendem Regen auf einen Baum zu klettern. Die Rinde war so glitschig, daß er sich kaum festhalten konnte, aber Victor kletterte immer weiter. Die Äste hielten den meisten Regen ab, aber immer wieder stürzte das Wasser wie durch einen Trichter herunter, so überraschend, daß Victor fast den Halt verlor. Plötzliche Güsse, wie Versprechungen, wie Verträge. Aber Victor hielt fest.

Es gab soviel, wovor Victor Angst hatte, soviel, was seine lebhafte Phantasie heraufbeschwor. Jahrelang hatte Victor Angst, er würde ertrinken, wenn es regnete, so daß er, während er durch den See stürmte und den Mund aufriß, um zu schreien, noch mehr Wasser schmecken konnte, das vom Himmel kam. Manchmal war er überzeugt, wenn er von der Rutsche oder Schaukel fiele, würde sich plötzlich unter ihm ein Strudel bilden und ihn hinunterziehen, bis er im Erdkern ertrank. Und natürlich träumte Victor auch von Whiskey, Wodka und Tequila; diese Flüssigkeiten schluckten ihn genauso mühelos wie er sie. Als er fünf war, ertrank ein alter Indianer auf einem Powwow in einer schlammigen Pfütze. Kippte einfach um und fiel mit dem Gesicht in das Wasser, das sich in einer Reifenspur gesammelt hatte. Obwohl er erst fünf war, begriff Victor, was es bedeutete und daß es fast alles definierte. Fronten. Hochs und Tiefs. Thermik und Unterströmungen. Tragödie.

Als der Hurrikan 1976 über das Reservat hereinbrach, war Victor da, um es festzuhalten. Hätte es damals schon Videokameras gegeben, hätte Victor es vielleicht aufgenommen, aber auf sein Gedächtnis war ohnehin viel mehr Verlaß.

Seine Onkel, Adolph und Arnold, beendeten den Kampf und gingen zurück ins Haus, mitten hinein in die Silvesterparty, Arm in Arm, und sie vergaben einander. Aber der Sturm, der ihre Wut hatte aufflammen lassen, hatte sich nicht gelegt. Statt dessen zog er auf der Party von einem Indianer zum anderen, und in jedem rief er eine besondere, schmerzhafte Erinnerung wach.

Victors Vater erinnerte sich daran, wie sein eigener Vater angespuckt worden war, als sie in Spokane auf den Bus warteten.

Adolph und Arnold wurden von Erinnerungen an frühere Schlachten gestreift, an Stürme, die sie ihr Leben lang immer wieder heimsuchten. Zwischen Kindern, die zusammen in Armut aufwachsen, entsteht ein Band, das stärker ist als fast alles andere. Es ist das gleiche Band, das soviel Schmerz verursacht. Adolph und Arnold erinnerten sich gegenseitig an ihre Kindheit, wie sie in ihrem gemeinsamen Zimmer Kräcker versteckt hatten, um etwas zu essen zu haben.

»Hast du die Kräcker versteckt?« Die Frage hatte Adolph seinem Bruder so oft gestellt, daß er sie noch immer im Schlaf flüsterte.

Andere Indianer auf der Party erinnerten sich an ihren eigenen Schmerz. Der Schmerz wuchs, breitete sich aus. Eine Frau verlor die Beherrschung, als sie zufällig die Haut eines anderen Gastes berührte. Die Vorhersage verhieß nichts Gutes. Die Indianer tranken weiter, mehr und mehr, wie aus einer Vorahnung heraus. Die Wahrscheinlichkeit von Wolkenbrüchen, blizzardähnlichen Wetterverhältnissen und seismischen Aktivitäten beträgt fünfzig Prozent. Dann sechzig Prozent, dann siebzig, achtzig.

Victor war wieder in seinem Bett, er lag flach und still auf dem Rücken und sah zu, wie die Zimmerdecke bei jedem Schritt, der oben gemacht wurde, tiefer sank. Die Decke senkte sich unter der Last des Schmerzes jedes einzelnen Indianers herab, bis sie nur noch eine Handbreit von Victors Nase entfernt war. Er wollte schreien, wollte so tun, als wäre es nur ein Alptraum oder ein Spiel, das seine Eltern sich ausgedacht hatten, damit er besser einschlafen konnte.

Die Stimmen oben wurden lauter, nahmen Gestalt an und breiteten sich aus, bis Victors Zimmer und das ganze Haus ein Raub der Party wurden. Bis Victor aus dem Bett krabbelte und seine Eltern suchen ging.

»Ya-hey, kleiner Neffe«, sagte Adolph, als Victor allein in einer Ecke stand.

»Hallo, Onkel«, sagte Victor und umarmte Adolph, obwohl er von seinem Geruch würgen mußte. Alkohol und Schweiß. Zigaretten und Mißerfolge.

»Wo ist mein Dad?« fragte Victor.

»Da drüben«, sagte Adolph und zeigte mit dem Arm zur Küche. Das Haus war nicht sehr groß, aber es waren so viele Menschen da und zwischen den Menschen machten sich so viele Emotionen breit, daß es dem kleine Victor wie ein Labyrinth vorkam. Wohin er sich auch drehte und wendete, er konnte seinen Vater und seine Mutter nicht finden.

»Wo sind sie?« frager er seine Tante Nezzy.

»Wer?« fragte sie.

»Mom und Dad«, sagte Victor, und Nezzy zeigte zum Schlafzimmer. Victor kämpfte sich durch die Menge, und er haßte seine Tränen. Die Angst und den Schmerz, die dafür verantwortlich waren, haßte er nicht. Die erwartete er. Aber er haßte es, wie sich die Tränen auf seinen Wangen anfühlten, auf seinem Kinn und seiner Hand, während sie ihm über das Gesicht liefen. Victor weinte, bis er seine Eltern fand; sie waren allein, lagen besinnungslos auf ihrem Bett im Schlafzimmer.

Victor kletterte aufs Bett und legte sich zwischen sie. Seine Mutter und sein Vater atmeten tief, ein fast ersticktes, alkoholisiertes Schnarchen. Sie schwitzten, obwohl es im Zimmer kalt war, und Victor dachte, daß ihn vielleicht der Alkohol, der ihnen aus der Haut drang, betrunken machen und ihm beim Einschlafen helfen würde. Er küßte den Unterarm seines Vaters, schmeckte das billige Bier und den Rauch.

Victor kniff die Augen zu. Er sprach sein Nachtgebet, nur für den Fall, daß sich seine Eltern all diese Jahre doch in Gott getäuscht hatten. Stundenlang lauschte er auf jeden kleinsten Hurrikan, jeden Ausläufer der größeren Hurrikans, der das Reservat durchschüttelte.

Während der Nacht brach sich seine Tante Nezzy den Arm, als sie von einer unbekannten Indianerin die Treppe hinuntergestoßen wurde. Eugene Boyd brach durch eine Tür, als er im Haus Basketball spielte. Lester FallsApart schlief auf den Herd, und jemand drehte die Brenner voll auf. James Many Horses saß in der Ecke und erzählte so schlechte Witze, daß er von drei oder vier Indianern in den Schnee hinausgeworfen wurde.

»Wie kriegt man hundert Indianer dazu, *Scheiße* zu

schreien?« fragte James Many Horses, als er vor dem Haus in einer Schneewehe saß.

»Man ruft einfach *Bingo*«, gab James Many Horses sich selbst die Antwort, als von der Party keine Antwort kam.

James mußte nicht lange allein im Schnee sitzen. Bald leisteten ihm Seymour und Lester Gesellschaft. Seymour wurde vor die Tür gesetzt, weil er mit allen Frauen flirtete. Lester wurde aus dem Haus gebracht, damit er sich seine Wunden kühlen konnte. Bald hatte sich die ganze Party nach draußen verlagert. Die Indianer tanzten im Schnee, vögelten im Schnee, kämpften im Schnee.

Victor lag zwischen seinen Eltern, seinen betrunkenen, traumlos schlafenden Eltern, zwischen seiner Mutter und seinem Vater. Victor leckte seinen Zeigefinger an und und hielt ihn in die Luft, um den Wind zu prüfen. Geschwindigkeit. Richtung. Das Heraufziehen des Schlafs. Die Leute draußen schienen so weit weg zu sein, fremd und frei erfunden. Die Emotionen wurden einen Gang heruntergeschaltet, die Spannung schien nachzulassen. Victor legte die eine Hand auf den Bauch seiner Mutter, die andere auf den seines Vaters. In beiden war genug Hunger, genug Bewegung, genug Geographie und Geschichte, genug von allem, um das Reservat zu zerstören, bis nur noch zufällige Trümmer und kaputte Möbel übrig waren.

Aber es war vorbei. Victor schloß die Augen, schlief ein. Es war vorbei. Der Hurrikan, der 1976 vom Himmel fiel, zog vor dem Morgengrauen ab, und die Indianer, die ewigen Überlebenden, sammelten sich, um ihre Verluste zu zählen.

Eine Droge namens Tradition

»Scheiße, Thomas«, rief Junior. »Wieso ist dein blöder Kühlschrank dauernd leer?«

Thomas ging zum Kühlschrank, sah, daß er leer war, und setzte sich hinein.

»So«, sagte Thomas. »Jetzt ist er nicht mehr leer.«

Alle in der Küche lachten sich krumm und schief. Es war die zweitgrößte Party in der Reservatsgeschichte, und Thomas Builds-the-Fire war der Gastgeber. Es war der Gastgeber, weil er das ganze Bier gekauft hatte. Und er hatte das ganze Bier gekauft, weil er gerade einen Haufen Geld von Washington Water Power bekommen hatte. Und er hatte gerade einen Haufen Geld von Washington Water Power bekommen, weil Washington Water Power ihm Pacht dafür zahlen mußte, daß sie auf dem Land, das Thomas geerbt hatte, zehn Strommasten aufstellen durften.

Wenn ein Indianer auf diese Weise groß von irgendwelchen Unternehmen abkassiert, können wir unsere Ahnen in den Bäumen lachen hören. Aber wir wissen nie, ob sie über die Indianer lachen oder über die Weißen. Ich glaube, sie lachen so ziemlich über jeden.

»He, Victor«, sagte Junior. »Ich habe gehört, du hast Magic Mushrooms.«

»Quatsch«, sagte ich. »Bloß Champignons aus der Dose. Ich wollte nachher einen Salat machen.«

Dabei hatte ich tatsächlich diese nagelneue Droge dabei, und ich hatte vorgehabt, Junior dazu einzuladen. Und vielleicht noch ein paar Indianerprinzessinnen. Aber nur, wenn sie reinblütige Spokane waren. Oder wenigstens halbblütige.

»Paß auf«, flüsterte ich Junior zu, weil es unter uns bleiben sollte. »Ich habe guten Stoff, eine neue Droge, aber es reicht gerade für dich und mich und höchstens noch ein, zwei andere. Du darfst keinem was sagen. Großes Indianerehrenwort?«

»Klar«, sagte Junior. »Cool. Mein neuer Wagen steht draußen. Fahren wir.«

Wir ließen die Party sausen, beschlossen, die neue Droge mit niemandem zu teilen, und sprangen in Juniors Camaro. Der Motor war total hinüber, aber die Karosserie war in Ordnung. Der Wagen sah wirklich geil aus. Meistens parkten wir bloß vor dem Trading Post und gaben uns Mühe, mit unseren Pferdestärken wie Krieger auszusehen. Damit zu fahren war allerdings eine ganz andere Sache. Er kam nur rülpsend und furzend voran, wie ein alter Mann. Das war nun leider überhaupt nicht cool.

»Wohin soll's denn gehen?« fragte Junior.

»Zum Benjamin Lake«, sagte ich, und schon düsten wir los, eine Öl- und Abgaswolke hinter uns zurücklassend. Wir fuhren ein Stück Richtung Benjamin Lake, als wir Thomas Builds-the-Fire am Straßenrand sahen. Junior hielt an, und ich lehnte mich aus dem Fenster.

»He, Thomas«, rief ich. »Wieso bist du nicht auf deiner eigenen Party?«

»Ihr wißt doch, daß es sowieso nicht meine Party ist«, sagte Thomas. »Ich habe sie bloß bezahlt.«

Wir lachten. Ich sah Junior an, der nickte.

»He«, sagte ich. »Spring rein. Wir wollen zum Benjamin Lake, eine neue Droge ausprobieren. Es wird bestimmt total indianisch. Irre spirituell und so.«

Thomas kletterte nach hinten und wollte sofort anfangen, uns eine von seinen blöden Geschichten zu erzählen, als ich ihn unterbrach.

»Hör zu«, sagte ich zu ihm. »Du kannst nur unter einer Bedingung mitkommen. Du darfst uns deine Geschichten erst erzählen, wenn du die Droge genommen hast.«

Thomas überlegte eine Weile. Dann nickte er, und wir fuhren weiter. Weil er so aussah, als ob er sich freute, bei uns sein zu dürfen, gab ich ihm mal was von der neuen Droge ab.

»Hau rein, Thomas«, sagte ich. »Diese Party geht auf mich.« Thomas warf den Stoff ein und lächelte.

»Erzählen Sie uns, was Sie sehen, Mr. Builds-the-Fire«, sagte Junior.

Thomas sah sich im Auto um. Ach was, er sah sich in unserer Welt um und steckte dann den Kopf durch ein Loch in der Wand in eine andere Welt. Eine bessere Welt.

»Victor«, sagte Thomas. »Ich kann dich sehen. Mein Gott, bist du schön. Du hast Zöpfe und klaust gerade ein Pferd. Warte, nein. Es ist gar kein Pferd. Es ist eine Kuh.«

Junior hätte fast einen Unfall gebaut, so mußte er lachen.

»Was für ein Scheiß. Wozu sollte ich denn eine Kuh klauen?« fragte ich.

»Ich wollte dich bloß verarschen«, sagte Thomas. »Nein, ehrlich, du klaust ein Pferd, und du reitest durch das Mondlicht. Wie ein Bild von van Gogh. Van Gogh hätte dich malen sollen.«

Es war eine kalte, kalte Nacht. Ich war stundenlang durchs Unterholz gekrochen, hatte mich Zoll um Zoll vorwärtsgeschoben, damit die anderen mich nicht hörten. Ich wollte eines von ihren Pferden. Ich brauchte eines von ihren Pferden. Ich mußte ein Held werden und mir einen Namen verdienen.

Ich schleiche mich so nah an ihr Lager heran, bis ich Stimmen hören kann, bis ich höre, wie ein alter Mann das letzte Fitzchen Fleisch von einem Knochen lutscht. Ich kann das Pferd sehen, das ich haben will. Ein schwarzer Hengst, zwanzig Handbreit hoch. Ich kann spüren, wie er zittert, weil er weiß, daß ich gekommen bin, um ihn zu holen, in dieser kalten Nacht.

Ich krieche etwas schneller bis zur Pferdekoppel, zwischen den Beinen eines Jungen hindurch, der im Stehen schläft. Er sollte nach Männern wir mir Ausschau halten. Ich streife leicht sein nacktes Bein, und er schlägt mit der Hand danach, wie nach einer Mücke. Wenn ich aufstünde und den Jungen auf den Mund küßte, würde er nur denken, er träume von dem Mädchen, das ihn früher am Tag angelächelt hat.

Als ich endlich neben dem schönen Rappen bin, stehe ich auf und berühre seine Nüstern, seine Mähne.

Ich komme dich holen, sage ich zu ihm, und er drückte sich an mich, denn er weiß, daß es wahr ist. Ich besteige ihn und reite leise durch das Lager, ganz dicht an dem blinden Mann vorbei, der uns riecht und denkt, wir seien nur eine schöne Erinnerung. Wenn er am nächsten Tag erfährt, wer wir wirklich waren, wird er sich bis ans Ende seiner Tage verfolgt und bedrängt fühlen.

Ich reite das Pony über die offene Prärie, durch das Mondlicht, das alles in Schatten verwandelt.

Wie ist dein Name? frage ich den Rappen, und er bäumt sich auf. Tief saugt er die Luft in die Lungen und hebt vom Boden ab.

Flucht, sagt er mir. *Mein Name ist Flucht.*

»Das sehe ich«, sagte Thomas. »Ich sehe dich auf dem Pferd.«

Junior sah Thomas im Rückspiegel an, sah mich an, sah nach vorn, auf die Straße, die vor ihm lag.

»Victor«, sagte Junior. »Gib mir auch was von dem Zeug.«

»Aber du fährst doch«, sagte ich.

»Damit fahre ich noch besser«, sagte er, und ich mußte ihm recht geben.

»Erzähl uns, was du siehst«, sagte Thomas und beugte sich vor.

»Bis jetzt noch nichts«, sagte Junior.

»Bin ich immer noch auf dem Pferd?« fragte ich Thomas.

»O ja.«

Wir kamen an die Abzweigung zum Benjamin Lake, und Junior schoß mit quietschenden Reifen um die Kurve. Nur ein Indianerjunge, der ein rauhes Spiel trieb.

»Ach du Scheiße«, sagte Junior. »Ich sehe Thomas tanzen.«

»Ich tanze nicht«, sagte Thomas.

»Du tanzt, und du hast nichts an. Du tanzt nackt um ein Feuer herum.«

»Nein, ich tanze nicht.«

»Scheiße, du tanzt tatsächlich nicht. Ich kann dich sehen, du bist groß und dunkel und wahnsinnig riesig, Cousin.«

Alle sind fort, mein Stamm ist fort. Die Decken, die sie uns gegeben haben, waren mit Pocken infiziert und haben uns getötet. Ich bin der letzte, der allerletzte, und auch ich bin krank. Sehr, sehr krank. Heiß. Das Fieber brennt so heiß.

Ich muß mich ausziehen, die kalte Luft spüren, mir Wasser auf die nackte Haut spritzen. Und tanzen. Ich werde einen Geistertanz tanzen. Ich werde sie zurückholen. Hörst du die Trommeln? Ich höre sie, und mein Großvater und meine Großmutter singen. Hörst du sie?

Ich mache einen Tanzschritt, und meine Schwester steht aus der Asche auf. Ich mache noch einen Tanzschritt, und ein Büffel fällt vom Himmel und landet krachend auf einer Blockhütte in Nebraska. Mit jedem Tanzschritt steht ein Indianer auf. Mit jedem zweiten Tanzschritt fällt ein Büffel herab.

Und ich wachse. Meine Blasen heilen ab, meine Muskeln strecken und dehnen sich. Hinter mir tanzt mein Stamm. Zuerst sind sie nicht größer als Kinder. Dann beginnen sie zu wachsen, werden größer als ich, größer als die Bäume rings um uns herum. Die Büffel schließen sich uns an, und ihre Hufe lassen die Erde erbeben, daß alle Weißen aus ihren Betten geworfen werden und ihre Teller krachend auf den Boden fallen.

Wir tanzen in immer größer werdenden Kreisen, bis wir an der Küste stehen und sehen, wie alle Schiffe nach Europa zurückkehren. All die weißen Hände winken zum Abschied, und wir tanzen weiter, wir tanzen, bis die Schiffe über den Horizont fallen, tanzen, bis wir so groß und stark sind, daß die Sonne fast neidisch wird. *So tanzen wir.*

»Junior«, rief ich. »Nicht so schnell, nicht so schnell.«

Junior schleuderte mit dem Wagen im Kreis herum, beschrieb Donuts auf leeren Feldern, kam viel zu dicht an Zäune und einzeln stehende Bäume heran.

»Thomas«, schrie Junior. »Du tanzt, du tanzt mit aller Kraft.«

Ich beugte mich hinüber und trat auf die Bremse. Junior sprang aus dem Wagen und rannte über das Feld. Ich stellte den Motor ab und lief hinter ihm her. Wir waren auf der Straße zum Benjamin Lake fast eine Meile weit gekommen, als Thomas an uns vorbeifuhr.

»Anhalten«, schrie ich, und Thomas hielt an.

»Wo wolltest du hin?« fragte ich ihn.

»Ich habe dich und dein Pferd verfolgt, Cousin.«

»Wahnsinn, dieses Zeug haut voll rein«, sagte ich und schluckte auch was davon. Sofort sah und hörte ich Junior singen. Er stand in Fransenhemd und Bluejeans auf einer Bühne. Und sang. Und spielte Gitarre.

Indianer geben die besten Cowboys ab. Glaub mir. Seit meinem zehnten Lebensjahr singe ich im »Plantation«, und ich habe immer ein volles Haus. Die Weißen kommen, um meine Lieder zu hören, meine kleinen indianischen Weisheiten, obwohl sie hinten sitzen müssen, weil die Indianer in meinen Shows die besten Plätze kriegen. Das ist kein Rassismus. Es kommt bloß daher, daß die Indianer nachts vor dem Kartenschalter campieren. Sogar der Präsident der Vereinigten Staaten, Mr. Edgar Crazy Horse persönlich, war schon einmal in meiner Show. Ich spielte ein Lied, das ich für seinen Urgroßvater geschrieben hatte, den berühmten Lakota-Krieger, mit dessen Hilfe wir den Krieg gegen die Weißen gewonnen haben:

> *Crazy Horse, what have you done?*
> *Crazy Horse, what have you done?*
> *It took four hundred years*
> *and four hundred thousand guns*
> *but the Indians finally won.*
> *Ya-hey, the Indians finally won.*
>
> *Crazy Horse, are you still singing?*
> *Crazy Horse, are you still singing?*
> *I honor your old songs*
> *and all they keep on bringing*
> *because the Indians keep winning.*
> *Ya-hey, the Indians keep winning.*

Glaub mir, ich bin der beste Gitarrenspieler aller Zeiten. Bei mir klingt die Gitarre wie eine Trommel. Und das ist noch nicht alles. Bei mir klingt jede Trommel wie eine Gitarre. Ich kann ein einzelnes Haar aus dem Zopf einer Indianerin nehmen, und es klingt wie ein wahr gewordenes Versprechen. *Wie tausend wahr gewordene Versprechen.*

»Junior«, fragte ich. »Wo hast du singen gelernt?«
  »Ich kann nicht singen«, sagte er.
Wir fuhren die Straße hinunter zum Benjamin Lake und standen am Wasser. Thomas saß auf dem Steg, mit den Füßen im Wasser, und lachte leise. Junior saß auf der Motorhaube seines Wagens, und ich tanzte um die beiden herum.

Nach einer Weile wurde ich müde und setzte mich zu Junior auf die Motorhaube. Die Wirkung der Droge ließ nach. Das einzige, was ich in meiner Vision von Junior noch sehen konnte, war seine Gitarre. Junior holte eine Dose warme Diet Pepsi, und wir ließen sie zwischen uns hin- und hergehen und sahen zu, wie Thomas mit sich selbst redete.

»Er erzählt sich Geschichten«, sagte Junior.

»Tja«, sagte ich. »Sonst hört ihm ja auch sowieso keiner zu.«

»Warum ist er so?« fragte Junior. »Warum redet er dauernd so wirres Zeug? Dazu braucht er noch nicht mal Drogen.«

»Manche sagen, daß er als Kind auf den Kopf gefallen ist. Manche denken, er hat Zauberkräfte.«

»Was meinst du?«

»Ich glaube, er ist auf den Kopf gefallen und er hat Zauberkräfte.«

Wir lachten, und Thomas sah vom Wasser hoch, von seinen Geschichten, und lächelte uns an.

»He«, sagte er. »Wollt ihr eine Geschichte hören?«

Junior und ich sahen uns an, wir sahen Thomas an und hatten nichts dagegen. Thomas schloß die Augen und erzählte seine Geschichte.

Die Zeit ist heute. Drei Indianerjungen sitzen am Benjamin Lake, trinken Diet Pepsi und unterhalten sich. Sie tragen nur Lendenschurze und haben Zöpfe. Obwohl es das zwanzigste Jahrhundert ist und Flugzeuge über sie hinwegziehen, haben die drei Indianerjungen beschlossen, heute nacht richtige Indianer zu sein.

Sie alle wollen eine Vision haben, ihren wahren Namen bekommen, ihren Erwachsenennamen. Das ist das Problem mit den Indianern von heute. Sie müssen ihr Leben lang denselben Namen tragen. Die Indianer tragen ihren Namen wie ein Paar schlechter Schuhe.

Also beschlossen sie, ein Feuer zu machen und den süßen Rauch einzuatmen. Sie haben seit Tagen nichts gegessen, deshalb wissen sie, daß sich ihre Visionen bald einstellen müßten. Vielleicht werden sie sie in den Flammen oder im Holz sehen. Vielleicht wird der Rauch Spokane oder Englisch sprechen. Vielleicht werden Glut und Asche aufsteigen.

Die Jungen sitzen am Feuer und atmen, ihre Visionen stellen sich ein. Sie alle werden in die Vergangenheit zurückversetzt, zu dem Augenblick, bevor jeder von ihnen seinen ersten Schluck Alkohol zu sich nahm.

Der Junge Thomas wirft das Bier, das man ihm anbietet, in den Müll. Der Junge Junior kippt seinen Whiskey durch ein Fenster. Der Junge Victor schüttet seinen Wodka in den Ausguß.

Dann singen die Jungen. Sie singen und tanzen und trommeln. Sie stehlen Pferde. Ich kann sie sehen. *Sie stehlen Pferde.*

»Sag bloß, du glaubst diesen Scheiß wirklich?« fragte ich Thomas.

»Das hat mit Glauben nichts zu tun. Es ist so.«

Thomas stand auf und ging. Ein paar Jahre lang hat er nicht einmal mehr versucht, uns Geschichten zu erzählen. Wir hatten ihn nie sehr nett behandelt, auch nicht, als wir noch Jungen waren, aber er war immer freundlich zu uns gewesen. Als er mich nicht einmal mehr ansah, war ich beleidigt. Wie erklärt man das?

Bevor er uns aber endgültig verließ, drehte er sich noch einmal zu Junior und mir um und schrie etwas. Ich konnte ihn nicht richtig verstehen, aber Junior schwört, er hätte gesagt, wir sollten mit unseren Skeletten keinen Blues tanzen.

»Was soll denn das bedeuten?« fragte ich.

»Keine Ahnung«, sagte Junior.

Es gibt Dinge, die du lernen solltest. Deine Vergangenheit ist ein Skelett, das einen Schritt hinter dir hergeht, und deine Zukunft ist ein Skelett, das einen Schritt vor dir hergeht. Vielleicht trägst du keine Uhr, aber deine Skelette tragen Uhren, und sie wissen immer, wie spät es ist. Also, diese Skelette bestehen aus Erinnerungen, Träumen und Stimmen. Und sie können dich in der Zwischenzeit einkeilen, zwischen dem Berühren und dem Werden. Aber sie sind nicht notwendigerweise böse, es sei denn, du läßt es zu.

Du darfst nur nicht stehenbleiben, du mußt immer weitergehen, im Gleichschritt mit deinen Skeletten. Sie werden dich nie verlassen, darüber brauchst du dir also keine Gedanken zu machen. Deine Vergangenheit läßt sich nicht abschütteln, und deine Zukunft wird dich niemals abhängen. Manchmal allerdings werden deine Skelette mit dir reden, sie werden dir raten, dich hinzusetzen und auszuruhen, ein bißchen durchzuatmen. Vielleicht machen sie dir Versprechungen und sagen dir alles, was du hören willst.

Manchmal werden sich deine Skelette als schöne Indianerinnen verkleiden und dich zum Blues auffordern. Manchmal werden sich deine Skelette als dein bester Freund verkleiden und dir einen Schnaps anbieten, nur einen letzten Schluck. Manchmal werden deine Skelette genau wie deine Eltern aussehen und dir Geschenke geben wollen.

Aber was sie auch tun, geh weiter, bleib nicht stehen. Und du darfst keine Uhr tragen. Als Indianer brauchst du sowieso keine Uhr, weil dir deine Skelette immer sagen, wie spät es ist. Denn es ist immer heute. Das ist die Indianerzeit. Die Vergangenheit, die Zukunft, sie sind beide im Heute enthalten. So ist es. *Wir sind im Heute gefangen.*

Junior und ich saßen bis zum Morgengrauen am Benjamin Lake. Ab und zu hörten wir Stimmen, sahen wir Lichter in den Bäumen. Nachdem meine Großmutter über das Wasser auf mich zugekommen war, schmiß ich den Rest von der neuen Droge weg und verkroch mich auf den Rücksitz von Juniors Auto.

Später an diesem Tag parkten wir vor dem Trading Post. Wir tratschten und lachten und erzählten uns Geschichten, als Big Mom zum Wagen kam. Big Mom war die spirituelle Führerin der Spokane. Sie hatte soviel gute Medizin, daß ich mir denke, sie könnte es gewesen sein, die die Erde erschaffen hat.

»Ich weiß, was ihr gesehen habt«, sagte Big Mom.

»Wir haben nichts gesehen«, sagte ich, aber wir wußten alle, daß ich log. Big Mom lächelte mich an, schüttelte leicht den Kopf und gab mir eine kleine Trommel. Sie sah aus, als wäre sie ungefähr hundert Jahre alt, vielleicht noch älter. Sie war so klein, daß sie in meinen Handteller paßte.

»Die kannst du behalten«, sagte sie. »Nur für den Fall des Falles.«

»Was für einen Fall?« fragte ich.

»Das ist mein Piepser. Du brauchst sie nur zu schlagen, und schon bin ich da«, sagte sie und ging lachend weg.

Also, ich will dir sagen, daß ich das Ding nie benutzt habe. Außerdem ist Big Mom jetzt auch schon ein paar Jahre tot, und ich weiß nicht, ob sie kommen würde, selbst wenn es funktionierte. Aber ich habe die Trommel immer bei mir, genau wie Big Mom gesagt hat, nur für den Fall des Falles. Man könnte wahrscheinlich sagen, das sei die einzige Religion, die ich habe, eine kleine Trommel, die in meine offene Hand paßt, aber ich glaube, wenn ich ein bißchen darauf spiele, könnte sie die ganze Welt ausfüllen.

Weil mein Vater immer gesagt hat, er sei der einzige Indianer gewesen, der dabei war, als Jimi Hendrix in Woodstock »The Star-Spangled Banner« gespielt hat

———

In den sechziger Jahren war mein Vater der perfekte Hippie, weil alle Hippies Indianer sein wollten. Wie hätte also jemand merken können, daß mein Vater eine gesellschaftskritische Aussage machen wollte?

Aber es gibt Beweise, ein Foto von meinem Vater auf einer Vietnam-Demonstration in Spokane, Washington. Das Foto landete bei einer Bildagentur und wurde im ganzen Land abgedruckt. Es war sogar auf der Titelseite vom *Time Magazine*.

Auf dem Foto trägt mein Vater Schlaghosen und ein geblümtes Hemd, seine Haare sind zu Zöpfen geflochten, und er hat rote Peace-Symbole im Gesicht, wie Kriegsbemalung. In den Händen hält mein Vater eine Flinte, die er hoch über den Kopf hebt. Das Bild fängt ihn genau in dem Moment ein, bevor er sich daran machte, den Nationalgardisten zu vermöbeln, der vor ihm auf der Erde lag. Ein Mitdemonstrant hält ein Plakat, das über der linken Schulter meines Vaters gerade noch zu sehen ist. Darauf stand: MAKE LOVE NOT WAR.

Der Fotograf bekam den Pulitzer-Preis, und die Redakteure im ganzen Land hatten ihren Spaß damit, sich passende

Bildunter- und -überschriften dafür auszudenken. Im Album meines Vaters habe ich viele davon gelesen, und am allerbesten gefiel mir der Spruch aus der *Seattle Times*. Unter dem Foto stand: DEMONSTRANT ZIEHT FÜR DEN FRIEDEN IN DEN KRIEG. Auch mit Schlagzeilen wie EIN KRIEGER GEGEN DEN KRIEG und INDIANERAUFSTAND AUF FRIEDENSDEMO schlugen die Redakteure Kapital aus der Tatsache, daß mein Vater ein amerikanischer Ureinwohner war.

Mein Vater wurde jedenfalls verhaftet. Die Anklage lautete zunächst auf Mordversuch, später auf tätlichen Angriff. Da es ein publicityträchtiger Fall war, wurde an meinem Vater ein Exempel statuiert. Nach seiner schnellen Verurteilung verbrachte er zwei Jahre im Staatsgefängnis von Walla Walla. Obwohl ihn die Gefängnisstrafe effektiv vor dem einen Krieg bewahrte, erlebte mein Vater hinter Gittern eine andere Art von Krieg.

»Es gab indianische Gangs, weiße Gangs, schwarze Gangs und Mexikanergangs«, hat er mir einmal erzählt. »Und jeden Tag wurde einer umgebracht. Wenn es wieder mal einen in der Dusche oder sonstwo erwischt hatte, machte das Wort sofort die Runde. Ein Wort genügte. Rot, weiß, schwarz oder braun. Dann haben wir im Geist den neuen Tabellenstand abgehakt und auf die nächste Durchsage gewartet.«

Mein Vater hat das alles überstanden, war nie ernsthaft in Schwierigkeiten und ist auch nicht vergewaltigt worden, und er kam gerade noch rechtzeitig aus dem Knast, um nach Woodstock trampen zu können und dabeizusein, wie Jimi Hendrix »The Star-Spangled Banner« spielte.

»Nach dem ganzen Scheiß, den ich hinter mir hatte«, sagte mein Vater, »hatte ich das Gefühl, daß Jimi wußte, daß ich unten im Publikum stand, so wie er das Stück gespielt hat. Nämlich genau so, wie mir zumute war.«

Zwanzig Jahre später spielte mein Vater seine Jimi-Hendrix-Kassette, bis sie ausgefranst war. Immer wieder war das Haus erfüllt vom roten Schein der Raketen und Bombenexplosionen. Er saß neben der Anlage, eine Kühltasche Bier neben sich, und weinte und lachte und rief mich zu sich und nahm mich fest in den Arm, bis mich sein Mund- und Körpergeruch wie eine Decke einhüllten.

Jimi Hendrix und mein Vater wurden zu Saufkumpanen. Jimi Hendrix wartete abends darauf, daß mein Vater von einer langen Sauftour nach Hause kam. Die Zeremonie lief folgendermaßen ab:

1. Ich lag die ganze Nacht wach und wartete auf den Pick-up-Truck meines Vaters.
2. Wenn ich den Pick-up meines Vaters hörte, lief ich nach oben und legte Jimis Kassette ein.
3. Jimi schlug genau in dem Augenblick den ersten Akkord von »The Star-Spangled Banner« an, als mein Vater durch die Tür kam.
4. Mein Vater weinte, versuchte mit Jimi mitzusummen und schlief dann mit dem Kopf auf dem Küchentisch ein.
5. Ich schlief unter dem Tisch ein, den Kopf neben den Füßen meines Vaters.
6. Zusammen träumten wir, bis die Sonne aufging.

An den Tagen danach hatte mein Vater ein so schlechtes Gewissen, daß er mir als Entschuldigung Geschichten erzählte.

»Ich habe deine Mutter in Spokane auf einer Party kennengelernt«, erzählte er mir einmal. »Wir waren die einzigen Indianer auf der Party. Vielleicht die einzigen Indianer in der ganzen Stadt. Sie war wunderschön. Zu einer Frau wie ihr wären die Büffel freiwillig gekommen und hätten ihr Leben gegeben. Sie hätte es nicht nötig gehabt zu jagen. Jedesmal, wenn wir spazierengingen, flogen uns die Vögel nach. Sogar die Präriehexen rollten hinter uns her.«

Irgendwie wurden die Erinnerungen meines Vaters an meine Mutter immer schöner, je feindseliger ihre Beziehung wurde. Bis die Scheidung schließlich durch war, hatte sich meine Mutter so ziemlich in die schönste Frau aller Zeiten verwandelt.

»Dein Vater war schon immer halb verrückt«, sagte meine Mutter mir mehr als einmal. »Und die andere Hälfte stand unter Medikamenten.«

Aber sie liebte ihn auch, mit einer Heftigkeit, die sie schließlich zwang, ihn zu verlassen. Sie bekämpften einander mit einer anmutigen Wut, wie sie nur die Liebe hervorbringen kann. Trotzdem, ihre Liebe war leidenschaftlich, unberechenbar und selbstsüchtig. Es kam vor, daß meine Mutter und mein Vater sich betranken und von einer Party einfach nach Hause fuhren, um sich zu lieben.

»Verrate deinem Vater nicht, daß ich dir das erzählt habe«, sagte meine Mutter. »Aber er muß wohl hundertmal auf mir eingeschlafen sein. Wir waren gerade mittendrin, und er sagte noch *Ich liebe dich,* als er plötzlich die Augen verdrehte und weg war. Ich weiß, es hört sich komisch an, aber das waren unsere guten Zeiten.«

Ich wurde in einer dieser Suffnächte gezeugt, die eine Hälfte aus dem Whiskey-Samen meines Vaters, die andere aus dem Wodka-Ei meiner Mutter. Ich wurde als alberner Reservatscocktail geboren, und mein Vater brauchte mich genauso nötig wie jeden anderen Drink auch.

Eines Abends fuhren mein Vater und ich nach einem Basketballspiel in einem Beinahe-Blizzard nach Hause, und wir hörten Radio. Wir redeten nicht viel. Erstens, weil mein Vater nie viel redete, wenn er nüchtern war, und zweitens, weil Indianer nicht reden müssen, um sich zu verständigen.

»Hallo, liebe Hörer da draußen. Sie hören Big Bill Baggins mit der Late Night Classics Show auf KROC, 97,2 FM. Wir haben einen Plattenwunsch von Betty aus Tekoa. Sie möchte ›The Star-Spangled Banner‹ von Jimi Hendrix hören, die Liveaufnahme aus Woodstock.«

Mein Vater lächelte und drehte das Radio lauter, und so fuhren wir den Highway hinunter, Jimi immer vorneweg, wie ein Schneepflug. Bis zu diesem Abend hatte ich nie sonderlich viel für Jimi Hendrix übrig gehabt. Aber in dem Beinahe-Blizzard, mit meinem Vater am Lenkrad, in der gespannten Stille, die von den gefährlichen Straßen und von Jimis Gitarre hervorgerufen wurde, schien mir plötzlich viel mehr hinter dieser Musik zu stecken. Der Nachhall nahm Bedeutung an, bekam Form und Funktion.

Dieses Stück weckte in mir den Wunsch, Gitarre spielen zu lernen, nicht etwa, weil ich wie Jimi Hendrix sein wollte, und auch nicht, weil ich daran dachte, jemals für irgendwen zu spielen. Ich wollte nur die Saiten berühren, die Gitarre fest an mich drücken, einen Akkord erfinden, mich dem annähern, was Jimi wußte, was mein Vater wußte.

»Weißt du was?« sagte ich zu meinem Vater, als das Stück zu Ende war. »Die Indianer meiner Generation haben nie einen echten Krieg kennengelernt. Die ersten Indianer konnten gegen Custer kämpfen. Mein Urgroßvater hatte den Ersten Weltkrieg, mein Großvater hatte den Zweiten Weltkrieg, du hattest Vietnam. Aber ich habe bloß Videospiele.«

Mein Vater lachte und lachte, und um ein Haar wäre er von der Straße abgekommen und in einem verschneiten Feld gelandet.

»Scheiße«, sagte er. »Du willst dich doch nicht etwa beklagen, daß du keinen richtigen Krieg kennengelernt hast? Sei lieber froh drum. Scheiße, du hattest bloß diesen blöden Wüstensturm, diesen Desert Storm. Eigentlich hätte die Operation besser Dessert Storm heißen sollen, weil dadurch die Fetten nur noch fetter wurden. Nichts als Zucker und Schlagsahne und eine Kirsche obendrauf. Und dabei mußtest du noch nicht mal kämpfen. Das einzige, was dich der Krieg gekostet hat, war Schlaf, weil du die ganze Nacht aufgeblieben bist und CNN geguckt hast.«

Wir fuhren weiter durch den Schnee und unterhielten uns über Krieg und Frieden.

»Das ist alles«, sagte mein Vater. »Krieg und Frieden, und nichts dazwischen. Entweder das eine oder das andere.«

»Du hörst dich an wie ein Buch«, sagte ich.

»Tja, aber so ist es nun mal. Nur weil etwas in einem Buch steht, muß es nicht falsch sein. Und überhaupt, wieso zum Teufel willst du für ein Land in den Krieg ziehen, das von Anfang an versucht hat, die Indianer umzubringen? Außerdem sind die Indianer sowieso die geborenen Soldaten. Um das zu beweisen, braucht man keine Uniform.«

So sahen die Gespräche aus, zu denen Jimi Hendrix uns zwang. Wahrscheinlich hat jedes Lied eine besondere Bedeutung für irgend jemanden, irgendwo. Elvis Presley wird immer noch in irgendwelchen Supermärkten gesichtet, obwohl er seit Jahren tot ist. Deshalb glaube ich, daß die Musik vielleicht das Wichtigste ist, was es gibt. Die Musik verwandelte meinen Vater in einen Reservatsphilosphen. Die Musik besaß mächtige Medizin.

»Ich weiß noch, wie deine Mutter und ich das erste Mal miteinander getanzt haben«, erzählte mein Vater mir einmal. »Das war in einer Cowboy-Bar. Wir waren die einzigen echten Cowboys da, obwohl wir Indianer sind. Wir tanzten zu einem Song von Hank Williams. Zu einem wirklich traurigen Song. ›I'm So Lonesome I Cold Cry‹. Nur waren deine Mutter und ich weder einsam, noch haben wir geweint. Wir tanzten einen Schieber und haben uns Knall auf Fall verliebt.«

»Hank Williams und Jimi Hendrix haben aber nicht sehr viel gemeinsam«, sagte ich.

»Und ob. Sie kannten sich beide mit gebrochenen Herzen aus«, sagte mein Vater.

»Du hörst dich an wie ein schlechter Film.«

»Tja, aber so ist es nun mal. Ihr jungen Leute von heute habt keinen blassen Schimmer von Romantik. Oder von Musik. Vor allem ihr jungen Indianer nicht. Das Schlagzeug hat euch total verdorben. Ihr habt es so oft gehört, daß ihr meint, mehr braucht ihr nicht. Mensch, Sohn, auch ein Indianer braucht hin und wieder mal ein Klavier, eine Gitarre oder ein Saxophon.«

Mein Vater hat auf der High-School in einer Band gespielt. Er war der Drummer. Wahrscheinlich wollte er deshalb vom Schlagzeug nichts wissen. Mittlerweile war er jedenfalls so etwas wie der große Streiter für die Gitarre geworden.

»Ich weiß noch, wie dein Vater manchmal seine alte Gitarre rausgeholt und mir etwas vorgespielt hat«, erzählte mir meine Mutter. »Richtig gut war er nie, aber er hat es versucht. Man konnte ihm ansehen, wie er überlegt hat, welchen Akkord er als nächsten spielen sollte. Er hat die Augen zusammengekniffen und wurde ganz rot im Gesicht. So ähnlich sah er auch aus, wenn er mich geküßt hat. Aber verrate ihm nicht, daß ich dir das erzählt habe.«

Manchmal lag ich nachts wach und hörte zu, wie meine Eltern sich liebten. Ich weiß, daß die Weißen dabei leise sind und gerne so tun, als ob sie sich niemals liebten. Alle meine weißen Freunde erzählen mir, sie könnten sich nicht vorstellen, daß ihre Eltern es miteinander treiben. Ich weiß genau, wie es sich anhört, wenn meine Eltern sich berühren. Das entschädigt mich dafür, daß ich auch genau weiß, wie es sich anhört, wenn sie sich streiten. Plus und minus. Addieren und subtrahieren. Es gleicht sich irgendwie aus.

Manchmal bin ich über dem Liebesspiel meiner Eltern eingeschlafen. Dann träumte ich von Jimi Hendrix. Ich konnte meinen Vater sehen, der in Woodstock im Dunkeln in der ersten Reihe stand, während Jimi Hendrix »The Star-Spangled Banner« spielte. Meine Mutter war mit mir zu Hause, und wir warteten darauf, daß mein Vater ins Reservat heimfand. Es ist ein erstaunlicher Gedanke, daß ich schon lebte, atmete und ins Bett machte, als Jimi noch lebte und Gitarren zertrümmerte. Ich träumte, daß mein Vater mit lauter mageren Hippiefrauen tanzte, ein paar Joints rauchte, ein paar Trips einwarf und lachte, als es anfing zu regnen. Denn es hat in Woodstock geregnet. Das weiß ich aus dem Fernsehen. Ich habe Dokumentarfilme darüber gesehen. Es regnete. Man teilte sich das Essen. Man wurde krank. Man heiratete. Man weinte alle möglichen Tränen.

Aber sooft ich auch davon träume, ich habe trotzdem keine Ahnung, warum es meinem Vater soviel bedeutet hat, der einzige Indianer gewesen zu sein, der dabei war, als Jimi Hendrix in Woodstock spielte. Und vielleicht war er auch gar nicht der einzige Indianer dort. Wahrscheinlich waren es Hunderte, und mein Vater dachte nur, er wäre der einzige. Er hat es mir einmillionenmal erzählt, wenn er betrunken war, und ein paar hundertmal, wenn er nüchtern war.

»Ich war da«, hat er gesagt. »Du darfst nicht vergessen, es war schon kurz vor dem Ende, und es waren nicht mehr so viele Leute da wie am Anfang. Längst nicht mehr so viele. Aber ich habe ausgehalten. Ich habe auf Jimi gewartet.«

Vor ein paar Jahren hat mein Vater Frau und Kind in den Wagen gepackt, und wir sind nach Seattle gefahren, um Jimi Hendrix' Grab zu besuchen. Wir ließen uns im Liegen neben dem Grab fotografieren. Es hat keinen Stein. Nur eine flache Gedenktafel.

Jimi war achtundzwanzig, als er starb. Jünger als Jesus Christus. Jünger als mein Vater, als wir vor dem Grab standen.

»Nur die Guten sterben jung«, sagte mein Vater.

»Nein«, sagte meine Mutter. »Nur Verrückte ersticken an ihrem eigenen Erbrochenen.«

»Warum redest du so über meine Helden?« fragte mein Vater.

»Blödsinn«, sagte meine Mutter. »Der alte Jesse WildShoe ist an seinem eigenen Erbrochenen erstickt, und der war von niemandem der Held.«

Ich trat einen Schritt zurück und sah zu, wie sich meine Eltern stritten. Ich war an diese Kämpfe gewöhnt. Wenn eine Indianerehe in die Brüche geht, ist es noch zerstörerischer und schmerzhafter als sonst schon. Vor hundert Jahren ließ sich eine Indianerehe leicht auflösen. Die Frau oder der Mann packten einfach ihre Sachen zusammen und zogen aus dem Tipi aus. Es gab keinen Streit, keine Diskussionen. Heutzutage kämpfen die Indianer bis zum bitteren Ende, sie klammern sich an diese letzte gute Sache, weil das ganze Leben ein Überlebenskampf ist.

Nach einer Weile, nach zu vielen Streitigkeiten und bösen Worten, ging mein Vater los und kaufte sich ein Motorrad. Eine schwere Maschine. Er fuhr oft stunden- oder auch tagelang durch die Gegend. Er hatte sich sogar einen alten Kassettenrekorder auf den Benzintank geschnallt, damit er unterwegs Musik hören konnte. Durch diese Maschine hat er etwas Neues über das Davonlaufen gelernt. Er redete nicht mehr soviel, er trank nicht mehr soviel. Er machte überhaupt nicht mehr viel, außer Motorrad fahren und Musik hören.

Dann fuhr mein Vater eines Abends auf der Devil's Gap Road seine Maschine zu Schrott und mußte für zwei Monate ins Krankenhaus. Er brach sich beide Beine, knackste sich die Rippen an und hatte ein Loch in der Lunge. Außerdem hatte er einen Nierenriß. Die Ärzte meinten, er hätte leicht tot sein können. Sie waren überrascht, daß er die Operation überlebte, ganz zu schweigen von den ersten Stunden, in denen er blutend auf der Straße gelegen hatte. Aber ich war nicht überrascht. So war mein Vater eben.

Und obwohl meine Mutter nicht mehr mit ihm verheiratet sein wollte und sein Unfall daran auch nichts mehr ändern konnte, hat sie ihn jeden Tag besucht. Leise sang sie ihm indianische Lieder vor, im Takt mit dem Summen der Maschinen, an die mein Vater angeschlossen war. Obwohl sich mein Vater kaum bewegen konnte, klopfte er mit dem Finger den Rhythmus dazu.

Als er wieder so weit bei Kräften war, daß er imstande war, sich hinzusetzen und zu reden, Gespräche zu führen und Geschichten zu erzählen, ließ er mich rufen.

»Victor«, sagte er. »Bleib bei vier Rädern.«

Nachdem er sich ein bißchen erholt hatte, besuchte meine Mutter ihn nicht mehr so oft. Aber sie hatte ihm durch die schlimmste Zeit hindurchgeholfen. Als er sie nicht mehr brauchte, kehrte sie zu dem Leben zurück, das sie sich aufgebaut hatte. Sie fuhr zu Powwows und fing wieder an zu tanzen. Als junge Frau war sie eine berühmte traditionelle Tänzerin gewesen.

»Ich erinnere mich an deine Mutter, als sie die beste traditionelle Tänzerin der Welt war«, sagte mein Vater. »Jeder wollte sie zur Liebsten haben. Aber sie tanzte nur für mich. So war es. Sie hat mir gesagt, jeder zweite Schritt wäre nur für mich.«

»Aber das ist ja nur der halbe Tanz«, sagte ich.

»Ja«, sagte mein Vater. »Den Rest hat sie für sich behalten. Niemand kann alles weggeben. Das ist nicht gesund.«

»Weißt du was?« sagte ich. »Manchmal hörst du dich nicht einmal mehr so an, als ob du wirklich wärst.«

»Was ist denn schon wirklich? Was wirklich ist, interessiert mich nicht. Mich interessiert, was sein sollte.«

Das war typisch für die Denkweise meines Vaters. Wenn einem das, woran man sich erinnert, nicht gefällt, braucht man bloß die Erinnerungen zu verändern. Statt an die schlechten Dinge erinnert man sich nur an das, was genau vorher passiert ist. Das habe ich von meinem Vater gelernt. Zum Beispiel erinnere ich mich immer noch daran, wie mein erster Schluck Diet Pepsi schmeckte, und nicht mehr daran, wie sich mein Mund anfühlte, nachdem ich mit dem zweiten die Wespe verschluckt hatte.

Deswegen erinnerte sich mein Vater immer an die letzte Sekunde, bevor meine Mutter ihn endgültig verließ und mich mitnahm. Nein. Ich erinnerte mich an die letzte Sekunde, bevor mein Vater meine Mutter und mich verließ. Nein. Meine Mutter erinnerte sich an die letzte Sekunde, bevor mein Vater sie verließ und sie zusehen konnte, wie sie mich allein großziehen sollte.

Aber egal wie das Gedächtnis nun auch immer funktionieren mag, es war auf jeden Fall mein Vater, der auf sein Motorrad stieg, mir noch einmal zuwinkte, als ich am Fenster stand, und davonfuhr. Er lebte in Seattle, San Francisco und Los Angeles, bevor er sich schließlich in Phoenix niederließ. Eine Zeitlang bekam ich fast jede Woche eine Postkarte von ihm. Dann nur noch einmal im Monat. Zum Schluß nur noch an Weihnachten und zu meinem Geburtstag.

In einem Reservat werden indianische Väter, die ihre Kinder im Stich lassen, schlechter behandelt als weiße Väter, die das gleiche tun. Das liegt daran, daß die weißen Männer es schon immer so gemacht haben und die Indianer es erst noch lernen. So kann Integration auch wirken.

Meine Mutter tat ihr möglichstes, um mir alles zu erklären, obwohl ich sowieso das meiste verstand.

»War es wegen Jimi Hendrix?« fragte ich.

»Teilweise schon«, sagte sie. »Womöglich war unsere Ehe die einzige, die von einem toten Gitarristen kaputtgemacht wurde.«

»Es gibt eben für alles ein erstes Mal, was?«

»Sieht ganz so aus. Dein Vater ist eben lieber allein, als mit anderen Menschen zusammenzusein. Auch wenn wir die anderen sind, ich und du.«

Manchmal ertappte ich meine Mutter dabei, wie sie in alten Fotoalben blätterte, wie sie an die Wand oder aus dem Fenster starrte. Dann hatte sie einen Ausdruck im Gesicht, der mir verriet, daß sie meinen Vater vermißte. Nicht so sehr, daß sie ihn hätte zurückhaben wollen. Nur soviel, daß es weh tat.

In den Nächten, in denen ich ihn am meisten vermißte, hörte ich Musik. Nicht immer Jimi Hendrix. Meistens Blues. Hauptsächlich Robert Johnson. Als ich Robert Johnson das erste Mal hörte, wußte ich, daß er verstand, was es hieß, ein Indianer an der Schwelle zum einundzwanzigsten Jahrhundert zu sein, obwohl er ein Schwarzer an der Schwelle zum zwanzigsten gewesen war. So mußte mein Vater sich gefühlt haben, als er Jimi Hendrix hörte. Als er dort in Woodstock im Regen stand.

Und in der Nacht, in der ich meinen Vater am allermeisten vermißte, als ich im Bett lag und weinte, in der Hand das Foto von ihm, auf dem er den Nationalgardisten zusammenschlägt, stellte ich mir vor, daß draußen sein Motorrad vorfuhr. Ich wußte, daß ich träumte, aber ich ließ es einen Moment lang Wirklichkeit sein.

»Victor«, rief mein Vater. »Komm, wir drehen eine Runde.«

»Ich komme. Ich muß mir nur noch die Jacke anziehen.«

Ich rannte durchs Haus, zog Socken und Schuhe an, kämpfte mich in meine Jacke, lief nach draußen und fand nur eine leere Auffahrt vor. Es war still, eine Reservatsstille, in der man hören kann, wie jemand in drei Meilen Entfernung einen Whiskey mit Eis trinkt. Ich stand auf der Veranda und wartete, bis irgendwann meine Mutter herauskam.

»Komm rein«, sagte sie. »Es ist kalt.«

»Nein«, sagte ich. »Ich weiß, daß er heute nacht wiederkommt.«

Meine Mutter sagte nichts. Sie wickelte mich in ihr liebstes Patchworkquilt und ging wieder schlafen. Ich stand die ganze Nacht auf der Veranda und bildete mir ein, Motorräder und Gitarren zu hören, bis strahlend hell die Sonne aufging und ich wußte, daß es Zeit wurde, zu meiner Mutter ins Haus zu gehen. Sie machte uns Frühstück, und wir aßen, bis wir satt waren.

Crazy-Horse-Träume

Am Frybread-Stand wollte sie sich neben Victor stellen, aber der rückte zwischen den anderen essenden und trinkenden Indianern von Lücke zu Lücke, in der Hoffnung, bei der Schwarzfußbedienung endlich doch noch etwas bestellen zu können. Als er der Jagd überdrüssig wurde und sich zum Gehen wandte, stand sie da.

»Sie beachten dich nicht, weil deine Haare zu kurz sind«, sagte sie.

Sie ist zu klein, um so ehrlich zu sein, dachte er. Ihre Zöpfe reichen ihr bis zur Taille, aber an einer großen Frau hätten sie schlicht ausgesehen, unbedeutend. Sie trägt ein Fünfzigdollar-Fransenhemd, hergestellt von einer Firma in Spokane. Er hatte von der Indianergroßmutter gelesen, die sie entwarf, jedes Stück ein Unikat, bevor sie sie zum Einheitspreis verkaufte. Er erinnerte sich an die rothaarige Kassiererin aus der Bank, die ihm seinen Scheck ausbezahlt und ihn gefragt hatte, ob er ihr Hemd für echt hielt. Echt. Er starrte die kleine Indianerin an, die ihm den Weg versperrte, und ging an ihr vorbei.

»He, Einzöpfiger«, rief sie ihm nach. »Bist dir wohl zu gut für mich, was?«

»Nein«, sagte er. »Zu groß.«

Er ging weg, durch die Sägespäne, die auf dem Boden lagen, damit der Staub nicht hochwirbelte, hinunter zur Stickgame-Bude. Er war überrascht, als er sah, daß William Boyd die Knochen in der Hand hatte und versuchte, sich das Benzingeld für die Fahrt zum nächsten Powwow zu verdienen. Er kramte in seinen Hosentaschen, fand einen Fünfdollarschein und gab ihn Willie. Willie ließ die Knochen von Hand zu Hand gehen, ein eingeborener Zauberer, der keine Spiegel brauchte, dessen Hand immer eine Spur schneller war als die Augen der alten Frau, die ihm gegenübersaß und zu erraten versuchte, wo der Knochen mit dem bunten Band war. Die alte Frau lachte, als sie falsch getippt hatte, und warf ein paar zerknitterte Geldscheine vor Willie in den Staub.

»Wir haben die ganze Nacht Zeit, Willie«, sagte Victor. »Ich hau nicht ab.«

Es war der erste Abend des Powwow, jeder hatte noch Geld in der Tasche. Ein Fünfdollarschein bedeutete gar nichts vor dem Ende, wenn der letzte Wagen, der Browning oder Poplar verließ, nur noch Platz für einen Mitfahrer hatte. Willie Boyd hatte ein Wohnmobil mit Fernseher und Kühlschrank, mit Schiebedach, das die ganze Luft hereinließ. Wenn es darauf ankommt, dachte Victor, wird Willie sich an die fünf Dollar erinnern. Willie Boyd erinnert sich an alles.

Sie stand wieder hinter ihm, als er sich zum Gehen wandte.

»Du mußt ein reicher Mann sein«, sagte sie. »Aber kein besonders guter Krieger. Sonst hätte ich mich nicht schon wieder anschleichen können.«

»Das wundert mich gar nicht«, sagte er. »Die Frauen der Prärieindianer saßen achtzehn Stunden am Tag zu Pferd. Sie konnten sieben Pfeile hintereinander abschießen, so daß sie alle gleichzeitig in der Luft waren. Sie waren die beste leichte Kavallerie der Weltgeschichte.«

»So ein Pech aber auch«, sagte sie. »Ein gebildeter Indianer.«

»Ja«, sagte er. »Reservatsuniversität.«

Sie lachten beide über den alten Witz. Jeder Indianer ist ein ehemaliger Student.

»Wo kommst du her?« fragte sie.

»Wellpinit«, sagte er. »Ich bin ein Spokane.«

»Hätte ich mir denken können. Du hast die typischen Anglerhände.«

»In unserem Fluß gibt es keine Lachse mehr. Bloß einen Schulbus und ein paar hundert Basketbälle.«

»Wieso denn das?«

»Unser Basketballteam fährt jedes Jahr einmal in den Fluß und ertrinkt«, sagte er. »Das ist bei uns Tradition.«

Sie lachte. »Du bist bloß ein Geschichtenerzähler, was?«

»Ich erzähle dir bloß Sachen, bevor sie geschehen«, sagte er. »Dieselben Sachen, die Söhne und Töchter ihren Müttern und Vätern erzählen.«

»Gibst du jemals eine direkte Antwort?«

»Kommt auf die Frage an«, sagte er.

»Möchtest du mein Powwow-Paradies sein?«

Sie nahm ihn mit ihren Winnebago. Im Dunkeln, auf der Plastikmatratze, berührte sie seinen weichen Bauch. Seine Hände bewegten sich über sie hinweg wie Fancydancers und entfernten sich immer weiter von seinem Körper. Er zitterte.

»Wovor hast du Angst?«

»Vor Aufzügen, Rolltreppen, Drehtüren. Vor jeder Form von erzwungener Bewegung.«

»Um solche Sachen brauchst du dir auf einem Powwow keine Gedanken zu machen.«

»Das stimmt nicht«, sagte er. »Letzten Winter hatten wir in Spokane eine Indianerkonferenz im Sheraton Hotel. Ungefähr zwanzig von uns haben sich in den Aufzug gequetscht, um zu meinem Zimmer hochzufahren, und dann sind wir zwischen dem zwölften und vierzehnten Stock steckengeblieben. Zwanzig Indianer und ein kleiner, alter, weißer Fahrstuhlführer, den fast der Schlag getroffen hätte.«

»Du lügst«, sagte sie. »Die Geschichte hast du geklaut.«

»Wovor hast du Angst?« fragte er. Sie schwieg. Sie starrte ihn an, versuchte seine Gesichtszüge zwischen den Schatten zu finden und machte sich im Geist ein Bild von ihm. Aber sie täuschte sich. Sein Haar war dünner, eher braun als schwarz. Seine Hände waren klein. Irgendwie wartete sie immer noch auf Crazy Horse.

»Ich träume manchmal, daß ich Bingo spiele«, sagte sie. »Es geht um eine Million Dollar, und mir fehlt nur noch B-6. Aber dann ruft der Spielleiter B-7 aus, und der ganze Saal brüllt wie ein Mann *Bingo!*«

»Hört sich für mich eher nach der Wahrheit an«, sagte er, als sie sich über ihn beugte, um das Licht anzumachen.

Victor war überrascht. Sie war gewachsen. Sie war die riesigste Frau, die er je gesehen hatte. Das Haar fiel über ihren Körper hinab, eine Explosion von Pferden. Sie war schöner, als er es wollte, eher ein Kind von Autobahnausfahrten und des Kabelfernsehens, eine Mutter der Jugendlichen, die vor dem 7-11 herumlungerten und ihn baten, ihnen einen Kasten Coors Light zu kaufen. Sie saß in dem Bus, der zu einem Community College fuhr. Sie saß in dem Bus, der in Städte fuhr, die wild wucherten, sich verdoppelten. Es gab nichts, was er ihrem Vater schenken konnte, um ihre Hand zu gewinnen, nichts, was sie verstehen, woran sie sich erinnern würde.

»Was hast du?« fragte sie und wollte wieder nach dem Lichtschalter greifen, aber er ließ sie nicht und umklammerte ihr Handgelenk so fest, daß es weh tat.

»Warum hast du keine Narben?« fragte er und zog ihr Gesicht ganz nah an sich heran, bis ihre Zöpfe seine Brust berührten.

»Und warum hast du so verflucht viele?« fragte sie ihn.

Dann hatte sie plötzlich Angst vor dem nackten Mann neben sich, unter ihr, Angst vor diesem Mann, der so einfach gewesen war in seinen Kleidern und Cowboystiefeln, eine Feder in einer Flasche.

»Du bist nichts Besonderes«, sagte er. »Du bist auch bloß ein gottverdammter Indianer, genau wie ich.«

»Falsch«, sagte sie, machte sich von seiner Hand los, setzte sich aufrecht hin und verschränkte die Arme vor der Brust. »Ich bin eine Indianerin der besten Sorte, und ich liege mit meinem Vater im Bett.«

Er lachte. Sie schwieg. Sie dachte, sie könne gerettet werden. Sie dachte, er könne ihre Hand nehmen und mit ihr im Kreis den Eulentanz tanzen. Sie dachte, sie könne zusehen, wie er den Fancydance tanzte, wie seine Wadenmuskeln mit jedem Schritt vollkommener wurden. Sie dachte, er sei Crazy Horse.

Er stand auf, zog seine Levis an und knöpfte das rotschwarze Flanellhemd zu, das irgendein Schriftsteller einmal ein Indianerhemd genannt hat. Er stieg in seine Cowboystiefel, machte den kleinen Kühlschrank auf und nahm sich ein Bier.

»Du bist nichts. Du bist nichts«, sagte er und ging.

Im Dunkeln neben einem Tipi stehend, aus dem blauer Rauch von einem Feuer aufstieg, beobachtete er den Winnebago. Stundenlang beobachtete Victor, wie die Lichter an- und ausgingen, an und aus. Er wünschte, er wäre Crazy Horse.

Die einzige Ampel im Reservat zeigt nicht mehr rot

»Mach doch«, sagte Adrian. »Drück ab.«

Ich hielt mir eine Pistole an die Schläfe. Ich war nüchtern, aber ich wünschte mir, betrunken genug zu sein, um abzudrücken.

»Los«, sagte Adrian. »Du Feigling.«

Während ich mir die Pistole an die Schläfe hielt, schnipste ich mit der anderen Hand Adrian weg. Dann machte ich mit meiner dritten Hand eine Faust, um ein bißchen Mut oder Dummheit zusammenzunehmen, und wischte mir mit der vierten Hand den Schweiß von der Stirn.

»Komm«, sagte Adrian. »Gib mir mal die Knarre.«

Adrian nahm die Pistole, steckte den Lauf in den Mund, lächelte um das Metall herum und drückte ab. Dann fluchte er laut, lachte und spuckte das Kugellager aus.

»Bist du schon tot?« fragte ich.

»Nein«, sagte er. »Noch nicht. Gib mir noch ein Bier.«

»He, wir trinken doch nicht mehr. Schon vergessen? Wie wär's mit 'ner Diet Pepsi?«

»Hast ja recht. Hab ich nicht mehr dran gedacht. Gib mir 'ne Pepsi.«

Adrian und ich saßen auf der Veranda und beobachteten das Treiben im Reservat. Nichts tat sich. Auf unseren Stühlen sitzend, die so wackelige Beine hatten, daß wir sie als Schaukelstühle benutzen konnten, sahen wir, daß die einzige Ampel im Reservat nicht mehr ging.

»He, Victor«, sagte Adrian. »Wann hat das Ding denn seinen Geist aufgegeben?«

»Keine Ahnung«, sagte ich.

Es war Sommer. Heiß. Aber wir behielten die Hemden an, um unsere Bierbäuche und Windpockennarben zu verstecken. Wenigstens wollte ich meinen Bierbauch verstecken. Ich war ein ehemaliger Basketballstar, der aus dem Leim gegangen war. So etwas ist immer eine traurige Sache. Es gibt nichts Unattraktiveres als einen eitlen Mann, und das gilt gleich doppelt für einen indianischen Mann.

»Also«, sagte Adrian. »Was sollen wir heute machen?«

»Keine Ahnung.«

Wir sahen einer Gruppe Indianerjungen nach. Ich würde gern denken, sie wären zu zehnt gewesen. Aber tatsächlich waren sie nur zu viert oder fünft. Sie waren mager, sonnengebräunt, ihre Haare lang und zerzaust. Keiner von ihnen sah aus, als ob er in den letzten Wochen geduscht hätte.

Ihr Geruch machte mich neidisch.

Sie hatten irgendwelche dummen Streiche im Sinn, da bin ich mir sicher. Kleine Krieger, die im zwanzigsten Jahrhundert mit Vandalismus Ehren erringen wollten. Fensterscheiben einschmeißen, einen Hund treten, einen Reifen aufschlitzen. Die Beine in die Hand nehmen, wenn die Stammespolizisten langsam am Tatort vorbeifuhren.

»He«, sagte Adrian. »Ist das nicht der junge Windmaker?«

»Ja«, sagte ich und sah, wie Adrian sich vorbeugte, um Julius Windmaker genauer ins Auge zu fassen, den besten Basketballspieler im Reservat, obwohl er erst fünfzehn Jahre alt war.

»Sieht gut aus«, sagte Adrian.
»Ja, anscheinend trinkt er nicht.«
»Noch nicht.«
»Ja, noch nicht.«

Julius Windmaker war der letzte in einer langen Reihe von Reservatsbasketballhelden, die sich bis zu Aristotle Polatkin zurückverfolgen ließ, der schon ein Jahr, bevor James Naismith angeblich das Basketballspiel erfunden haben soll, Sprungwürfe machte.

Ich hatte Julius nur ein paarmal spielen sehen, aber er besaß das Talent, die Eleganz, und er hatte Finger wie ein gottverdammter Medizinmann. Als die Stammesschule einmal nach Spokane fuhr, um gegen eine weiße High-School anzutreten, machte Julius allein siebenundsechzig Punkte, und die Indianer gewannen mit vierzig Punkten Vorsprung.

»Ich konnte ja nicht wissen, daß sie zu Pferd antreten«, hörte ich den Trainer der weißen Mannschaft noch sagen, bevor ich ging.

Ich will sagen, Julius war ein Künstler, er war launisch. Ein paarmal ist er mitten im Spiel vom Platz gegangen, weil der Gegner nicht stark genug war. So war er eben. Julius konnte einen Wahnsinnspaß werfen, der uns alle überraschte, und der Ball landete im Aus. Aber keiner hätte gesagt, daß es ein Fehlwurf war, weil wir alle wußten, daß einer seiner Mannschaftskameraden hätte zur Stelle sein müssen, um den Paß anzunehmen. Wir liebten ihn.

»He, Julius«, rief Adrian von der Veranda. »Du bist 'ne alte Krücke.«

Julius und seine Freunde lachten, schnipsten uns weg und schüttelten ihre Schwanzfedern ein wenig, während sie weiter die Straße hinuntergingen. Sie wußten alle, daß Julius zur Zeit der beste Basketballspieler im Reservat war, vielleicht sogar der beste aller Zeiten, und sie wußten, daß Adrian diese Tatsache nur bestätigt hatte.

Für Adrian war es leichter, Julius auf die Schippe zu nehmen, weil er selbst nie richtig Basketball gespielt hatte. Er stand der ganzen Sache unvoreingenommen gegenüber. Ich dagegen war früher ein ziemlich guter Spieler gewesen. Vielleicht nicht so gut wie manche und bestimmt nicht so gut wie Julius, aber das Spiel steckt mir immer noch in den Knochen, und ich habe immer noch das Bedürfnis, besser zu sein als alle anderen. Dieses Bedürfnis, der Beste zu sein, das Gefühl der Unsterblichkeit, das ist es, was einen Basketballspieler antreibt. Und wenn es verschwindet, ganz egal warum, wird dieser Basketballspieler nie mehr derselbe sein, weder auf dem Spielfeld noch neben dem Spielfeld.

Ich weiß nicht, wann ich diesen Ehrgeiz verloren habe. In meinem letzten High-School-Jahr haben wir um die Staatsmeisterschaft gespielt. Ich war wahnsinnig gut, ich traf einfach alles. Es war genauso, als ob man von einem kleine Ruderboot aus Steine ins Meer wirft. Ich konnte den Korb nicht verfehlen. Aber dann hielten wir vor dem Meisterschaftsspiel im Sanitätsraum des College, wo das Turnier jedes Jahr ausgetragen wurde, unsere Vorbesprechung ab.

Weil uns der Trainer warten ließ, vertrieben wir uns die Zeit damit, in Erste-Hilfe-Broschüren zu blättern. Darin waren alle möglichen grauenvollen Verletzungen abgebildet. Zerquetschte Hände und Füße, die in die Druckerpresse geraten waren, von Rasenmähern zerfetzte, verbrannte und verstümmelte Gliedmaßen. Gesichter, die durch Windschutzscheiben geflogen, über Rollsplit geschleift, von Gartengeräten aufgeschlitzt worden waren. Es war widerlich, aber wir sahen es uns trotzdem an, blätterten von Foto zu Foto weiter und ließen die Broschüren herumgehen, bis uns allen kotzübel war.

Während ich mir diese Nahaufnahmen von Tod und Zerstörung ansah, passierte es. Ich glaube, jeder einzelne im Raum, jeder einzelne aus unserem Team verlor das Gefühl der Unsterblichkeit. Wir gingen raus und verloren das Meisterschaftsspiel mit zwanzig Punkten Unterschied. Ich habe nicht einen einzigen Korb gemacht. Ich habe nichts getroffen, gar nichts.

»Also«, sagte ich zu Adrian. »Meinst du, Julius kann es schaffen?«

»Vielleicht, vielleicht.«

In der Reservatsgeschichte tauchen immer wieder Helden auf, die nie die High-School schaffen, die keine Basketballsaison beenden. Es hat sogar ein, zwei Typen gegeben, die überhaupt nur einmal für ein paar Minuten gespielt haben, bloß um zu zeigen, was aus ihnen hätte werden können. Und es gibt den berühmten Fall Silas Sirius, der in seiner ganzen Basektballkarriere nur einen einzigen Ballkontakt hatte und nur einen einzigen Korb warf. Darüber reden die Leute heute noch.

»He«, sagte ich zu Adrian. »Erinnerst du dich noch an Silas Sirius?«

»Mensch«, sagte Adrian. »Und ob ich mich an den erinnere. Ich war dabei, als er sich den Rebound schnappte, einen

Schritt machte, quer über das ganze Spielfeld flog, sich in der Luft einmal um die eigene Achse drehte und den verfluchten Ball reinhaute. Und damit meine ich nicht, daß es so aussah, als ob er flog, oder daß es so herrlich war, daß man hätte meinen können, er flog. Ich meine, er flog. Punkt.«

Ich lachte und klatschte mir auf die Oberschenkel, und ich wußte, daß ich Adrian seine Geschichte um so mehr glaubte, je unwahrer sie sich anhörte.

»Scheiße«, fuhr er fort. »Dabei sind ihm keine Flügel gewachsen. Er hat nur ein bißchen mit den Beinen gestrampelt. Hatte den Ball im Arm wie ein Baby. Und er lächelte. Wirklich. Er lächelte, während er flog. Er lächelte, während er den Ball reinhaute, er lächelte, als er vom Feld ging und niemals wiederkam. Ich sage dir, zehn Jahre später lächelte er immer noch.«

Ich lachte weiter, hörte einen Augenblick damit auf und lachte dann auch noch ein bißchen länger, weil es sich so gehörte.

»Ja«, sagte ich. »Silas konnte spielen.«

»Richtig spielen«, stimmte Adrian mir zu.

In der Welt draußen kann ein Mensch in der einen Sekunde ein Held sein und in der nächsten ein Niemand. Überleg doch mal. Erinnert sich vielleicht noch ein Weißer an die Namen der Typen, die vor ein paar Jahren in den eisigen Fluß gesprungen sind, um die Passagiere des abgestürzten Flugzeuges zu retten? Die Weißen erinnern sich doch noch nicht einmal an den Namen der Hunde, die mit ihrem Gebell ganze Familien vor dem Verbrennungstod gerettet haben. Um ehrlich zu sein, an diese Namen kann ich mich auch nicht mehr erinnern, aber ein Reservatsheld wird niemals vergessen. Reservatshelden sind für immer Helden. Ihr Ansehen wächst sogar noch von Jahr zu Jahr, je öfter ihre Geschichte weitererzählt wird.

»Ja«, sagte Adrian. »Zu schade, daß ihn die verdammte Zuckerkrankheit erwischt hat. Silas hat immer von einem Comeback geredet.«

»Zu schade, zu schade.«

Wir lehnten uns auf unseren Stuhl zurück. Stille. Wir sahen zu, wie das Gras wuchs, wie die Flüsse strömten, wie die Winde wehten.

»Verdammt«, sagte Adrian. »Seit wann ist diese Scheißampel denn nun kaputt?«

»Keine Ahnung.«

»Scheiße, sie muß repariert werden. Sonst gibt es womöglich noch 'nen Unfall.«

Wir sahen uns an, sahen die Ampel an. Wir wußten, daß höchstens ein Auto in der Stunde vorbeikam, und wir lachten uns den Arsch ab. Wir lachten so laut, daß zum Schluß, als wir uns wieder beruhigt hatten, Adrian meinen Arsch hatte und ich seinen.

Das sah so komisch aus, daß wir uns den Arsch noch einmal ablachten, und es dauerte fast eine Stunde, bis alles wieder am rechten Fleck war.

Dann hörten wir in der Ferne Glas splittern.

»Hört sich nach Bierflaschen an«, sagte Adrian.

»Ja, Coors Light, würde ich sagen.«

»Jahrgang 1988.«

Wir fingen wieder an zu lachen, aber da fuhr ein Stammesbulle vorbei, die Straße runter, in dieselbe Richtung, in die Julius und seine Freunde gegangen waren.

»Meinst du, die schnappen sie?« fragte ich Adrian.

»Die kriegen sie immer.«

Nach ein paar Minuten kam der Stammesbulle wieder zurückgefahren, Julius auf dem Rücksitz. Seine Freunde rannten hinterher.

»He«, sagte Adrian. »Was hat er ausgefressen?«

»Er hat die Windschutzscheibe von einem BIA-Pick-up eingeschmissen«, rief einer der Indianerjungen zurück.

»Hab ich dir doch gleich gesagt, daß es sich nach der Windschutzscheibe von einem Pick-up angehört hat«, sagte ich.

»Ja, ja, von einem 1982er Chevy.«

»Rot lackiert.«

»Nein, blau.«

Wir lachten ein bißchen. Dann seufzte Adrian tief und lange. Er rieb sich den Kopf, fuhr sich mit den Fingern durch die Haare und kratzte sich ausgiebig den Skalp.

»Ich glaube, aus Julius wird nichts«, sagte er.

»Ach was«, sagte ich. »Er muß sich bloß austoben.«

»Vielleicht, vielleicht.«

Es ist schwer, in einem Reservat optimistisch zu sein. Wenn bei uns ein Glas auf dem Tisch steht, fragen sich die Leute nicht lange, ob es halb voll oder halb leer ist. Sie hoffen bloß, daß es gutes Bier ist. Trotzdem sind die Indianer irgendwie Überlebenskünstler. Aber es ist fast so, als ob sie mit großen Unglücken leichter fertig werden könnten. Massenmord, Verlust der eigenen Sprache, Landraub. Es sind die kleinen Dinge, die am meisten weh tun. Die weiße Bedienung, die eine Bestellung nicht aufnimmt, Tonto, der Film- und Fernsehindianer, die Washington Redskins.

Und genau wie alle anderen brauchen auch die Indianer

Helden, die ihnen zeigen, wie man das Überleben lernt. Aber was passiert, wenn unsere Helden noch nicht einmal wissen, wie sie ihre Rechnungen bezahlen sollen?

»Scheiße Adrian«, sagte ich. »Er ist doch noch ein Kind.«

»In einem Reservat gibt es keine Kinder.«

»Ja, ja, den Spruch kenne ich«, sagte ich. »Also, ich glaube, daß Julius bestimmt auch in der Schule ziemlich gut ist.«

»Und?«

»Und vielleicht will er aufs College.«

»Wirklich?«

»Wirklich«, sagte ich und lachte. Und ich lachte, weil ich zur Hälfte glücklich war und weil die andere Hälfte nicht wußte, was sie sonst tun sollte.

Ein Jahr später saßen Adrian und ich auf denselben Stühlen auf derselben Veranda. Zwischendurch hatten wir Sachen gemacht, wie zum Beispiel gegessen und geschlafen und Zeitung gelesen. Es war wieder ein heißer Sommer. Aber schließlich soll es im Sommer auch heiß sein.

»Ich habe Durst«, sagte Adrian. »Gib mir ein Bier.«

»Wie oft soll ich dir das noch sagen? Wir trinken nicht mehr.«

»Scheiße«, sagte Adrian. »Schon wieder vergessen. Dann gibst du mir eben 'ne Pepsi.«

»Du hast aber heute schon einen ganzen Kasten intus.«

»Ja, ja, immer diese Scheißersatzdrogen.«

Wir saßen ein paar Minuten oder Stunden da, dann kam Julius Windmaker vorbeigetorkelt.

»Guck dir den an«, sagte Adrian. »Noch keine zwei Uhr nachmittags, aber er ist voll wie tausend Mann.«

»Hat er nicht heute abend ein Spiel?«

»Doch, hat er.«

»Na, ich hoffe bloß, er ist bis dahin wieder nüchtern.«

»Hoffe ich auch.«

Ich hatte nur einmal betrunken Basketball gespielt, auf einem reinen Indianerturnier, nachdem ich die High-School verlassen hatte. Am Abend vorher hatte ich getrunken, und als ich aufwachte, war mir ziemlich schlecht, also habe ich mich gleich noch einmal betrunken. Dann ging ich raus und spielte. Irgendwie stand ich die ganze Zeit neben mir. Nichts schien mehr zu passen. Es kam mir sogar so vor, als ob meine Schuhe, die vorher genau gepaßt hatten, zu groß für meine Füße geworden wären. Ich konnte noch nicht einmal den Ball oder den Korb richtig erkennen. Sie waren eher wie Ideen. Ich meine, ich wußte ungefähr, wo sie sein sollten, also riet ich, wo ich sein mußte. Mit Ach und Krach schaffte ich trotzdem zehn Punkte.

»Der säuft ziemlich viel in letzter Zeit, was?« sagte Adrian zu mir.

»Ja, er soll sogar Sterno saufen.«

»Scheiße, dann hat er bald nur noch Scheiße im Hirn.«

An diesem Abend verließen Adrian und ich die Veranda und gingen in die Stammesschule, um uns Julius' Spiel anzusehen. Er sah immer noch gut aus in seiner Kluft, obwohl er ein bißchen aufgeschwemmt war. Aber er war nicht mehr der Basketballspieler, an den wir uns erinnerten oder den wir erwartet hatten. Er verfehlte den Korb, leistete sich Schrittfehler und warf schwachsinnige Pässe, bei denen jeder merkte, daß sie schwachsinnig waren. Nach dem vierten Viertel setzte Julius sich ans Ende der Bank und ließ den Kopf hängen. Die

Zuschauer verließen die Halle, und alle redeten darüber, welche von den jüngeren Spielern eine gute Figur gemacht hatten. Wir redeten über eine Kleine namens Lucy aus der dritten Klasse, die schon ein, zwei gute Tricks auf Lager hatte.

Aber alle erzählten auch ihre Lieblingsgeschichten von Julius Windmaker. Bei solchen Gelegenheiten kommt einem ein Basketballspiel im Reservat wie eine Mischung aus Beerdigung und Leichenschmaus vor.

Als wir wieder zu Hause waren und auf der Veranda saßen, wickelten Adrian und ich uns Tücher um die Schultern, weil es ein ziemlich kalter Abend war.

»Zu schade, zu schade«, sagte ich. »Ich dachte wirklich, Julius könnte es schaffen.«

»Ich wußte, daß er es nicht schafft. Ich hab's dir gleich gesagt.«

»Ja, ja. Reite bloß nicht drauf rum.«

Wir saßen schweigend da und erinnerten uns an all unsere Helden zurück, Basketballspieler aus sieben Generationen. Es tut immer weh, einen von ihnen zu verlieren, weil die Indianer in den Basketballspielern so etwas wie Erlöser sehen. Ich meine, wenn es zu seiner Zeit schon Basketball gegeben hätte, wäre Jesus Christus bestimmt der beste Verteidiger in Nazareth gewesen. Wahrscheinlich sogar der beste Spieler auf der ganzen Welt. Und im Jenseits. Ich kann einfach nicht erklären, wie sehr es uns allen weh tat, Julius Windmaker zu verlieren.

»Tja«, sagte Adrian. »Was sollen wir morgen machen?«
»Keine Ahnung.«
»Scheiße, die verfluchte Ampel ist immer noch kaputt. Guck mal.«

Adrian zeigte die Straße hinunter, und er hatte recht. Aber

was für einen Sinn hatte es, sie zu reparieren, an einem Ort, wo selbst Stoppschilder nichts weiter als Vorschläge sind?

»Wie spät ist es?« fragte Adrian.

»Ich weiß nicht. Zehn, glaube ich.«

»Los, komm, wir hauen ab.«

»Wohin denn?«

»Ich weiß nicht. Spokane, egal wohin. Laß uns einfach gehen.«

»Okay«, sagte ich, und wir gingen ins Haus, machten die Tür zu und verriegelten sie. Nein. Wir ließen sie einen Spalt offen, nur für den Fall, daß irgendein verrückter Indianer einen Schlafplatz brauchte. Und am Morgen fanden wir den verrückten Julius, der sinnlos betrunken auf dem Wohnzimmerteppich lag.

»He, du Penner«, rief Adrian. »Runter von meinem Fußboden.«

»Das ist mein Haus, Adrian«, sagte ich.

»Stimmt, hatte ich vergessen. He, du Penner, wuchte deinen Arsch von Victors Fußboden.«

Julius stöhnte und furzte, aber er wachte nicht auf. Eigentlich war es Adrian egal, daß Julius auf dem Fußboden lag, also warf er eine alte Decke über ihn. Adrian und ich machten uns einen Morgenkaffee und setzten uns wieder auf die Veranda. Wir hatten unsere Tassen fast leer, als ein Trupp Indianerkids vorbeikam, mit Basketbällen in allen möglichen Formen und Abnutzungsstadien unter dem Arm.

»He, guck mal«, sagte Adrian. »Ist das nicht die kleine Lucy?«

Sie war es, ein kleines braunes Mädchen mit zernarbten Knien, die ein Hemd von ihrem Vater trug.

»Doch, das ist sie«, sagte ich.

»Sie soll so gut sein, daß sie in der Jungenmannschaft der sechsten Klasse mitspielen darf.«

»Ehrlich? Und dabei ist sie doch selber erst in der dritten, oder?«

»Doch, doch, sie ist eine kleine Kriegerin.«

Adrian und ich sahen den Indianerkids nach, die mal wieder Basketballspielen gingen.

»Ach Gott, ich hoffe bloß, sie schafft es«, sagte ich.

»Ja, ja«, sagte Adrian, starrte auf den Boden seiner Tasse und schmiß sie dann quer über den Hof. Und wir beide sahen mit all unseren Augen hinter ihr her, während genau über uns die Sonne aufging und es sich hinter dem Haus gemütlich machte, wir sahen der Tasse nach, die sich drehte und drehte, bis sie heil auf dem Boden landete.

Rummelplatz

I lower a frayed rope into the depths and
hoist the same old Indian tears to my eyes.
The liquid ist pure and irresistible.
Adrian C. Louis

Nach einem heißen Sommertag und zuviel Jackentaschenwhiskey kippte Dirty Joe bewußtlos auf das zertretene Gras der Budenstraße, und Sadie und standen über ihm, sahen hinunter in sein plattes Gesicht, eine Landkarte all der Kriege, die er in den Indianerbars ausgefochten hatte. Dirty Joe war kein Krieger im alten Sinne. Seinen Namen hatte er daher, daß er zur Sperrstunde durch die Kneipen zog und die halbleeren Gläser austrank, ohne daß es ihn kümmerte, wer sie stehengelassen hatte.

»Was sollen wir bloß machen?« fragte ich Sadie.

»Ach, Victor, lassen wir das alte Arschloch doch einfach liegen«, sagte Sadie, aber wir wußten beide, daß wir nicht imstande waren, einen anderen Indianer sinnlos betrunken mitten auf einem weißen Jahrmarkt liegenzulassen. Andererseits hatten wir aber auch keine Lust, seine Schnapsleiche mitzuschleppen. Wohin auch immer.

»Wenn wir ihn hier lassen, wird er mit Sicherheit eingelocht«, sagte ich.

»Vielleicht tut ihm die Ausnüchterungszelle gut«, sagte sie und ließ sich so schwer ins Gras plumpsen, daß sich ein paar

Haare aus ihrem Zopf lösten. Vor einem Jahrhundert wäre sie vielleicht schön gewesen, wenn man ihr Gesicht im Fluß statt in einem Spiegel betrachtet hätte. Aber die Jahre haben mehr verändert als nur die Form unseres Blutes und unserer Augen. Heute haben wir die Angst wie ein Türkishalsband umgelegt, wie ein vertrautes Schultertuch.

Wir hockten neben Dirty Joe und beobachteten, wie uns die weißen Touristen beobachteten, wie sie lachten, mit dem Finger auf uns zeigten, die Gesichter verzerrt vor Haß und Ekel. Ich hatte vor jedem einzelnen von ihnen Angst und wollte mich hinter meinen Indianerzähnen verstecken, hinter einem schnellen Witz.

»Scheiße«, sagte ich. »Für diese Show sollten wir Eintritt verlangen.«

»Genau, einen Quarter pro Kopf, und wir wären bis ans Ende der Woche mit Coors Light versorgt.«

»Bis ans Ende unseres Lebens, was?«

Nach einer Weile kam ich genau wie Sadie zu der Ansicht, daß es vielleicht doch besser wäre, Dirty Joe den Straßenkehrern zu überlassen. Ich wollte gerade aufstehen, als ich hinter mir einen Schrei hörte, und als ich mich schnell umdrehte, um zu sehen, was los war, entdeckte ich den Grund dafür: eine kleine Achterbahn, die »Hengst« hieß.

»Komm, Sadie«, sagte ich. »Wir stecken ihn in die Achterbahn.«

Sie lächelte zum ersten Mal seit vier-, fünfhundert Jahren und stand auf.

»Ganz schön gemein von uns«, sagte sie lachend, aber sie packte seine Arme, während ich seine Beine nahm, und zusammen schleppten wir ihn hinüber zum »Hengst«.

»He«, sagte ich zum Kartenverkäufer. »Ich gebe Ihnen zwanzig Dollar, wenn Sie meinen Cousin den ganzen Tag mitfahren lassen.«

Der Kartenverkäufer sah mich an, sah Dirty Joe an, sah wieder mich an und schmunzelte.

»Aber der ist ja voll wie tausend Mann. Er könnte sich was tun.«

»Quatsch«, sagte ich. »Ein Indianer hat doch keinen Schiß vor ein bißchen Schwerkraft.«

»Na gut«, sagte der Kartenverkäufer. »Von mir aus.«

Wir packten Dirty Joe in den letzten Wagen und sahen nach, ob er etwas potentiell Tödliches in seinen Taschen hatte. Nichts. Sadie und ich blieben stehen und sahen uns an, wie Dirty Joe ein paarmal im Kreis herumfuhr. Sein Kopf rollte hin und her, vor und zurück. Er sah aus wie eine alte Decke, die wir weggegeben hatten.

»Ach Gott, ach Gott«, schrie und lachte Sadie. Sie stützte sich auf meine Schulter und lachte, bis ihr die Tränen kamen. Ich blickte mich um und sah, daß sich eine ziemlich große Menschenmenge angesammelt hatte, die in das Lachen eingefallen war. Zwanzig oder dreißig weiße Gesichter, aufgerissene Münder, riesig und ohrenbetäubend, große Augen, die auf Sadie und mich gerichtet waren. Sie waren Geschworene und Richter bei diesem Fancydance der Hofnarren im zwanzigsten Jahrhundert, die ihnen Donnervogel-Wein in den Heiligen Gral schütteten.

»Los, Sadie. Ich glaube, es ist besser, wir verschwinden.«

»Ach, du Scheiße«, sagte sie, als sie merkte, was wir angerichtet hatten. »Nichts wie weg.«

»Warte, wir müssen Dirty Joe holen.«

»Dafür haben wir keine Zeit mehr«, sagte sie und zog mich weg von der Menge. Wir gingen schnell und gaben uns die größte Mühe, wie alles andere auszusehen, bloß nicht wie Indianer. Zwei rothaarige kleine Jungen liefen vorbei, sie machten Indianergeräusche mit dem Mund, und als ich mich umdrehte, um ihnen nachzusehen, zielte einer von ihnen mit dem Finger auf mich und drückte ab.

»Peng«, rief er. »Du bist tot, Indianer.«

Ich sah zurück zum »Hengst«, wo Dirty Joe gerade wieder zu sich kam, den Kopf hob und nach einem vertrauten Orientierungspunkt suchte.

»Sadie, er ist wach. Wir müssen ihn holen.«

»Hol ihn doch selber«, sagte sie und ließ mich stehen. Ich sah, wie sie langsam der zusammenströmenden Menge entgegenging, der einzige Mensch, der nicht angelaufen kam, um sich einen betrunkenen Indianer auf dem »Hengst« anzusehen. Als ich mich wieder umdrehte, sah ich gerade noch, wie Dirty Joe aus der Achterbahn stolperte und seinen Mageninhalt auf die Plattform entleerte. Der Kartenverkäufer brüllte etwas Unverständliches und gab Dirty Joe von hinten einen Stoß, daß er die Treppe hinunterrollte und mit dem Gesicht im Gras landete.

Die Menge bildete einen Kreis um Dirty Joe; ein dünner Mann mit einem großen Hut zählte Dirty Joe an, als ob er ein niedergeschlagener Boxer im Ring wäre. Zwei Wachleute drängte sich zwischen den Menschen hindurch, mit ihren Schlagstöcken hebelten sie sich den Weg frei. Einer kniete sich neben Dirty Joe, während der andere mit dem Kartenverkäufer sprach. Der wedelte wild mit den Armen, erklärte ihm die Situation, und dann drehten sich beide zu mir um.

Der Kartenverkäufer zeigte mit dem Finger auf mich, obwohl das nicht nötig gewesen wäre, und der Wachmann sprang auf die Plattform.«

»Okay, Häuptling«, sagte er. »Wuchte mal deinen Arsch hier rüber.«

Ich ging ein paar Schritte rückwärts, drehte mich um und rannte los. Ich konnte den Wachmann hinter mir hören, während ich die Budenstraße hinunterlief, an einem überraschten Kartenverkäufer vorbei in ein Fun House, ein verrücktes Labyrinth, wo ich durch einen rotierenden Tunnel stolperte, über eine Absperrung sprang, durch einen Vorhang schlüpfte und plötzlich vor meinem drei Fuß hohen Spiegelbild stand.

Zerrspiegel, dachte ich, als der Wachmann aus dem Tunnel fiel, sich hochrappelte und seinen Schlagstock aus dem Gürtel zog.

Zerrspiegel, dachte ich, die dich entstellen, die dich dicker, dünner, größer und kleiner machen. Die einen weißen Mann daran erinnern, daß er der Zeremonienmeister ist, der laut brüllend die dickste Frau der Welt ankündigt, den Jungen mit dem Hundegesicht, den Indianer, der einen anderen Indianer verraten hat, verkauft wie ein Landrecht.

Zerrspiegel, dachte ich, die an der dunklen Farbe deiner Augen oder an den sicher verwahrten, guten Seiten deiner Vergangenheit nie etwas ändern können.

Was es bedeutet,
Phoenix, Arizona, zu sagen

Kurz nachdem Victor seine Stelle beim BIA, dem Büro für indianische Angelegenheiten, verloren hatte, erfuhr er, daß sein Vater in Phoenix, Arizona, an einem Herzinfarkt gestorben war. Obwohl Victor seinen Vater seit ein paar Jahren nicht mehr gesehen und nur ein-, zweimal am Telefon mit ihm gesprochen hatte, empfand er einen genetischen Schmerz, der schon bald zu einem realen, unmittelbaren Schmerz wurde, wie bei einem Knochenbruch.

Victor hatte kein Geld. Aber wer hat in einem Reservat schon Geld, außer denen, die Zigaretten und Feuerwerkskörper verkaufen? Sein Vater hatte ein Sparkonto, das nur darauf wartete, aufgelöst zu werden, aber dafür mußte Victor erst einmal nach Phoenix kommen. Victors Mutter war genauso arm wie er, und der Rest der Familie hatte für ihn nicht das geringste übrig. Also rief Victor beim Stammesrat an.

»Hören Sie«, sagte Victor. »Mein Vater ist gestorben. Ich brauche etwas Geld, damit ich nach Phoenix fahren kann, um alles zu regeln.«

»Tja, Victor«, sagte der Rat. »Wie Sie wissen, machen wir momentan eine finanzielle Durststrecke durch.«

»Aber ich dachte, der Rat hätte für solche Fälle Mittel beiseite gelegt.«

»Tja, Victor, uns steht eine bestimmte Summe für die Überführung verstorbener Stammesmitglieder zur Verfügung. Aber ich glaube, sie reicht nicht aus, um Ihren Vater aus Phoenix heraufbringen zu lassen.«

»Na ja«, sagte Victor. »So teuer würde es gar nicht werden. Er mußte verbrannt werden. Es war eine häßliche Geschichte. Er ist in seinem Wohnwagen an einem Herzinfarkt gestorben und erst nach einer Woche gefunden worden. Außerdem war es ziemlich heiß. Sie können es sich vorstellen.«

»Tja, Victor, unser Beileid zu Ihrem Verlust und auch zu den Umständen. Aber mehr als hundert Dollar können wir Ihnen nicht geben.«

»Das reicht ja noch nicht mal für den Flug.«

»Nun, vielleicht könnten Sie mit dem Auto nach Phoenix fahren.«

»Ich habe kein Auto. Außerdem wollte ich im Pick-up meines Vaters wieder zurückkommen.«

»Tja, Victor«, sagte der Rat. »Es wird sich bestimmt jemand finden, der Sie nach Phoenix fahren kann. Oder Sie könnten sich das restliche Geld doch auch bei jemandem leihen.«

»Sie wissen genau, daß hier kein Mensch soviel Geld hat.«

»Tja, dann tut es uns leid, Victor. Aber mehr können wir nicht für Sie tun.«

Victor nahm das Angebot des Stammesrates an. Was blieb ihm auch anderes übrig? Er unterschrieb die nötigen Papiere, holte seinen Scheck ab und ging in den Trading Post, um ihn einzulösen.

Während Victor in der Schlange stand, beobachtete er Thomas Builds-the-Fire, der am Zeitschriftenregal stand und mit sich selbst redete. Wie immer. Thomas war ein Geschichtenerzähler, dem niemand zuhören wollte. Das ist genauso, als wäre man in einer Stadt Zahnarzt, in der jeder Einwohner ein künstliches Gebiß hat.

Victor und Thomas Builds-the-Fire waren im selben Alter, waren zusammen aufgewachsen und hatten schon im Sand miteinander gespielt. Solange Victor sich erinnern konnte, war es immer Thomas gewesen, der etwas zu sagen hatte.

Als sie sieben Jahre alt waren und Victors Vater noch bei seiner Familie lebte, hatte Thomas einmal die Augen zugemacht und Victor die folgende Geschichte erzählt: »Dein Vater hat ein schwaches Herz. Er hat Angst vor seiner eigenen Familie. Er hat Angst vor dir. Spät nachts sitzt er im Dunkeln. Sieht fern, bis nichts mehr kommt, nur noch das weiße Rauschen. Manchmal würde er sich am liebsten ein Motorrad kaufen und davonfahren. Er will weglaufen und sich verstecken. Er will nicht gefunden werden.«

Thomas Builds-the-Fire hatte gewußt, daß Victors Vater abhauen würde, vor allen anderen hatte er es gewußt. Jetzt stand Victor mit seinem Hundertdollarscheck in der Hand im Trading Post und fragt sich, ob Thomas wohl wußte, daß Victors Vater tot war, ob er wußte, wie es weitergehen würde.

In diesem Augenblick sah Thomas Victor an, lächelte und kam zu ihm herüber.

»Du, Victor, das mit deinem Vater tut mir leid«, sagte Thomas.

»Woher wußtest du das?« fragte Victor.

»Ich hörte es im Wind. Ich hörte es von den Vögeln. Ich spürte es im Sonnenschein. Außerdem war gerade deine Mutter hier, und sie hat geweint.«

»Ach so«, sagte Victor und sah sich im Trading Post um. Alle anderen Indianer starrten herüber, so überrascht waren sie, daß Victor mit Thomas redete. Niemand redete mehr mit Thomas, weil er immer wieder dieselben alten Geschichten erzählte. Victor war es peinlich, aber er dachte, daß Thomas ihm vielleicht helfen konnte. Victor empfand mit einemmal ein Verlangen nach Tradition.

»Ich kann dir das Geld leihen, das du brauchst«, sagte Thomas plötzlich. »Aber du mußt mich mitnehmen.«

»Ich kann dein Geld nicht annehmen«, sagte Victor. »Schließlich habe ich seit Jahren kaum ein Wort mit dir gewechselt. Wir sind eigentlich gar keine Freunde mehr.«

»Ich habe nicht gesagt, daß wir Freunde sind. Ich habe gesagt, daß du mich mitnehmen mußt.«

»Das muß ich mir erst überlegen.«

Victor ging mit seinen hundert Dollar nach Hause und setzte sich an den Küchentisch. Er stützte den Kopf in die Hände und dachte über Thomas Builds-the-Fire nach; er erinnerte sich an kleine Dinge, Tränen und Narben, das Fahrrad, das sie sich einen Sommer lang geteilt hatten, so viele Geschichten.

Thomas Builds-the-Fire saß auf dem Fahrrad und wartete vor dem Haus auf Victor. Er war zehn Jahre alt und mager. Seine Haare waren dreckig, denn es war der vierte Juli.

»Victor«, rief Thomas. »Beeil dich. Wir verpassen das Feuerwerk.«

Ein paar Minuten später kam Victor aus dem Haus gerannt, sprang über das Verandageländer und landete geschmeidig auf dem Gehsteig.

»Und die Kampfrichter geben ihm 9,95 Punkte, die höchste Punktzahl des Sommers«, sagte Thomas, klatschte und lachte.

»Das war fehlerfrei«, sagte Victor. »Und außerdem bin ich dran mit Radfahren.«

Thomas gab ihm das Rad, und sie machten sich auf den Weg zum Festplatz. Es war fast dunkel, und das Feuerwerk sollte bald anfangen.

»Weißt du was?« sagte Thomas. »Es ist schon komisch, daß wir Indianer den vierten Juli überhaupt feiern. Für *unsere* Unabhängigkeit hat schließlich keiner gekämpft.«

»Du denkst zuviel nach«, sagte Victor. »Die Hauptsache ist doch, es macht Spaß. Vielleicht ist Junior da.«

»Was für ein Junior? Im Reservat heißt jeder Junior.«

Und sie lachten.

Es war nur ein kleines Feuerwerk, kaum mehr als ein paar Flaschenraketen und eine Fontäne. Aber für zwei Indianerjungen war es genug. In späteren Jahren sollten sie viel mehr brauchen.

Hinterher, als sie im Dunkeln saßen und nach den Mücken schlugen, sah Victor Thomas Builds-the-Fire an.

»He«, sagte Victor. »Erzähl mir eine Geschichte.«

Thomas machte die Augen zu und erzählte die folgende Geschichte: »Es waren einmal zwei Indianerjungen, die Krieger werden wollten. Aber es war zu spät, ein Krieger nach alter Art zu werden. Es gab keine Pferde mehr. Also stahlen die beiden Indianerjungen ein Auto und fuhren in die Stadt. Sie parkten den gestohlenen Wagen vor der Polizeiwache und trampten zurück nach Hause, ins Reservat. Als sie ankamen, jubelten ihre Freunde, und die Augen ihrer Eltern leuchteten vor Stolz. *Ihr wart sehr tapfer*, sagten alle zu den beiden Indianerjungen. *Sehr tapfer.*«

»Ya-hey«, sagte Victor. »Eine gute Geschichte. Ich wäre selber gern ein Krieger.«

»Ich auch«, sagte Thomas.

Sie gingen im Dunkeln nach Hause, diesmal saß Thomas auf dem Rad, und Victor ging zu Fuß. Sie gingen durch Schatten und das Licht der Laternen.

»Wir haben es weit gebracht«, sagte Thomas. »Wir haben Straßenbeleuchtung.«

»Ich brauche nichts weiter als die Sterne«, sagte Victor. »Außerdem denkst du immer noch zuviel nach.«

Damit trennten sie sich und gingen nach Hause, und sie lachten den ganzen Weg.

Victor saß am Küchentisch. Er zählte seine hundert Dollar mehr als einmal. Er wußte, daß er mehr brauchte, um nach Phoenix und wieder zurückzukommen. Er wußte, daß er Thomas Builds-the-Fire brauchte. Also steckte er das Geld in seine Brieftasche, machte die Haustür auf und stand vor Thomas, der auf der Veranda war.

»Ya-hey«, sagte Thomas. »Ich wußte, daß du kommen würdest.«

Thomas ging ins Wohnzimmer und setzte sich in Victors Lieblingssessel.

»Ich habe ein bißchen Geld gespart«, sagte Thomas. »Das reicht für den Flug nach da unten, aber die Rückfahrt mußt du selber bezahlen.«

»Ich habe diese hundert Dollar hier«, sagte Victor. »Und mein Dad hatte noch ein Sparkonto, das ich auflösen will.«

»Und wieviel ist auf dem Konto von deinem Dad?«
»Genug. Ein paar hundert Dollar.«
»Klingt gut. Wann geht's los?«

Als sie fünfzehn waren und schon lange keine Freunde mehr, hatten Victor und Thomas eine Schlägerei. Beziehungsweise Victor war stockbesoffen und schlug Thomas ohne jeden Grund zusammen. Die anderen Indianerjungen standen einfach dabei und sahen zu. Junior war da und Lester, Seymour und viele andere. Vielleicht wäre die Prügelei so lange weitergegangen, bis Thomas tot gewesen wäre, wenn Norma Many Horses nicht vorbeigekommen wäre und dem Ganzen ein Ende gemacht hätte.

»He, ihr da«, rief Norma und sprang aus ihrem Wagen. »Laßt den Jungen in Ruhe.«

Bei jedem anderen, sogar bei einem Mann, hätten die Indianerjungen die Aufforderung einfach überhört. Aber Norma war eine Kriegerin. Sie hatte Kräfte. Sie hätte zwei Jungen gleichzeitig hochheben und mit den Köpfen zusammenknallen können. Aber was noch schlimmer war, sie hätte sie alle in irgendein Tipi schleppen und zwingen können, sich die staubtrockene alte Geschichte eines Stammesältesten anzuhören.

Die Indianerjungen liefen auseinander, und Norma ging zu Thomas und half ihm hoch.

»He, kleiner Mann, alles in Ordnung?« fragte sie.

Thomas machte das Okayzeichen.

»Warum hacken sie immer auf dir rum?«

Thomas schüttelte den Kopf und machte die Augen zu, aber es kamen ihm keine Geschichten, keine Worte, keine

Musik. Er wollte nur noch nach Hause, sich ins Bett legen und sich die Geschichten von seinen Träumen erzählen lassen.

Thomas Builds-the-Fire und Victor saßen im Flugzeug nebeneinander, in der Touristenklasse. Eine kleine weiße Frau hatte den Fensterplatz. Sie war dabei, ihren Körper zu Brezeln zu verbiegen. Sie war gelenkig.

»Ich muß sie fragen«, sagte Thomas, und Victor machte vor Verlegenheit die Augen zu.

»Nicht«, sagte Victor.

»Entschuldigen Sie, Miss«, sagte Thomas. »Sind Sie vielleicht Turnerin?«

»Das ›vielleicht‹ können Sie weglassen«, sagte sie. »In der Olympiamannschaft von 1980 war ich Ersatzfrau.«

»Tatsächlich?« fragte Thomas.

»Tatsächlich.«

»Dann waren Sie früher eine Weltklassesportlerin?« fragte Thomas.

»Mein Mann hält mich heute noch dafür.«

Thomas Builds-the-Fire lächelte. Sie war auch eine Gehirnakrobatin. Sie zog ein Bein hoch, so daß sie ihre Kniescheibe hätte küssen können.

»Das würde ich auch gerne können«, sagte Thomas.

Victor wäre am liebsten aus dem Flugzeug gesprungen. Thomas, dieser verrückte indianische Geschichtenerzähler mit den verlotterten Zöpfen und den kaputten Zähnen, flirtete mit einer schönen Olympionikin. Das würde ihm zu Hause im Reservat kein Mensch glauben.

»Ja?« sagte die Turnerin. »Es geht ganz leicht. Probieren Sie es mal.«

Thomas packte sein Bein und versuchte es genauso hinzubiegen wie die Turnerin. Er schaffte es nicht annähernd so gut, worüber Victor und die Turnerin lachen mußten.

»He«, sagte sie. »Ihr zwei seid Indianer, richtig?«

»Reinblütige Indianer«, sagte Victor.

»Ich nicht«, sagte Thomas. »Mütterlicherseits bin ich zur Hälfte Zauberer und väterlicherseits zur Hälfte Clown.«

Alle lachten.

»Wie heißt ihr?« fragte sie.

»Victor und Thomas.«

»Ich bin Cathy. Nett, euch kennenzulernen.«

Die drei unterhielten sich während des ganzen Fluges. Cathy die Turnerin schimpfte auf die Regierung, die den Sportlern mit ihrem Boykott die Olympiade von 1980 vermasselt hatte.

»Hört sich an, als ob ihr viel mit uns Indianern gemeinsam hättet«, sagte Thomas.

Niemand lachte.

Nachdem die Maschine in Phoenix gelandet war und sie im Terminal standen, winkte ihnen Cathy, die Turnerin, zum Abschied lächelnd zu.

»Die war wirklich nett«, sagte Thomas.

»Ja, aber in einem Flugzeug redet jeder mit jedem«, sagte Victor. »Nur schade, daß es nicht immer so sein kann.«

»Du hast immer gesagt, daß ich zuviel nachdenke«, sagte Thomas. »Jetzt klingt es fast so, als ob das auch für dich gilt.«

»Vielleicht habe ich mich bei dir angesteckt.«

»Ja.«

Thomas und Victor fuhren mit einem Taxi zu dem Wohnwagen, in dem Victors Vater gestorben war.

»Weißt du was?« sagte Victor, als sie vor der Wohnwagentür anhielten. »Ich habe mich bis heute nicht bei dir entschuldigt, daß ich dich damals zusammengeschlagen habe.«

»Ach, das war doch nicht der Rede wert. Wir waren noch jung, und du warst betrunken.«

»Ja, aber es tut mir trotzdem leid.«

Victor bezahlte das Taxi, und dann standen die beiden in der Sommerhitze von Phoenix. Sie konnten den Wohnwagen riechen.

»Es wird bestimmt ziemlich schlimm«, sagte Victor. »Du mußt nicht mit reinkommen.«

»Du brauchst Hilfe.«

Victor ging zur Tür und machte sie auf. Ihnen schlug ein Gestank entgegen, daß sie würgen mußten. Bei Temperaturen zwischen dreißig und vierzig Grad hatte Victors Vater eine Woche lang in dem Wohnwagen gelegen, bevor man ihn fand. Und der einzige Grund, warum er überhaupt gefunden wurde, war der Geruch. Man hatte ihn nur anhand seiner zahnärztlichen Befundkarte identifizieren können. Das waren die genauen Worte des amtlichen Leichenbeschauers gewesen. Man hatte seine zahnärztliche Befundkarte gebraucht.

»O Mann«, sagte Victor. »Ich weiß nicht, ob ich das schaffe.«

»Dann laß es doch sein.«

»Aber vielleicht sind da noch Sachen drin, die was wert sind.«

»Ich dachte, sein Geld liegt auf der Bank.«

»Liegt es auch. Ich meinte eher so was wie Bilder und Briefe.«

»Ach so«, sagte Thomas, d ann hielt er den Atem an und folgte Victor in den Wohnwagen.

Als Victor zwölf war, trat er in ein unterirdisches Wespennest. Sein Fuß steckte in dem Loch fest, und wie sehr Victor sich auch anstrengte, er bekam ihn einfach nicht mehr heraus. Er hätte dort sterben können, an tausend Wespenstichen, wenn Thomas Builds-the-Fire nicht vorbeigekommen wäre.

»Lauf«, rief Thomas und zog Victors Fuß aus dem Loch. Und sie rannten los, so schnell sie konnten, schneller als Billy Mills, schneller als Jim Thorpe, schneller, als die Wespen fliegen konnten.

Victor und Thomas rannten, bis sie keine Luft mehr bekamen, rannten, bis es draußen kalt und dunkel war, rannten, bis sie sich verirrt hatten und Stunden brauchten, um wieder nach Hause zu finden. Auf dem Rückweg zählte Victor seine Stiche.

»Sieben«, sagte Victor. »Meine Glückszahl.«

Victor fand in dem Wohnwagen nicht viel, was er behalten wollte. Nur ein Fotoalbum und eine Stereoanlage. An allem anderen klebte der Geruch, oder es war sowieso unbrauchbar.

»Ich glaube, das war alles«, sagte Victor. »Viel ist es nicht.«
»Besser als gar nichts«, sagte Thomas.
»Stimmt, und den Pick-up habe ich ja auch noch.«
»Stimmt«, sagte Thomas. »Der ist in einem guten Zustand.«
»Auf so was hat Dad immer geachtet.«

»Ja, ich erinnere mich an deinen Dad.«

»Wirklich?« fragte Victor. »Was weißt du noch von ihm?«

Thomas Builds-the-Fire machte die Augen zu und erzählte die folgende Geschichte: »Ich erinnere mich an einen Traum, der mir befahl, nach Spokane zu fahren, mich an den Wasserfall im Stadtzentrum zu stellen und auf ein Zeichen zu warten. Ich wußte den Weg, aber ich hatte kein Auto. Einen Führerschein hatte ich auch nicht. Ich war erst dreizehn. Also bin ich zu Fuß gegangen, ich habe den ganzen Tag dafür gebraucht, und ich schaffte es tatsächlich bis zu dem Wasserfall. Eine Stunde stand ich da und wartete. Dann kam dein Vater vorbei. *Was treibst du denn hier?* fragte er mich. Ich sagte: *Ich warte auf eine Vision.* Da sagte dein Vater: *Hier kriegst du höchstens eins über die Rübe.* Also fuhr er mit mir zu Dennys, kaufte mir was zu essen und brachte mich hinterher ins Reservat zurück. Ich war eine ganze Weile wütend, weil ich dachte, meine Träume hätten mich angelogen. Aber das hatten sie nicht. Dein Dad war meine Vision. *Kümmert euch umeinander,* das wollten meine Träume mir sagen. *Kümmert euch umeinander.*«

Victor schwieg eine ganze Weile. Er suchte nach Erinnerungen an seinen Vater, fand die guten, fand ein paar schlechte, rechnete alles zusammen und lächelte.

»Mein Vater hat mir nie davon erzählt, daß er dich in Spokane getroffen hat«, sagte Victor.

»Er hat gesagt, er würde es keinem erzählen. Ich sollte keinen Ärger kriegen. Aber er hat gesagt, dafür müßte ich auf dich aufpassen.«

»Wirklich?«

»Wirklich. Dein Vater hat gesagt, du würdest meine Hilfe brauchen. Er hatte recht«, sagte Thomas.
»Deshalb bist du also mit mir hier runtergekommen?«
»Ich bin wegen deinem Vater mitgekommen.«
Victor und Thomas stiegen in den Pick-up, fuhren zur Bank und hoben die dreihundert Dollar vom Sparkonto ab.

Thomas Builds-the-Fire konnte fliegen.
Einmal sprang er vom Dach der Stammesschule und schlug mit den Armen wie ein verrückt gewordener Adler. Und er flog. Eine Sekunde lang schwebte er über den anderen Indianerjungen, die zu klug oder zu feige waren zu springen, in der Luft.
»Er fliegt«, rief Junior, und Seymour suchte nach Trickdrähten oder Spiegeln. Aber es war real. So real wie der Sand, in dem Thomas landete, als er an Höhe verlor und auf die Erde knallte.
Er brach sich den Arm an zwei Stellen.
»Er hat sich den Flügel gebrochen«, trällerte Victor, und die anderen Indianerjungen fielen ein und machten ein Stammeslied daraus.
»Er hat sich den Flügel gebrochen, er hat sich den Flügel gebrochen, er hat sich den Flügel gebrochen«, sangen die Jungen, während sie wegliefen und mit den Flügeln schlugen und sich wünschten, auch fliegen zu können. Sie haßten Thomas für seinen Mut, für seinen kurzen Augenblick als Vogel. Jeder Mensch träumt vom Fliegen. Thomas flog.
Einer seiner Träume wurde für eine Sekunde wahr, gerade lang genug, um real zu sein.

Victors Vater, seine Asche, paßte in eine Holzkiste, und dann war noch genug übrig, um einen Karton mit ihm zu füllen.

»Er war schon immer ein ziemlicher Riese«, sagte Thomas.

Victor trug den einen Teil seines Vaters zum Pick-up, Thomas den Rest. Sie stellten ihn vorsichtig hinter den Sitzen ab, legten einen Cowboyhut auf die Holzkiste und eine Dodgers-Mütze auf den Pappkarton. So gehörte es sich.

»Dann also ab nach Hause«, sagte Victor.

»Das wird eine lange Fahrt.«

»Ja, ein paar Tage können es schon werden.«

»Vielleicht können wir uns ja abwechseln«, sagte Thomas.

»Okay«, sagte Victor, aber sie wechselten sich nicht ab. Victor fuhr sechzehn Stunden ununterbrochen Richtung Norden, und er hatte schon halb Nevada durchquert, bevor er endlich anhielt.

»He, Thomas«, sagte Victor. »Jetzt mußt du mal ein Stück fahren.«

Thomas Builds-the-Fire rutschte hinter das Lenkrad und fuhr los. Auf dem ganzen Weg durch Nevada hatten Thomas und Victor gestaunt, wie wenig Tiere es hier gab, wie wenig Wasser, wie wenig Bewegung.

»Wo ist denn nur alles?« hatte Victor mehr als einmal gefragt.

Als nun endlich Thomas fuhr, erblickten sie das erste und vielleicht einzige Tier in Nevada. Einen Eselhasen mit langen Löffeln.

»Guck mal«, rief Victor. »Er lebt.«

Thomas und Victor freuten sich noch über ihre Entdeckung, als der Eselhase auf die Straße lief und unter die Räder des Pick-up kam.

»Halt den Wagen an«, schrie Victor, und Thomas bremste und setzte bis zu dem toten Eselhasen zurück.

»Ach, Mann, er ist tot«, sagte Victor, während er auf das plattgefahrene Tier hinuntersah.

»Wirklich tot.«

»Das einzige lebende Wesen in dem ganzen Bundesstaat und wir haben es umgebracht.«

»Ich weiß nicht«, sagte Thomas. »Ich glaube, es war Selbstmord.«

Victor sah in die Wüste hinaus, schnupperte, spürte die Leere und Einsamkeit und nickte.

»Ja«, sagte Victor. »Es muß Selbstmord gewesen sein.«

»Ich glaub das einfach nicht«, sagte Thomas. »Du fährst tausend Meilen und hast nicht einmal eine zermanschte Fliege auf der Windschutzscheibe. Kaum fahre ich zehn Stunden, bringe ich das einzige Lebewesen in ganz Nevada um.«

»Ja«, sagte Victor. »Vielleicht sollte lieber ich wieder fahren.«

»Wäre vielleicht besser.«

Thomas Builds-the-Fire ging allein durch die Flure der Stammesschule. Keiner wollte in seiner Nähe sein, weil er immer seine Geschichten erzählte. Eine Geschichte nach der anderen.

Thomas machte die Augen zu, und ihm kam die folgende Geschichte: »Uns allen wird eine Sache geschenkt, an der unser Leben gemessen wird, eine Bestimmung. Meine Bestimmung sind die Geschichten, die die Welt verändern können oder auch nicht. Das spielt keine Rolle, solange ich sie nur immer weiter erzähle. Mein Vater ist im Zweiten Weltkrieg auf Okinawa gefallen, er fiel im Kampf für dieses Land, das jahrelang versucht hatte, ihn umzubringen. Meine Mutter starb bei meiner Geburt, sie starb, als ich noch in ihr war. Mit ihrem letzten Atemzug hat sich mich in diese Welt hinausgestoßen. Ich habe keine Geschwister. Ich habe nur meine Geschichten, die schon zu mir kamen, bevor ich Worte sprechen konnte. Ich lernte tausend Geschichten, bevor ich noch tausend Schritte gemacht hatte. Sie sind alles, was ich habe. Geschichtenerzählen ist alles, was ich kann.«

Thomas Builds-the-Fire erzählte seine Geschichten jedem, der sie hören wollte. Er erzählte sie noch lange, nachdem ihm niemand mehr zuhörte.

Als Victor und Thomas im Reservat ankamen, ging gerade die Sonne auf. Es war der Beginn eines neuen Erdentags, aber auch desselben alten Elends im Reservat.

»Guten Morgen«, sagte Thomas.

»Guten Morgen.«

Der Stamm wachte langsam auf, machte sich für die Arbeit fertig, frühstückte, las die Zeitung, genau wie jeder andere auch. Willene LeBret stand im Morgenmantel in ihrem Garten. Sie winkte, als Thomas und Victor vorbeifuhren.

»Diese verrückten Indianer haben es tatsächlich geschafft«, sagte sie zu sich und kümmerte sich wieder um ihre Rosen.

Victor hielt den Pick-up vor dem Haus von Thomas Builds-the-Fire an. Beide gähnten, reckten sich, schüttelten sich den Staub von den Gliedern.

»Ich bin müde«, sagte Victor.

»Todmüde«, fügte Thomas hinzu.

Sie suchten beide nach den richtigen Worten, um die Reise zu beenden. Victor mußte Thomas für seine Hilfe danken, für das Geld, und ihm versprechen, alles zurückzuzahlen.

»Mach dir keine Gedanken wegen dem Geld«, sagte Thomas. »Es spielt sowieso keine Rolle.«

»Wahrscheinlich nicht, was?«

»Nein.«

Victor wußte, daß Thomas der verrückte Geschichtenerzähler bleiben würde, der mit Autos und Hunden redete, der dem Wind und den Kiefern zuhörte. Victor wußte, daß er nicht wirklich Thomas' Freund sein konnte, nicht einmal nach allem, was passiert war. Das war grausam, aber real. So real wie die Asche, wie Victors Vater, hinter den Sitzen.

»Ich weiß, wie es ist«, sagte Thomas. »Ich weiß, daß du mich nicht besser behandeln wirst als früher. Ich weiß, daß deine Freunde dir deswegen nur das Leben schwermachen würden.«

Victor schämte sich. Wo war die alte Stammesverbundenheit, wo das Gemeinschaftsgefühl? Das einzig Reale, was er mit irgend jemandem teilte, waren eine Flasche und kaputte Träume. Er schuldete Thomas etwas, irgend etwas.

»Paß auf«, sagte Victor und hielt Thomas den Pappkarton hin, der die eine Hälfte seines Vaters enthielt. »Das möchte ich dir schenken.«

Thomas nahm die Asche und lächelte, er machte die Augen zu und erzählte die folgende Geschichte: »Ich werde noch ein letztes Mal zum Wasserfall nach Spokane fahren und die Asche ins Wasser streuen. Und dein Vater wird als Lachs wiederkommen, er wird über die Brücke springen, über mich hinweg, und den Weg nach Hause finden. Es wird wunderschön sein. Seine Zähne werden leuchten wie Silber, wie ein Regenbogen. Er wird wiederkommen, Victor, er wird wiederkommen.«

Victor lächelte.

»Dasselbe hatte ich mit meiner Hälfte auch vor«, sagte Victor. »Aber ich habe mir nicht vorgestellt, daß mein Vater wie ein Lachs aussieht. Ich dachte eher, es wäre so ähnlich, als würdest du einen Speicher ausräumen. Als würdest du etwas weggeben, das aufgehört hat, dir von Nutzen zu sein.«

»Nichts hört auf, Cousin«, sagte Thomas. »Nichts hört auf.«

Thomas Builds-the-Fire stieg aus dem Pick-up und ging die Auffahrt zu seinem Haus hoch. Victor ließ den Motor an und machte sich auf den Heimweg.

»Warte«, rief Thomas plötzlich von der Veranda aus. »Ich muß dich einfach um einen Gefallen bitten.«

Victor hielt wieder an, lehnte sich aus dem Fenster und rief zurück: »Was willst du haben?«

»Wenn ich wieder irgendwo eine Geschichte erzähle, könntest du nicht ein einziges Mal stehenbleiben und zuhören?« fragte Thomas.

»Nur einmal?«

»Nur einmal.«

Victor winkte, um Thomas zu verstehen zu geben, daß die Abmachung galt. Es war ein fairer Tausch, und das war alles, was Victor je von seinem Leben verlangt hatte. Dann fuhr Victor den Pick-up seines Vaters heim, während Thomas in sein Haus ging, die Tür hinter sich zumachte und hörte, wie ihm in der Stille eine neue Geschichte kam.

Fun House

In dem Wohnwagen am Tshimikain Creek, wo meine Cousins und ich früher wie die Verrückten im Schlamm gespielt hatten, wartete meine Tante. Um sich die Zeit zu vertreiben, nähte sie wunderschöne Sachen aus Hirschleder, die sich kein Mensch leisten konnte, und einmal nähte sie ein bodenlanges perlenbesticktes Kleid, das so schwer war, daß es niemand tragen konnte.

»Es ist genauso wie mit dem Schwert im Felsen«, sagte sie. »Wenn eines Tages eine Frau kommt, die das Gewicht dieses Kleides aushalten kann, haben wir alle unsere Erlöserin gefunden.«

Eines Morgens nähte sie, während Sohn und Mann vor dem Fernseher saßen. Es war so leise, daß, als ihr Sohn einen krachenden Furz fahren ließ, eine Maus in ihrem Versteck unter dem Nähstuhl aufgeschreckt wurde und meiner Tante ins Hosenbein lief.

Sie sprang in die Höhe, faßte sich an die Hose, knöpfte sie auf und versuchte sie auszuziehen, aber sie ging nicht über die Hüften.

»Jesus, Jesus«, schrie sie, während Mann und Sohn sich vor Lachen auf dem Fußboden kugelten.

»Holt sie raus, holt sie raus«, schrie sie noch lauter, so daß ihr Mann angelaufen kam und ihr auf die Beine klatschte, um die Maus zu erschlagen.

»So doch nicht«, schrie sie immer wieder.

Von dem Lärm, dem Gelächter und den Tränen bekam die Maus noch mehr Angst, und sie lief aus dem Hosenbein meiner Tante heraus, durch die Tür und hinaus in die Felder.

Als alles vorüber war, zog meine Tante sich die Hose wieder hoch und schimpfte auf Sohn und Mann.

»Warum habt ihr mir nicht geholfen?« fragte sie.

Ihr Sohn konnte nicht mehr aufhören zu lachen.

»Als dir die Maus ins Hosenbein gelaufen ist, hat sie bestimmt gedacht: *Was ist denn das für eine neumodische Mausefalle?*« sagte ihr Mann.

»Ja«, gab ihr Sohn ihm recht. »Und als sie oben war, hat sie sich garantiert gesagt: *Das ist die häßlichste Mausefalle, die ich je gesehen habe!*«

»Hört auf, ihr zwei«, rief sie. »Habt ihr denn überhaupt keinen Verstand mehr?«

»Beruhige dich«, sagte mein Onkel. »Wir machen doch bloß Spaß.«

»Ihr seid zwei undankbare Mistkerle, sonst nichts«, sagte meine Tante. »Was wäre denn, wenn ich nicht für euch kochen würde, wenn ihr euch nicht jeden Abend mit meinem Frybread den Magen vollschlagen könntet?«

»Momma«, sagte ihr Sohn. »Ich hab das nicht so gemeint.«

»Ja«, sagte sie. »Und ich habe es auch nicht so gemeint, als ich dich in die Welt gesetzt habe. Sieh dich doch an. Dreißig Jahre alt und keine Arbeit, außer Saufen. Zu was bist du eigentlich nütze?«

»Das reicht«, schrie ihr Mann.

»Es reicht noch lange nicht«, sagte meine Tante, ging nach

draußen, stellte sich in die Sonne und suchte den Himmel nach Raubvögeln ab. Sie hoffte, ein Falke oder eine Eule würde die Maus erwischen, und sie hoffte, ein Pterodaktylus würde ihren Mann und ihren Sohn holen.

Vogelfutter, dachte sie. *Sie würden gutes Vogelfutter abgeben.*

Es war dunkel, meine Tante und ihr Mann tanzten. Es war vor dreißig Jahren, und sie tanzten in einer indianischen Cowboybar den Twostep. So viele Indianer auf einem Haufen, und es war schön damals. Das einzige, was sie heil überleben mußten, war die Heimfahrt nach der Sperrstunde.

»He, Nezzy«, rief jemand meiner Tante nach. »Trittst du deinen Partnern immer noch auf die Zehen?«

Meine Tante lächelte und lachte. Sie war eine wunderbare Tänzerin, sie hatte im Arthur-Murray-Tanzstudio Unterricht gegeben, um ihr Studium am Community College zu finanzieren. Außerdem hatte sie in einer Bar in Seattle als Obenohne-Tänzerin gearbeitet, um ihr Kind zu ernähren.

Es gibt solche und solche Tänze.

»Liebst du mich?« fragte meine Tante ihren Mann.

Er lächelte. Er nahm sie fester in den Arm und drückte sie an sich. Sie tanzten weiter.

Nach der Sperrstunde fuhren sie auf Nebenstraßen nach Hause.

»Sei vorsichtig«, sagte meine Tante zu ihrem Mann. »Du hast heute abend zuviel getrunken.«

Er lächelte. Er trat das Gaspedal durch, und der Wagen ruckelte die Schotterstraße hinunter, stellte sich in einer Kurve auf zwei Räder, kippte um und rutschte in den Graben.

Meine Tante krabbelte aus dem Wrack, das Gesicht voll Blut, und setzte sich an den Straßenrand. Ihr Mann war aus dem Wagen geschleudert worden und lag regungslos auf der Fahrbahn.

»Tot? K. o.? Sinnlos betrunken?« fragte meine Tante sich.

Nach einer Weile kam ein anderer Wagen und hielt an. Sie wickelten meiner Tante ein altes Hemd um den Kopf und luden ihren Mann auf den Rücksitz.

»Ist er tot?« fragte meine Tante.

»Ach was, der wird schon wieder.«

So fuhren sie zum Stammeskrankenhaus. Meine Tante blutete in das Hemd; ihr Mann schlief und bekam von seiner leichten Gehirnerschütterung nichts mit. Sie behielten ihn über Nacht zur Beobachtung da, und meine Tante schlief auf einer Liege neben seinem Bett. Sie ließ den Fernseher laufen, mit abgestelltem Ton.

Bei Sonnenaufgang rüttelte meine Tante ihren Mann wach.

»Was?« fragte er vollkommen verwundert. »Wo bin ich?«

»Im Krankenhaus.«

»Schon wieder?«

»Ja, schon wieder.«

Jetzt war es dreißig Jahre später, und sie hatten für die geleisteten Dienste immer noch nicht bezahlt.

Meine Tante ging die Schotterstaße hinunter, bis ihr schwindelig war. Sie ging, bis sie am Ufer des Tshimikain Creek stand. Das Wasser war braun, es roch leicht nach totem Tier und Uran. Meine Cousins und ich waren dort vor Jahren nach bunten Steinen getaucht, die wir vom schlammigen Grund heraufholten und am Ufer des Bachs aufeinanderhäuften. Meine Tante stand neben einem dieser gewöhnlichen Denkmäler der Kindheit, und sie lächelte ein wenig, weinte ein wenig.

»Eine blöde Maus ruiniert das ganze Haus«, sagte sie. Dann zog sie sich aus, behielt nur die Schuhe zur Sicherheit an und sprang nackt in den Bach. Sie planschte herum und watete unter Freudengeschrei hindurch. Sie konnte nicht schwimmen, aber das Wasser war nicht tief, es ging ihr nur knapp über die Hüften. Als sie sich hinsetzte, stand es ihr genau bis zum Kinn, so daß sie bei jeder Bewegung Wasser schluckte.

»Mir wird bestimmt gleich schlecht«, sagte sie und lachte, als Mann und Sohn atemlos am Bach ankamen.

»Was treibst denn du da?« fragte ihr Mann.

»Ich schwimme.«

»Aber du kannst doch gar nicht schwimmen.«

»Doch, jetzt kann ich es.«

»Komm raus, sonst ertrinkst du noch«, sagte ihr Mann. »Und zieh dir was an.«

»Ich komme erst raus, wenn ich Lust dazu habe«, sagte meine Tante, und sie drehte sich zum ersten Mal auf den Rücken und ließ sich treiben.

»Das kannst du nicht machen«, rief jetzt ihr Sohn. »Was, wenn dich jemand sieht?«

»Ist mir egal«, sagte meine Tante. »Die können sich alle zum Teufel scheren, und von mir aus könnt ihr sie hinkutschieren.«

Mann und Sohn warfen hilflos die Arme hoch und gingen.

»Und ihr könnt euch selber was zum Abendessen kochen«, rief meine Tante hinter ihnen her.

So trieb sie stundenlang dahin, bis ihre Haut schrumpelig war und ihr das Wassser in den Ohren stand. Sie ließ die Augen zu und konnte kaum hören, wenn Mann und Sohn ab und zu zurückkamen, um ihr gut zuzureden.

»Eine blöde Maus ruiniert das ganze Haus. Eine blöde Maus ruiniert das ganze Haus«, sang sie, und es klang wie ein Kinderlied, wie von einer Reservatsmärchentante.

Der Kreißsaal war ein Tollhaus, ein Fun House. Der Arzt vom Indian Health Service schrie die Schwestern an.

»Verdammt noch mal«, brüllte er. »Ich habe so was noch nie gemacht. Ihr müßt mir helfen.«

Meine Tante war bei Bewußtsein, zu weit in der Entbindung fortgeschritten für Drogen, und sie schrie noch ein wenig lauter als der Arzt.

»Scheiße, Scheiße, Scheißdreck«, schrie sie, klammerte sich an Arzt und Krankenschwestern und trat nach den Fußhaltern. »Es tut weh, es tut weh, es tut weh!«

Da kam ihr Sohn aus ihr herausgerutscht und wäre dem Arzt beinahe durch die Finger geflutscht. Der Arzt erwischte ihn am Fußknöchel und hielt ihn fest.

»Es ist ein Junge«, sagte er. »Endlich.«

Eine Krankenschwester nahm das Baby, hielt es mit dem Kopf nach unten, säuberte ihm den Mund und wischte es ab. Als meine Tante ihren kopfüber hängenden Sohn in Empfang nahm, hatte sie nur eine Frage: *Wird er wohl Kartoffeln mögen?*

Während meine Tante das Baby an ihre Brust drückte, band der Arzt ihr die Eileiter ab, wozu ihn die Einwilligungserklärung ermächtigte, die meine Tante bei der Aufnahme unterschrieben hatte, weil man sie angelogen und behauptet hatte, es sei nur eine Formsache, um sie für das BIA als Indianerin auszuweisen.

»Was für einen Namen wollen Sie ihm geben?« fragte eine Krankenschwester meine Tante.

»Kartoffeln«, sagte sie. »Oder vielleicht Albert.«

Als die Sonne unterging und der Abend zu kalt wurde, stieg meine Tante endlich wieder aus dem Wasser des Tshimikain Creek, schlüpfte naß und müde, wie sie war, in ihre Sachen und ging die Schotterstraße hinauf, nach Hause. Sie sah die hellen Lichter in den Fenstern, hörte die Hunde dümmlich bellen und wußte, daß sich die Dinge ändern mußten.

Sie ging ins Haus, sagte kein Wort zu ihrem verblüfften Mann und zu ihrem verblüfften Sohn und zog sich das schwerste der perlenbestickten Kleider über den Kopf. Ihre Knie gaben nach, und sie wäre fast unter der Last zusammengebrochen; dann fiel sie tatsächlich.

»Nein«, sagte sie, als Mann und Sohn aufstanden, um ihr zu helfen.

Sie rappelte sich mühsam wieder hoch. Aber sie hatte die Kraft, den ersten Schritt zu tun und dann einen zweiten, schnelleren Schritt. Sie hörte Trommeln, sie hörte Lieder, sie tanzte.

Und während sie so tanzte, wußte sie, daß die Dinge bereits angefangen hatten, sich zu ändern.

Ich wollte doch nur tanzen

Victor tanzte mit einer Lakota-Frau, in einer Bar in Montana. Er hatte keine Ahnung, was er dort wollte; er wußte nicht einmal mehr, wie er dort hingekommen war. Er wußte nur, daß er mit der hundertsten Indianerin tanzte, seit ihn die weiße Frau, die er liebte, vor hundert vertanzten Tagen verlassen hatte. Das Tanzen war seine Entschädigung, seine Beichte, seine größte Sünde und Buße.

»Du bist schön«, sagte er zu der Lakota-Frau.

»Und du bist blau«, sagte sie. Aber sie war wirklich schön, mit ihren langen Haaren und den dunklen Augen. Er stellte sie sich als eine Sonnenfinsternis im Reservat vor. Als eine totale Sonnenfinsternis. Er brauchte eine besondere Brille, um sie anzusehen; er konnte ihr Leuchten kaum überleben.

»Du bist ein Sternbild«, sagte er.

»Und du bist wirklich blau«, sagte sie.

Dann war sie fort, und er lachte und tanzte allein durch die Bar. Er wollte singen, aber es fiel ihm kein Lied ein. Er war betrunken, ramponiert vom Whiskey, brutal. Sein Haar war elektrischer Strom.

»Ich habe den Ersten Weltkrieg angefangen«, schrie er. »Ich habe Abraham Lincoln erschossen.«

Er war unter Wasser, betrunken, und starrte hinauf in die Gesichter seiner Vergangenheit. Er erkannte Neil Armstrong und Christoph Kolumbus, seine Mutter und seinen Vater,

James Dean, Sal Mineo, Natalie Wood. Er taumelte, stieß mit anderen Tänzern zusammen und fand sich auf dem Rücksitz eines Grashopper wieder, der schwankend über die Schotterstraßen des Reservats ruckelte.

»Wo sind wir?« fragte er den Flathead-Fahrer mit den irren Zöpfen.

»Auf dem Weg zurück nach Arlee, Cousin. Du wolltest, daß ich dich mitnehme.«

»Scheiße, ich wollte doch nur tanzen.«

Am Fluß. Sie stand am Fluß. Sie tanzte, ohne sich zu bewegen. Am Fluß. Sie war nicht eigentlich schön, sie war wie ein Schimmer in der Ferne. Sie war so weiß, daß seine Reservatsaugen darunter litten.

»He«, fragte Victor. »Hast du noch nie was von Custer gehört?«

»Hast du schon mal was von Crazy Horse gehört?« fragte sie ihn.

In seiner Erinnerung hatte sie alle möglichen Farben, aber die einzige, auf die es wirklich ankam, war Weiß. Dann war sie fort, und was nicht da ist, hat keine Farbe. Manchmal sah er in den Spiegel, rieb sich das Gesicht, riß an seinen Augenlidern und an seiner Haut. Er flocht sich das Haar zu Zöpfen und vergab sich. Nachts taten ihm die Beine weh, und er faßte unter die Decke und berührte seine Schenkel, spannte die Muskeln an. Er machte die Augen auf, aber das einzige, was er im Dunkeln sah, war die Digitaluhr auf dem Milchkarton neben dem Bett. Es war spät, früh am Morgen. Er hielt die Augen offen, bis sie sich an die Dunkelheit gewöhnt hatten, bis er die vagen Umrisse des Schlafzimmers erkennen konnte. Dann sah er wieder auf die Uhr. Fünfzehn Minuten waren vergangen, und der Sonnenaufgang war näher gerückt, und er hatte immer noch nicht geschlafen.

Er maß die Schlaflosigkeit in Minuten. *Zehn Minuten*, sagte er sich. *In zehn Minuten bin ich eingeschlafen. Wenn nicht, stehe ich auf und machte das Licht an. Lese vielleicht ein Buch.*

Zehn Minuten vergingen, und er gab sich das nächste Versprechen. *Es ist hoffnungslos. Wenn ich in einer halben Stunde nicht eingeschlafen bin, stehe ich auf und mache mir Frühstück. Sehe mir den Sonnenaufgang an. Sauge Staub.*

Als die Morgendämmerung endlich kam, lag er ein paar Minuten wach, fuhr sich mit der Zunge über die Zähne. Er streckte die Hand aus und berührte die andere Hälfte seines Bettes. Er erwartete nicht, daß jemand dort lag, er wollte nur die Arme ausstrecken. Dann stand er schnell auf, duschte, rasierte sich und setzte sich mit seinem Kaffee und seiner Zeitung an den Küchentisch. Er las die Schlagzeilen, ein paar Stellenangebote und kringelte eines mit dem Bleistift ein.

»Guten Morgen«, sagte er laut und dann noch einmal, noch lauter: »Guten Morgen.«

»Die Menschen ändern sich«, sagte sie zu Victor. Er sah in ihr Gesicht, während sie sprach, und auf ihre Hände, als sie seinen Arm berührte.

»Davon weiß ich nichts«, sagte er. Ihre Hände waren weiß und klein. Er erinnerte sich daran, wie weiß und klein sie auf seiner braunen Haut ausgesehen hatten, wenn sie zusammen unter einer Decke lagen. Sie schlief schnell ein, und er beobachtete sie, hörte zu, wie sie atmete, bis sein Atem ebenso gleichmäßig ging, bis auch er einschlief.

»Es fehlt mir, daß ich dir nicht beim Schlafen zusehen kann«, sagte er.

»Weißt du was? Im Moment läuft bei mir alles drunter und drüber. Letztens war ich auf einer Party, und da hatte jemand Kokain dabei. Es gab Kokain, und es hat mir gefallen.«

»Soll das heißen, du hast was geschnupft?«

»Nein, nein, mir hat es nur gefallen, daß es zu haben war. Ich habe auch getanzt. Es gab Musik, und draußen am Pool haben Leute getanzt. Also habe ich auch getanzt.«

Nun starrte er sie an. Sie lächelte, berührte ihr Gesicht und strich sich die Haare aus den Augen.

»O Gott«, sagte sie. »Ich könnte richtig süchtig nach Kokain werden, weißt du? Ich könnte richtig Gefallen daran finden.«

Victor nippte vorsichtig an seinem Kaffee, obwohl er nur lauwarm war. Er starrte über den Tassenrand hinweg, durch das Fenster, in die aufgehende Sonne. Ihm war schwindelig, und er stand nicht auf, weil er Angst hatte umzukippen. Seine Augen waren schwer und taten ihm weh.

»Heute«, sagte er zu seinem Kaffee. »Heute gehe ich laufen.«

Er stellte sich vor, wie er Shorts und Tennisschuhe anzog, wie er auf der Veranda hinter dem Haus seine Muskeln lockerte, bevor er in den frühen Morgen hinauslief. Zwei, vielleicht auch drei Meilen, und dann zurück zum Haus. Ein paar Kniebeugen und Liegestütze, damit er nicht zu schnell abkühlte, und ein trockenes Stück Toast, um seinen Magen zu beruhigen. Statt dessen trank er den Kaffee aus und machte den Fernseher an, schaltete hin und her, bis er ein Gesicht fand, das ihm gefiel. Eine hübsche blonde Frau las die Lokalnachrichten, aber er stellte den Ton ab und sah sich an, wie sie stumm den Mund auf- und zumachte.

Bald traten andere Gesichter an ihre Stelle, müde Reporter mit windzerzausten Haaren, ein Waldbrand, ein weiterer Krieg. Immer dasselbe. Früher hatte er einen Schwarzweißfernseher gehabt. Er fand, daß damals alles viel klarer gewesen war. Farbe verkomplizierte noch die unbedeutendsten Ereignisse. Ein Werbespot für einen neuen Schokoriegel war so grell, so dick aufgetragen, daß er ins Badezimmer lief und sich übergab.

Immerhin trank er heute seinen Kaffee ohne Schuß. An anderen vergangenen Tagen kippte er sich schon Wodka in die Tasse, bevor der Kaffee durchgelaufen war.

»Scheiße«, sagte er laut. »Ein nüchterner Indianer ist ein hoffnungsloser Fall.«

Victor tanzte einen Fancydance. Er war acht, vielleicht neun Jahre alt, und er tanzte in demselben Kostüm, das sein Vater als Kind getragen hatte. Die Federn waren genetisch bedingt, die Fransen hatte er genauso geerbt wie die Rundungen seines Gesichts.

Trommeln.

Er blickte nach Anerkennung suchend in die Menge, sah seine Mutter und seinen Vater. Er winkte, und sie winkten zurück. Lächeln und Indianerzähne. Sie waren beide betrunken. Alles bekannt und vertraut. Alles schön.

Trommeln.

Nach dem Tanz, als er wieder im Lager war, aß er Frybread mit zuviel Butter und trank Pepsi, die direkt aus der Kühltasche kam. Die Pepsi war zum Teil gefroren, und von den kleinen Eisstückchen taten ihm die Zähne weh.

»Hast du Junior tanzen sehen?« fragte seine Mutter jeden Menschen im Lager. Sie war laut, betrunken, sie torkelte.

Alle nickten zustimmend, dieser andere Tanz war für sie nichts Neues. Sein Vater lag sinnlos betrunken unter dem Picknicktisch, und nach einer Weile kroch seine Mutter zu ihm, schlang die Arme um ihren Mann und lag genauso bewußtlos da wie er. Natürlich, sie waren verliebt.

Trommeln.

Victor war wieder betrunken.

Es war Nacht in der Holzdielenbar, und sie wollte tanzen, aber er wollte trinken, um das Ziehen in seiner Kehle und seinem Bauch zu lindern.

»Komm, du hast genug gehabt«, sagte sie.

»Nur noch ein Bier, Schatz, dann gehen wir nach Hause.«

So war es immer. Er glaubte, ein Bier mehr könne die Welt retten. Nur ein Bier mehr, und jeder Stuhl würde bequem sein. Nur ein Bier mehr, und die Glühbirne im Badezimmer würde nie wieder durchbrennen. Nur ein Bier mehr, und er würde sie für immer lieben. Nur ein Bier mehr, und er würde für sie jeden Vertrag unterzeichnen.

Zu Hause, im Dunkeln, kämpften sie mit den Laken und miteinander. Sie wartete darauf, daß er bewußtlos wurde. Er trank so viel, aber er verlor nie das Bewußtsein. Er weinte.

»Verfluchter Dreck«, sagte er. »Wie ich diese gottverdammte Welt hasse.«

»Schlaf.«

Er machte die Augen zu; er stellte die Stereoanlage auf volle Lautstärke. Er schlug gegen die Wände, aber nie so fest, daß er sich weh tat.

»Es geht nicht. Es geht nicht.«

An jedem Morgen danach stellte er sich schlafend, während sie sich anzog, zur Arbeit fuhr und zurück zu sich nach Hause. An jedem Morgen danach blieb sie in der Tür stehen, bevor sie ging, und fragte sich, ob es für immer war.

Eines Morgens ging sie für immer.

Manchmal arbeitete Victor.

Er fuhr einen Müllwagen für das BIA; er briet Hamburger im Stammescafé. Am Zahltag, wenn er Geld im Portemonnaie hatte, stand er im Trading Post vor dem Kühlregal mit dem Bier.

»Wie lange steht er da schon?« fragte Phyllis Seymour.

»Manche sagen, er ist schon seit Stunden hier. Die Frau da drüben mit der Notenmappe sagt, daß Victor schon sein Leben lang dort steht. Ich glaube, er ist seit fünfhundert Jahren dort.«

Einmal kaufte Victor einen Kasten Coors Light und fuhr meilenweit mit den Flaschen neben sich auf dem Sitz. Ab und zu machte er eine auf, hielt sich das kalte Glas an die Lippen und fühlte, wie sein Herz stockte. Aber er konnte nicht trinken, und nacheinander schmiß er alle vierundzwanzig vollen Flaschen aus dem Fenster.

An den kleinen Explosionen, am Zersplittern, daran maß er die Zeit.

Victor sah zu, wie der Morgen kam und ging. Seine Hände waren kalt. Er preßte sie gegen die Fensterscheibe und wartete darauf, daß sich ein bißchen Wärme auf sie übertrug. Er war seit hundert Tagen wieder zu Hause im Reservat, nachdem er vierzig Jahre durch die Wüste geirrt war. Aber er würde niemanden erlösen. Vielleicht nicht einmal sich selbst.

Er machte die Haustür auf, um zuzusehen, wie die Welt sich drehte. Er ging auf die Vorderveranda hinaus und spürte die kalte Luft. Morgen würde er laufen. Er würde für irgend jemanden der Held sein. Morgen.

Er zählte sein Kleingeld. Genug für eine Flasche Annie Green Springs Wine aus dem Trading Post. Er ging den Berg hinunter, ging in den Laden, nahm sich schnurstracks eine Flasche, bezahlte mit seinen Münzen und ging auf dem Parkplatz hinaus. Victor holte den Wein aus der Papiertüte, löste die Versiegelung und schraubte den Deckel ab.

Herrgott, er wollte trinken, bis sein Blut den ganzen Stamm betäuben konnte.

»He, Cousin, du mußt ihn atmen lassen.«

Ein fremder Indianer sprang aus einem Pick-up, kam zu Victor herüber und lächelte.

»Was hast du gesagt?« fragte Victor ihn.

»Ich habe gesagt, du mußt ihn atmen lassen.«

Victor warf eine Blick auf seine offene Flasche und hielt sie dem Fremden mit einer über alle Stammesgrenzen hinweg verständlichen Geste hin.

»Möchtest du einen Schluck, Cousin?«

»Dazu sag ich nicht nein.«

Der Fremde nahm einen tiefen, kräftigen Schluck, seine

Kehle bewegte sich wie ein Getriebe. Als er genug hatte, wischte er die Flasche ab und gab sie Victor zurück.

»Weißt du was?« sagte der Fremde. »Ich habe heute Geburtstag.«

»Wie alt wirst du?«

»Alt genug.«

Und sie lachten.

Victor warf noch einen Blick auf die Flasche und bot sie dem Fremden mit einer persönlichen Geste erneut an.

»Ich spendier dir einen auf deinen Geburtstag.«

»Sag bloß, ein großzügiger Säufer?«

»Großzügig genug.«

Und sie lachten.

Der fremde Indianer trank die Flasche mit einem Zug halb leer. Er lächelte, als er Victor den Wein zurückgab.

»Von welchem Stamm bist du, Cousin?« fragte Victor.

»Cherokee.«

»Ehrlich? Wahnsinn, ich habe noch nie einen echten Cherokee kennengelernt.«

»Ich auch nicht.«

Und sie lachten.

Victor warf noch ein drittes Mal einen Blick auf die Flasche. Er gab sie dem fremden Indianer zurück.

»Behalte sie«, sagte er. »Du hast sie eher verdient.«

»Danke, Cousin. Weißt du, ich habe eine trockene Kehle.«

»Ich weiß.«

Victor berührte die Hand des fremden Indianers, lächelte ihn beherzt an und ging. Er sah erst in die Sonne, um die Uhrzeit zu bestimmen, und dann, um auf Nummer Sicher zu gehen, auf seine Armbanduhr.«

»He, Cousin«, rief der fremde Indianer. »Kennst du den Unterschied zwischen einem echten und einem falschen Indianer?«

»Nein.«

»Der echte Indianer hat Blasen an den Füßen. Der falsche Indianer hat Blasen am Hintern.«

Und sie lachten. Und Victor ging lachend weiter. Und er ging die Straße hinunter, und vielleicht würde er morgen eine andere Straße hinuntergehen, und vielleicht würde er morgen tanzen. Vielleicht würde Victor tanzen.

Ja, Victor würde tanzen.

Der Prozeß von
Thomas Builds-the-Fire

> Jemand mußte Josef K. verleumdet haben,
> denn ohne daß er etwas Böses getan hätte,
> wurde er eines Morgens verhaftet.
>
> *Franz Kafka*

Thomas Builds-the-Fire saß allein in der Arrestzelle des Stammesgefängnisses, während die BIA-Beamten seine Zukunft, seine unmittelbare Gegenwart und natürlich seine Vergangenheit erörterten.

»Die Art von Verhalten hat bei Builds-the-Fire eine lange Vorgeschichte«, sagte ein Mann in einem BIA-Anzug zu den übrigen. »Eine Erzählmanie in Verbindung mit einem extremen Wahrheitsdrang. Der Mann ist gefährlich.«

Thomas saß in der Arrestzelle, weil er einmal die Posthalterin des Reservats mit einer eingebildeten Pistole überfallen und für acht Stunden als Geisel festgehalten hatte und weil er darüber hinaus damit gedroht hatte, einschneidende Änderungen an der Stammesvision vorzunehmen. Diese Krise war jedoch schon vor Jahren dadurch bewältigt worden, daß Thomas sich stellte und zum Stillschweigen verpflichtete. Nun hatte Thomas seit fast zwanzig Jahren kein Wort gesprochen. Seine Geschichten blieben in seinem Innern; er schrieb nicht einmal mehr Briefe oder Weihnachtskarten.

Aber vor kurzem hatte Thomas damit begonnen, leise

Laute von sich zu geben und Silben zu bilden, in denen mehr Gefühl und Sinn enthalten waren, als in den ganzen, vollständigen Sätzen, die das BIA konstruierte. Ein Laut, der wie *Regen* klang, hatte Esther den Mut gegeben, ihren Mann zu verlassen, den Stammesvorsitzenden David WalksAlong, der zu der Zeit, als Thomas Builds-the-Fire sein ursprüngliches Verbrechen begangen hatte, Chef der Stammespolizei gewesen war. WalksAlong ging so weit mit der BIA-Politik konform, daß er sich angewöhnte, seine Frau eine *Wilde in Polyesterhosen* zu nennen. Sie packte ihre Koffer, nachdem sie Thomas hatte sprechen hören; Thomas wurde einen Tag, nachdem Esther gegangen war, verhaftet.

Nun saß Thomas ruhig in der Zelle und zählte die Küchenschaben und Silberfischchen. Er konnte nicht schlafen, und er hatte keinen Appetit. Oft machte er die Augen zu, und dann kamen ihm sofort Geschichten, aber er sagte kein Wort. Er nickte und lachte, wenn die Geschichte lustig war; er weinte ein wenig, wenn die Geschichten traurig waren; er hämmerte mit den Fäusten auf die Matratze, wenn ihn die Geschichten wütend machten.

»Also, morgen kommt der Richter in die Stadt«, sagte ein Bursche im BIA-Anzug zu den übrigen. »Wie soll die Anklage lauten?«

»Aufwiegelung? Entführung? Erpressung? Oder vielleicht Mord?« fragte ein anderer Typ im BIA-Anzug, und die übrigen lachten.

»Hm«, gaben sie ihm recht. »Ein Kapitalverbrechen muß es schon sein. So einen wie den können wir hier nicht mehr brauchen.«

Später an diesem Abend lag Thomas wach und zählte

durch die Gitterstäbe im Fenster die Sterne. Er war schuldig, das wußte er. Das einzige, was in einem Reservat noch zur Verhandlung stand, war die Strafe für den Verurteilten.

Der folgende Bericht beruht auf dem Originalprotokoll der Gerichtsverhandlung.

»Mr. Builds-the-Fire«, sagte der Richter zu Thomas. »Bevor wir mit diesem Prozeß beginnen, muß sich das Gericht davon überzeugen, ob Sie sich der gegen Sie erhobenen Vorwürfe bewußt sind.«

Thomas, der sein bestes Fransenhemd trug und beschlossen hatte, sich selbst juristisch zu vertreten, stand auf und sprach den ersten vollständigen Satz seit zwanzig Jahren.

»Euer Ehren«, sagte er. »Ich glaube nicht, daß die gegen mich erhobenen Vorwürfe bisher in ihrer gesamten Tragweite offenbart worden sind, geschweige denn im einzelnen aufgeführt.«

Im Zuschauersaal herrschte Stille, dann wurden Ausrufe der Freude, Trauer und dergleichen laut. Eve Ford, die ehemalige Posthalterin des Reservats, die von Thomas vor Jahren als Geisel festgehalten worden war, saß ruhig in der letzten Reihe und dachte: *Er hat überhaupt nichts verbrochen.*

»Aber, Mr. Builds-the-Fire«, sagte der Richter. »Aus Ihrer plötzlichen Bereitschaft, sich zu äußern, kann ich nur schließen, daß Sie den Sinn und Zweck dieses Verfahrens sehr wohl verstanden haben.«

»Das ist nicht wahr.«

»Wollen Sie dieses Gericht vielleicht der Unehrlichkeit bezichtigen, Mr. Builds-the-Fire?«

Thomas setzte sich hin, um für ein paar Augenblicke sein Schweigen zurückzugewinnen.

»Nun denn, Mr. Builds-the-Fire. Wir verzichten auf weitere einleitende Worte und beginnen mit den Zeugenaussagen. Sind Sie bereit, Ihren ersten Zeugen aufzurufen?«

»Ja, das bin ich, Euer Ehren. Als ersten und einzigen Be- und Entlastungszeugen aller Verbrechen, derer ich angeklagt bin, rufe ich mich selbst in den Zeugenstand.«

»Von mir aus«, sagte der Richter. »Erheben Sie die rechte Hand und schwören Sie, die reine Wahrheit und nichts als die Wahrheit zu sagen.«

»Ehrlichkeit ist das einzige, was mir noch geblieben ist«, sagte Thomas.

Thomas Builds-the-Fire betrat den Zeugenstand, nahm Platz, machte die Augen zu und erzählte die folgende Geschichte:

»Alles begann am 8. September 1858. Ich war ein junges Pony, stark und wendig. Daran erinnere ich mich. Trotzdem hatte ich an jenem Tag, da Colonel George Wright mich und siebenhundertneunundneunzig meiner Brüder gefangennahm, Schlimmes zu befürchten. Bedenken Sie, achthundert prächtige Ponys, auf einen Schlag gestohlen. Ein schlimmeres Kriegsverbrechen gibt es nicht. Aber Colonel Wright fand, wir seien für den Transport zu viele, wir seien eine Gefahr. Noch heute trage ich den Brief bei mir, mit dem er an jenem Tag das bevorstehende Gemetzel rechtfertigte:

Sir:

Nachdem ich in meinem gestrigen Schreiben über den Fang von achthundert Pferden am achten diesen Monats

Meldung machen konnte, muß ich heute nachtragen, daß diese große Pferdeherde den gesamten Besitz des Spokane-Häuptlings Til-co-ax darstellte. Dieser Mann war uns von jeher feindlich gesinnt; seit zwei Jahren schickt er seine jungen Krieger immer wieder in das Walla-Walla-Tal aus, um den Siedlern und dem Staat Pferde und Vieh zu stehlen. Bei seinem Zusammentreffen mit Colonel Steptoe im Mai letzten Jahres hat er sich dreist zu diesen Taten bekannt. Nun hat ihn die gerechte Strafe ereilt; es war ein schwerer, aber wohlverdienter Schlag. Mich selbst allerdings haben die achthundert Tiere in arge Verlegenheit gebracht. Ich konnte es nicht wagen, mit einer solch großen und zum Teil aus sehr wilden Pferden bestehenden Herde mit meiner Abteilung weiterzuziehen; wäre es zu einer Stampede gekommen, hätte die Gefahr bestanden, nicht nur die erbeuteten, sondern auch unsere eigenen Tiere zu verlieren. Daher beschloß ich, sie zu töten, bis auf wenige, die der Quartiermeister übernommen hat, und einige andere, die als Ersatz für zuschanden gerittene Pferde benötigt wurden. Es tat mir in der Seele weh, diese armen Kreaturen zu töten, aber die Umstände zwangen mich dazu. Das Abschlachten begann gestern vormittag um zehn Uhr und wird erst heute abend beendet sein. Morgen werde ich zur Cœur d'Alene-Mission weiterziehen.

Gehorsamst, Ihr sehr ergebener Diener, G. WRIGHT, Colonel, Kommandeur des 9. Infanterieregiments.

»Ich hatte das Glück, verschont zu werden, während Hunderte meiner Brüder und Schwestern fielen. Ich war Zeuge dieses Alptraums. Sie wurden auf einer Koppel zusammengepfercht, nacheinander mit einem Lasso eingefangen, hinausgezerrt und in den Kopf geschossen. Das Schlachten zog sich über Stunden hin, und in der Nacht darauf weinten die Mütter um ihre toten Kinder. Am nächsten Tag wurden die Überlebenden auf einen Haufen getrieben und durch Dauerfeuer getötet.«

Thomas öffnete die Augen und sah, daß die meisten Indianer im Gerichtssaal weinten und sich mit der Niederlage abfinden wollten. Da machte er erneut die Augen zu und fuhr mit der Geschichte fort:

»Aber ich wollte mich nicht kampflos ergeben. Ich wollte den Krieg fortsetzen. Zuerst gab ich mich gefügig, ich ließ mich satteln und eine Zeitlang reiten. Der Mann lachte über meine gespielte Schwäche. Aber plötzlich bäumte ich mich auf, schüttelte ihn ab und brach ihm den Arm. Ein anderer Mann versuchte mich zu reiten, aber ich warf auch ihn ab, und so erging es noch vielen anderen, bis ich schweißnaß war und mir das Blut von ihren Sporen und den Hieben mit dem Gewehrkolben vom Körper lief. Es war herrlich. Schließlich gaben sie es auf, sie ließen mich in Ruhe und brachten mich ans Ende der Abteilung. Sie konnten mich nicht brechen. Manche hätten mich wegen meiner Arroganz am liebsten getötet, aber andere respektierten meinen Zorn, meine Weigerung, mich mit der Niederlage abzufinden. Ich habe jenen Tag überlebt, ich entkam sogar Colonel Wright, und ich galoppierte davon, in andere geschichtliche Zeiten hinein.«

Thomas öffnete die Augen und sah, daß die Indianer im Gerichtssaal kerzengerade dasaßen, anmutig ihre Zöpfe flochten und mit indianischer Selbstvergessenheit lächelten.

»Mr. Builds-the-Fire«, sagte der Richter. »War das Ihre vollständige Zeugenaussage?«

»Euer Ehren, wenn ich bitte fortfahren dürfte. Ich habe noch soviel zu sagen. Es wollen noch viel mehr Geschichten erzählt werden.«

Der Richter sah Thomas Builds-the-Fire einen Augenblick lang an und beschloß, ihn weiterreden zu lassen. Thomas machte die Augen zu, und eine neue Geschichte stieg aus der Asche älterer Geschichten auf:

»Mein Name war Qualchan, und ich hatte für unser Volk gekämpft, für unser Land. Es war entsetzlich, als ich mich an der Mündung des Spokane River im Schlamm verstecken mußte, wo mich mein Stammesbruder Moses fand, nachdem er aus Colonel Wrights Lager entkommen war. *Qualchan*, sagte er zu mir. *Du mußt dich von Wrights Lager fernhalten. Er will dich hängen.* Aber Wright hatte meinen Vater als Geisel genommen und drohte damit, ihn zu hängen, wenn ich mich nicht stellte. Wright versprach mir eine gerechte Behandlung. Weil ich ihm glaubte, begab ich mich in das Lager des Colonels und wurde sofort in Ketten gelegt. Dann erblickte ich die Schlinge des Henkers und versuchte zu fliehen. Meine Frau kämpfte mit einem Messer an meiner Seite, und sie verwundete viele Soldaten, bevor sie überwältigt wurde. Nachdem sie mich niedergeschlagen hatten, schleppten sie mich zu der Schlinge, und ich wurde zusammen mit sechs anderen Indianern gehängt, darunter auch Epseal, der nie gegen irgendeinen Menschen im Zorn die Hand erhoben hat, weder gegen einen Indianer noch gegen einen Weißen.«

Thomas öffnete die Augen und rang nach Luft. Er konnte kaum noch atmen, und der Gerichtssaal erschien ihm immer ferner und undeutlicher.

»Mr. Builds-the-Fire«, sagte der Richter und brachte Thomas wieder zu sich. »Was wollen Sie mit dieser Geschichte zum Ausdruck bringen?«

»Nun ja«, sagte Thomas. »Die Stadt Spokane legt gerade einen Golfplatz an, der nach mir benannt ist, Qualchan, und zwar genau in dem Tal, wo ich gehängt wurde.«

Im Gerichtssaal wurde es unruhig vor Bewegung und Erregung. Der Richter schlug mit seinem Hammer auf den Tisch. Der Gerichtsdiener mußte Eve Ford zurückhalten, die ihr Herz in beide Hände genommen hatte und auf Thomas zugestürzt war.

»Thomas«, rief sie. »Wir hören dir alle zu.«

Der Gerichtsdiener hatte alle Hände voll zu tun, denn Eve verpaßte ihm zwei Ohrfeigen und stieß ihn zu Boden. Eve trampelte auf dem dicken Bauch des Gerichtsdieners herum, bis sie von zwei Stammespolizisten überwältigt, in Handschellen gelegt und aus dem Saal gebracht wurde.

»Thomas«, rief sie. »Wir hören dich.«

Der Richter war vor Wut rot angelaufen, daß er fast wie ein Indianer aussah. Er hieb auf den Tisch, bis der Hammer zerbrach.

»Ruhe im Gerichtssaal«, schrie er. »Ruhe im Gerichtssaal, verdammt noch mal.«

Die Anzahl der Stammespolizisten wuchs. Es waren viele fremde Indianer darunter. Die Polizisten vermehrten sich wie Kaninchen und drängten die anderen aus dem Gerichtssaal. Nachdem der Saal geräumt war und wieder Ruhe herrschte, zog der Richter einen Ersatzhammer unter seiner Robe hervor und setzte die Verhandlung fort.

»Gut«, sagte der Richter. »Jetzt wollen wir Gerechtigkeit walten lassen.«

»Meinen Sie wahre Gerechtigkeit oder nur Ihre Vorstellung von Gerechtigkeit?« fragte Thomas Builds-the-Fire, und der Richter geriet erneut in Rage.

»Die Vernehmung des Entlastungszeugen ist abgeschlossen«, sagte er. »Mr. Builds-the-Fire, Sie werden jetzt ins Kreuzverhör genommen.«

Thomas sah zu, wie der Anklagevertreter in den Zeugenstand trat.

»Mr. Builds the-Fire«, sagte der. »Wo waren Sie am 16. Mai des Jahres 1858?«

»Ich war in der Nähe von Rosalia, Washington, zusammen mit siebenhundertneunundneunzig anderen Kriegern, bereit, gegen Colonel Steptoe und seine Soldaten in die Schlacht zu ziehen.«

»Könnten Sie uns erzählen, was genau an jenem Tag passiert ist?«

Thomas machte die Augen zu und erzählte die folgende Geschichte:

»Mein Name war Wild Coyote, und ich war sechzehn Jahre alt, und ich hatte Angst, denn es sollte meine erste Schlacht sein. Aber wir waren zuversichtlich, weil Steptoes Soldaten so klein und schwach waren. Sie hatten uns Friedensverhandlungen angeboten, aber unsere Häuptlinge wollten Blut sehen. Bedenken Sie, daß es eine Zeit der Gewalt war und wir von den Weißen nichts als Lügen hörten. Steptoe sagte, er wolle Frieden zwischen Weißen und Indianern, aber er hatte Kanonen mitgebracht, und weil er uns schon früher belogen hatte, glaubten wir ihm diesmal nicht. Statt dessen griffen wir im Morgengrauen an, wir töteten viele Soldaten und verloren selbst nur wenige Krieger. Die

Soldaten gruben sich auf einer Hügelkuppe ein, wir umzingelten sie und staunten über ihre Tränen und Schreie. Bedenken Sie aber, daß auch sie sehr tapfer waren. Die Soldaten kämpften gut, aber an jenem Tag war die Übermacht der Indianer zu groß. Die Nacht kam, und wir zogen uns ein Stück zurück, wie wir es immer tun, wenn es dunkel wird. Irgendwie gelang es den überlebenden Soldaten, in der Nacht zu entkommen, und viele von uns freuten sich für sie. Sie hatten so gut gekämpft, daß sie es verdienten, noch einen Tag weiterzuleben.«

Thomas öffnete die Augen und sah die Nase des Anklägers, nur wenige Zoll von seiner eigenen entfernt.

»Mr. Builds-the-Fire, wie viele Soldaten haben Sie an jenem Tag getötet?«

Thomas machte die Augen zu und erzählte noch eine Geschichte:

»Einen Soldaten habe ich mit einem Pfeil durch die Brust getötet. Er fiel vom Pferd und bewegte sich nicht mehr. Ich schoß auch noch auf einen anderen Soldaten, der fiel ebenfalls vom Pferd, und ich lief zu ihm, um mir seinen Skalp zu holen, aber er zog seinen Revolver und schoß mir in die Schulter. Die Narbe habe ich heute noch. Es tat so weh, daß ich von dem Soldaten abließ und weglief, um zu sterben. Ich dachte wirklich, daß ich sterben würde, und ich vermute, der Soldat ist später gestorben. Ich lief weg, legte mich in das hohe Gras und sah in den Himmel. Es war schön, und ich war bereit zum Sterben. Es war ein guter Kampf gewesen. Ich lag dort den halben Tag und bis tief in die Nacht hinein, dann fand mich einer meiner Freunde und sagte mir, daß die Soldaten entkommen seien. Mein Freund band mich an sich, und wir ritten zusammen mit den anderen fort. Das war es, was an jenem Tag passiert ist.«

Thomas öffnete die Augen und sah den Staatsanwalt an.

»Mr. Builds-the-Fire, Sie gestehen freiwillig, kaltblütig und vorsätzlich zwei Soldaten getötet zu haben?«

»Ja, ich habe die Soldaten getötet, aber es waren gute Menschen. Ich tat es mit traurigem Herzen und trauriger Hand. Ich konnte danach nie wieder lachen oder lächeln. Es tut mir nicht leid, daß wir kämpfen mußten, aber es tut mir leid, daß diese Männer sterben mußten.«

»Mr. Builds-the-Fire, bitte beantworten Sie meine Frage. Haben Sie die beiden Soldaten kaltblütig und vorsätzlich getötet? Ja oder nein?«

»Ja.«

Artikel im Spokesman-Review, *7. Oktober 19–*

Builds-the-Fire
zu Gefängnisstrafe verurteilt.

WELLPINIT, WASHINGTON – Thomas Builds-the-Fire, der selbsternannte Seher des Spokane-Stammes, wurde heute zu zwei lebenslänglichen Haftstrafen im Staatsgefängnis von Walla Walla verurteilt. Nach der Urteilsverkündung lieferten sich seine zahlreichen Anhänger eine mehr als achtstündige Schlacht mit der Polizei.

Auf die Frage von U.S.-District-Richter James Wright »Haben Sie noch etwas zu sagen, Mr. Builds-the-Fire?« antwortete Builds-the-Fire nur mit einem Kopfschütteln. Dann wurde er von Gefängnispersonal abgeführt.

Wright informierte Builds-the-Fire darüber, daß die neuen

Bundesrichtlinien zur Strafbemessung »bei rassisch motivierten Morden die Verhängung einer lebenslangen Freiheitsstrafe« vorschrieben. Es sei ausgeschlossen, die Strafe zur Bewährung auszusetzen, so Bundesstaatsanwalt Adolph D. Jim, eingetragenes Mitglied des Stammes der Yakima-Indianer.

»Ich lege keine Berufung ein, ich verlange nur Gerechtigkeit«, sagte Builds-the-Fire, bevor er aus dieser Geschichte verbracht und in die nächste überführt wurde.

Thomas Builds-the-Fire saß ruhig in dem Bus, der auf dem Highway zum Staatsgefängnis in Walla Walla unterwegs war. Außer ihm befanden sich noch sechs weitere Gefangene darin: vier Afrikaner, ein Chicano und ein Weißer aus der kleinsten Stadt im ganzen Bundesstaat.

»Ich weiß, wer du bist«, sagte der Chicano zu Thomas. »Du bist der Indianer, der soviel geredet hat.«

»Ja«, sagte einer der Afrikaner. »Du bist der Geschichtenerzähler. Erzähl uns was, Häuptling, laß hören.«

Thomas sah die fünf Männer an, die die Hautfarbe mit ihm teilten, und er sah den Weißen an, der diesen Bus mit ihm teilte, mit dem sie in eine neue Art von Reservat, Barrio, Ghetto oder Kuhkaff gebracht wurden. Dann sah er aus dem Fenster, durch das Stahlgitter vor den Scheiben, hinaus in die Freiheit gleich hinter dem Glas. Er sah Weizenfelder, Wasserflächen und dunkelhäutige Männer, die Früchte aus den Bäumen und Schweiß aus dem Nichts zauberten.

Thomas machte die Augen zu und erzählte die folgende Geschichte.

Entfernungen

Alle Indianer müssen tanzen, überall – dürfen nicht aufhören zu tanzen. Schon bald, im nächsten Frühling, kommt Großer Geist. Er bringt zurück alles Wild. Überall wird viel Wild sein. Alle toten Indianer kommen zurück und leben wieder. Alter blinder Indianer sieht wieder und wird jung, freut sich des Lebens. Wenn Großer Geist zurückkommt, gehen alle Indianer hoch hinauf in die Berge, fort von den Weißen. Dann können Weiße Indianern nichts tun. Wenn Indianer hoch oben sind, kommt große Flut, und alle Weißen ertrinken und sterben. Dann geht Wasser weg und überall nur noch Indianer und mächtig viel Wild. Dann wird Medizinmann Indianern sagen, sie sollen alle weitertanzen, und gute Zeit wird kommen. Indianer, die nicht tanzen, die nicht daran glauben, werden klein werden, etwa einen Fuß hoch, und so bleiben. Einige von ihnen werden in Holz verwandelt und im Feuer verbrannt.
Wovoka, der Geistertanzmessias der Paiute

Nachdem dies geschehen war, nachdem er begonnen hatte, dachte ich mir, daß es vielleicht Custer gewesen war, daß es Custer gewesen sein mußte, der aufs Knöpfchen gedrückt, alle Bäume gefällt, die Löcher ins Ozon gerissen, die Erde überschwemmt hatte. Da die meisten Weißen starben und die meisten Indianer lebten, dachte ich mir, daß nur Custer so etwas Rückständiges hätte machen können. Aber vielleicht lag es auch nur daran, daß der Geistertanz endlich doch noch funktionierte.

Letzte Nacht haben wir wieder ein Haus niedergebrannt. Der Stammesrat hat es bestimmt, daß alles, was mit den Weißen in Berührung gekommen ist, zerstört werden muß. Manchmal, wenn wir, allesamt nackt, die Möbel aus einem Haus schleppen, das niedergebrannt werden soll, muß ich laut lachen. Ich frage mich, ob es wohl vor all den Jahren genauso ausgesehen hat, wenn wir wilden Indianer die hilflosen Siedler abgeschlachtet haben. Wir müssen gefroren haben, unter der Kälte begraben gewesen sein, auch damals schon.

Ich habe ein kleines Transistorradio in einem Wandschrank gefunden. Eines von diesen gelben, wasserdichten Geräten, wie sie die Kinder früher hatten. Ich weiß, daß fast alle elektrischen Schaltkreise zerstört, alle Batterien tot, alle Drähte kurzgeschlossen, alle Dämme gebrochen sind, aber ich frage mich trotzdem, ob das Radio noch funktioniert. Es war in einem Wandschrank unter einem Stapel alter Quilts versteckt, also war es vielleicht geschützt. Aber ich hatte zuviel Angst, es anzumachen. Was würde ich hören? Farmnachrichten, Sportergebnisse, Stille?

Ich liebe eine Frau, Tremble Dancer, aber sie ist eine von den »Urbans«. Urbans sind Indianer aus der Stadt, die überlebt und sich ins Reservat durchgeschlagen haben, nachdem alles in die Brüche gegangen war. Es müssen mehr als hundert gewesen sein, als sie zuerst auftauchten, aber die meisten sind seitdem gestorben. Jetzt sind nur noch ein Dutzend Urbans übrig, und sie sind alle krank. Die kränksten von ihnen sehen aus, als ob sie fünfhundert Jahre alt wären. Sie sehen aus, als ob sie schon ewig leben würden; sie sehen aus, als ob sie bald sterben.

Tremble Dancer ist noch nicht krank, aber ihre Beine sind überall mit Brandwunden und Narben bedeckt. Wenn sie abends um das Feuer tanzt, zittert sie vor Schmerzen. Einmal ist sie umgefallen, und ich habe sie aufgefangen, und wir haben uns lange angesehen. Ich glaube, ihr halbes Leben zu sehen, etwas, woran ich mich immer erinnern, was ich niemals vergessen würde.

Skins, also die Indianer, die schon im Reservat gelebt haben, als es geschah, dürfen keine Urbans heiraten. Das hat der Stammesrat wegen der Krankheit der Urbans so bestimmt. Eine der ersten Urbans kam schwanger im Reservat an, und sie brachte ein Monster zur Welt. Der Stammesrat will nicht, daß so etwas noch einmal passiert.

Manchmal reite ich auf meinem schwerfälligen Pferd zu Noah Chirapkins Tipi hinaus. Er ist der einzige Skin, den ich kenne, der das Reservat verlassen hat, seit es geschah.

»Es war kein Laut zu hören«, hat er mir einmal erzählt. »Ich bin tagelang geritten, aber nichts hat sich bewegt, keine fahrenden Autos, keine Flugzeuge, keine Bulldozer, keine Bäume. Ich bin quer durch eine leere Stadt gelaufen, und ich habe nicht länger als eine Sekunde dafür gebraucht. Ich habe nur einmal mit den Augen geblinzelt, und die Stadt war verschwunden, lag schon hinter mir. Ich habe nur eine einzige Pflanze gefunden, eine schwarze Blume, im Schatten vom Little-Falls-Damm. Es hat vierzig Jahre gedauert, bis ich die nächste fand, zwischen den Mauern eines alten Hauses am Meer.«

Letzte Nacht habe ich vom Fernsehen geträumt. Ich wachte weinend auf.

Das Wetter ist anders, es verändert sich, wird neu. In der Nacht ist es kalt, so kalt, daß die Finger festfrieren können, wenn sie ein anderes Gesicht berühren. Am Tag drückt unsere Sonne uns fest an die Erde. Die Alten sterben, sie ertrinken lieber in ihrem eigenen Wasser als zu verdursten. Ihre Leichen sind böse, das hat der Stammesrat bestimmt. Wir verbrennen die Leichen auf dem Footballplatz, in der einen Woche an der Fünfzigyardlinie, in der nächsten in der Endzone. Es wird gemunkelt, daß die Angehörigen der Verstorbenen ebenfalls getötet und verbrannt werden sollen. Der Stammesrat hat beschlossen, daß sie eine Krankheit der Weißen im Blut haben. Wie ein Armbanduhr, die ihnen zwischen die Rippen gefallen ist und immer langsamer wird, bis sie stehenbleibt. Ich bin froh, daß meine Großeltern und Eltern gestorben sind, bevor dies alles geschah. Ich bin froh, daß ich eine Waise bin.

Manchmal wartet Tremble Dancer am Baum auf mich, dem einzigen Baum, den wir noch haben. Wir ziehen uns aus, Lendenschurz und Lederkleid. Wir klettern in die Äste des Baums und halten einander fest, nehmen uns vor dem Stammesrat in acht. Manchmal schuppt sich ihre Haut, löst sich ab, schwebt zur Erde. Manchmal schmecke ich Teile von ihr, die mir in den Mund bröckeln. Es ist der Geschmack von Blut, Staub, Saft, Sonne.

»Ich verliere meine Beine«, hat Tremble Dancer einmal zu mir gesagt. »Dann meine Arme, Augen, Finger, mein Kreuz.
 Ich bin neidisch auf das, was du hast«, sagte sie, zeigte auf meine Körperteile und erklärte mir, wozu sie gut sind.

Letzte Nacht haben wir wieder ein Haus niedergebrannt. Ich sah ein Bild von Jesus Christus, das auf der Erde lag.

Er ist weiß. Jesus ist ein Weißer.

Während das Haus brannte, konnte ich Flammen und Farben sehen, alle Farben außer Weiß. Ich weiß nicht, was das bedeutet, ich verstehe das Feuer nicht, genausowenig wie die Verbrennungen an den Beinen von Tremble Dancer, die kalte Asche, die liegenbleibt, nachdem das Haus verbrannt ist.

Ich möchte wissen, warum Jesus keine Flamme ist.

Letzte Nacht habe ich vom Fersehen geträumt. Ich wachte weinend auf.

Während ich in meinem Tipi liege und mich unter den Halbdecken aus Hunde- und Katzenfell schlafend stelle, höre ich, wie die Pferde explodieren. Ich höre die Schreie der Kinder, die geholt werden.

Die anderen sind aus einer Zeit vor tausend Jahren gekommen, mit grauen Zöpfen, vom Alter gebrochen. Sie sind mit Pfeil, Bogen, Steinaxt, großen Händen gekommen.

»Erinnert ihr euch an mich?« singen sie, lauter als der Lärm, unser Lärm.

»Fürchtet ihr mich noch?« schreien sie, lauter als der Gesang, unser Gesang.

Ich laufe aus meinem Tipi, über die Erde zum Baum, klettere in die Äste, um die anderen zu beobachten. Einer von ihnen, der höher ist als die Wolken, reitet kein Pony, er läuft über den Staub, schneller als mein Gedächtnis.

Manchmal kommen sie zurück. Die anderen, sie bringen Lachs und Wasser mit. Einmal haben sie Noah Chirapkin geholt, ihn an die Erde gefesselt und ihm Wasser in den Hals geschüttet, bis er ertrunken war.

Der größte andere, der Riese, hat Tremble Dancer geholt, hat sie mit einem dicken Bauch wieder zurückgebracht. Sie roch nach Salz, altem Blut. Sie gebar, ein Lachs flutschte aus ihr heraus, ein Lachs, der größer wurde.

Als sie starb, blutete sie Meerwasser aus ihren Handflächen.

Auf der Versammlung des Stammesrates gestern abend hat Judas WildShoe dem Vorsitzenden eine Uhr gegeben, die er gefunden hatte.

»Ein von den Weißen gemachter Gegenstand, eine Sünde«, sagte der Vorsitzende und steckte die Uhr in seinen Beutel.

Ich erinnere mich an Uhren. Sie maßen die Zeit in Sekunden, Minuten, Stunden. Sie maßen die Zeit genau, kalt. Ich messe die Zeit mit meinem Atem, mit dem Geräusch, das meine Hände auf meiner Haut machen.

Ich mache Fehler.

Gestern abend hielt ich mein Transistorradio in den Händen, so behutsam, als ob es lebte. Ich untersuchte es genau, suchte nach einem Defekt, nach einem sichtbaren Schaden. Aber es war nichts dran, ich konnte keinen Makel erkennen. Wenn daran etwas nicht stimmte, war es dem glatten, harten Plastik von außen nicht anzusehen. Alle Fehler mußten innen sein, wo man sie nicht sehen und nicht herankommen konnte.

Ich hielt das Radio und stellte es an, drehte es auf volle Lautstärke, und das einzige, was ich hörte, war das Ein und Aus und Ein meines Atems.

Jesu Christi Halbbruder lebt gesund und munter im Spokane-Indianerreservat

---

1966

Rosemary MorningDove hat heute einen Jungen zur Welt gebracht und da es kurz vor Weihnachten war und sie allen erzählte sie sei noch Jungfrau obwohl Frank Many Horses sagte das Kind sei von ihm dachten wir uns einfach es sei ein Unfall. Jedenfalls brachte sie ihn zur Welt aber er war ganz blau und es dauerte ziemlich lange bis er von selbst atmete aber schließlich atmete er dann doch und Rosemary MorningDove gab ihm den Namen — der sowohl auf Indianisch als auch auf englisch unaussprechbar ist der aber bedeutet: *Der mit einem kleinen Bogen und einem schlechten Pfeil leise durch das Gras kriecht um genug Wild zu erjagen daß der ganze Stamm satt wird.* Wir nannten ihn einfach James.

1967

Frank Many Horses und Lester FallsApart und ich tranken Bier in der Breakway Bar spielten Poolbillard und erzählten uns Geschichten als wir die Sirenen hörten. Wir Indianer geraten immer völlig aus dem Häuschen wenn wir Sirenen hören weil Sirenen Feuer bedeuten und das bedeutet daß Feuerwehrleute zum Löschen gebraucht werden und das bedeutet daß wir Feuerwehrleute werden können und das bedeutet daß wir uns als Feuerwehrleute Geld verdienen können. Scheiße irgendeiner findet sich immer der auf dem indianischen Begräbnisplatz zündelt und weil es ungefähr die richtige Zeit für das Dreizehnte Jährliche Allindianische Begräbnisplatzfeuer war rannten Frank und Lester und ich runter zum Feuerwehrhaus weil wir uns einen Job versprachen aber dann sahen wir daß der Rauch aus dem Fertigbaudorf kam wo die ganz armen Indianer wohnen also rannten wir dahin und es war das Haus von Rosemary Morning Dove das brannte. Indianer schafften Wasser in Eimern herab aber das Feuer war viel zu groß und wir hörten ein Baby schreien und Frank Many Horses gerät völlig außer sich obwohl es nur das Baby von Lillian Many ist das direkt neben uns schreit. Aber Frank weiß daß James in dem Haus ist, also läuft er hinein bevor ihn einer von uns aufhalten kann und schon bald sehe ich Frank mit James im Arm aus einem Fenster im oberen Stock lehnen und sie brennen beide ein wenig und Frank wirft James aus dem Fenster und ich rase wie ein Irrer hin und will ihn wie ein alter High-School-Footballheld auffangen bevor er auf die Erde knallt aber ich komme um Haaresbreite zu spät und James schlüpft mir zwischen den Fingern durch und knallt mit voller Wucht auf die Erde und ich hebe ihn sofort auf und klopfe mit den Händen die Flammen aus und denke die ganze Zeit daß James tot ist aber er sieht mich ziemlich normal an und nur sein Kopf ist oben eingedellt wie eine Bierdose.

Er hat nicht einmal geweint.

1967

Ich ging ins Reservatskrankenhaus um zu sehen wie es um James und Frank und Rosemary stand und kurz bevor ich losging betrank ich mich damit ich mich nicht vor den weißen Wänden fürchten würde und davor wie es sich anhörte wenn unten im Keller Arme und Beine abgesägt wurden. Aber ich hörte die Schreie trotzdem und es waren indianische Schreie und die tragen ewig sogar einmal um die ganze Welt herum und manchmal noch aus hundert Jahren Entfernung also mache ich die Ohren zu und verstecke meine Augen und sehe nur hinunter auf die blitzblanken Böden. Herr Gott ich bin so betrunken daß ich beten möchte aber ich lasse es bleiben und bevor ich es mir mit meinem Krankenhausbesuch anders überlegen kann nimmt mich Moses MorningDove beiseite und sagt mir daß Frank und Rosemary gestorben seien und daß ich James als sein Lebensretter großziehen solle. Moses sagt das sei eine alte Indianertradition aber weil Moses kräftig auf die zweihundert losmarschiert und dabei immer noch säuft und vögelt wie ein Zwanzigjähriger glaube ich eher daß er sich seinen großväterlichen Pflichten entziehen will. Ich will wirklich nichts damit zu tun haben und mir ist schlecht und durch das Krankenhaus geht es mir immer schlechter und mein Herz zittert und bibbert als wäre es Nacht und die Krankenschwester käme um dich aufzuwecken und dir eine Schlaftablette zu geben aber ich weiß daß James sonst als Indianerjunge in einem Wohlfahrtsheim landen wird wo er Körbe flechten und kratzige Sachen tragen muß und ich bin selbst nur ein Zwanzigjähriger aber ich brauche James nur einmal anzusehen dieses knubbelige kartoffelige Kind und dann sehe ich in den Spiegel und ich sehe mich mit ihm auf dem Arm und ich nehme ihn mit nach Hause.

Heute nacht wird mir der Spiegel mein Gesicht verzeihen.

1967

Eine dunkle Nacht heute nacht und James konnte nicht schlafen und starrte die ganze Zeit nur an die Decke also gehe ich mit ihm auf dem Arm zum Footballplatz damit wir uns die Sterne ansehen können die ins Reservat hinuntersehen. Ich setze James auf der Fünfzigyardlinie ab und ich renne und renne über das gefrorene Gras und wünsche mir wir hätten genug Schnee daß ich eine Spur hinterlassen kann damit die Welt am Morgen weiß daß ich hier war. Und ich denke ich könnte meinen oder James' Namen hineinschreiben oder jeden anderen der mir einfällt bis ich auf jedes Fleckchen Schnee auf dem Platz getreten bin als wäre es jedes Fleckchen der Welt oder wenigstens jedes Fleckchen von diesem Reservat das aus so vielen Flecken besteht daß es genausogut die Welt sein könnte. Ich möchte im Kreis um James herumgehen in immer kleiner werdenden Kreisen in einem neuen Tanz und einer besseren Heilkunde damit James laufen und sprechen lernt bevor er weinen lernt. Aber er weint nicht und er läuft nicht und er spricht nicht und manchmal sehe ich ihn als alten Mann der sinnlos betrunken auf dem Rücksitz eines Reservatswagens liegt mit vollgeschissener Hose und einer kaputten Uhr in der Tasche die immer dieselbe gottverdammte Zeit anzeigt. Also hebe ich James aus dem kalten Gras das darauf wartet daß der Frühling und der Sommer seine Welt verändern aber mir bleibt nichts anderes übrig als durch die Kälte nach Hause zu gehen mit einer anderen Zukunft auf dem Buckel und mit James' Zukunft in der Tasche wie eine leere Geldbörse oder eine Zeitung die am Feuer Nahrung gibt und nie gelesen wird.

Manchmal ist all dies mein Zuhause.

1968

Die Welt verändert die Welt verändert die Welt. Ich sehe nicht mehr fern seit der Apparat explodiert ist und mir ein Loch in die Wand gerissen hat. Der Holzstoß träumt nicht mehr von mir. Er hockt dort neben der Axt und sie unterhalten sich über die Kälte die in den Ecken lauert und dich an einem fast frühlingshaft warmen Tag anfällt. Heute habe ich stundenlang am Fenster gestanden und dann den Basketball aus dem Holzofen genommen und ein paar Bälle in den Ring geworfen der an der Kiefer im Hof hängt. Ich warf und warf bis ich vor der Kälte geschützt war weil meine Haut zu warm war um noch etwas davon zu spüren. Ich warf und warf bis meine Fingerspitzen bluteten und mir die Füße weh taten und mir die Haare im Nacken an der nackten Haut klebten. James wartete neben der Veranda die Hände im Schlamm und die Füße in Lederschuhen, die ich auf der Müllkippe unter einer Waschmaschine gefunden hatte. Ich kann selbst nicht glauben an was für Kleinigkeiten ich mich mit jedem Tag den James dem Sprechenlernen näherkommt noch erinnern muß.

Ich ziehe ihn um und wechsele ihm die dreckigen Hosen und ich wasche sein Gesicht und die Ritzen seines kleines Körpers bis er blitzsauber ist.

Das ist meine Religion.

1968

Es scheint als wolle die Kälte nie vergehen und der Winter wie die Unterseite meiner Füße sein aber dann ist er über Nacht fort und die Sonne tritt an seine Stelle so groß und lachhaft. James sitzt so jung in seinem Stuhl und er will nicht sprechen und die Ärzte im Indianerkrankenhaus sagen daß es zum Sprechen sowieso noch zu früh für ihn sei aber ich sehe etwas in seinen Augen und ich sehe eine Stimme in seinen Augen und ich sehe einen ganzen Schatz neuer Wörter in seinen Augen. Es ist nicht Indianisch oder Englisch und nicht Registrierkasse oder Ampel oder Rüttelschwelle und nicht Fenster oder Tür. Eines Tages sehen James und ich gegen Abend zu wie die Sonne wie ein brennender Basketball über den Himmel fliegt bis sie herunterfällt und mit einem lauten Platschen in den Benjamin Lake plumpst und die Erde erschüttert und Lester FallsApart aufweckt der dachte sein Vater sei zurückgekommen um ihm mal wieder eine Ohrfeige zu geben.

Der Sommer kommt wie ein Auto das vom Highway abbiegt.

1968

James muß weinen können weil er bis jetzt noch nicht geweint hat und ich weiß daß er den Augenblick zum Weinen abwartet als wären es fünfhundert Jahre Tränen. Er ist auch noch nicht gelaufen und er hat keine Blasen an den Fußsohlen aber in seinen Brustkorb haben sich Träume glatt eingeschliffen so daß er bei jedem Atemzug bebt und bebt und ich sehe daß er zu sprechen versucht wenn er hinter seinem Kopf in die Luft greift oder angestrengt zum Himmel sieht. Seine Temperatur steigt und steigt und ich setze James in den Schatten am Basketballplatz und ich spiele und spiele bis es durch den Schweiß meines Körpers überall im Reservat regnet. Ich spiele und spiele bis die Musik meiner Schuhe auf dem Asphalt wie jede Trommel klingt. Dann bin ich allein zu Hause und beobachte die Kakerlaken bei ihrem komplizierten Leben.

Ich halte James mit dem einen Arm und den Basketball mit dem anderen Arm und alles andere halte ich in meinem Körper fest.

1969

Ich bringe James ins Indianerkrankenhaus weil er immer noch nicht weint und weil er manchmal nichts anderes macht als ins Leere zu starren und manchmal die streunenden Hunde in den Arm nimmt und sich von ihnen im Hof herumtragen läßt. Er ist stark genug um sich auf ihnen zu halten aber er ist nicht stark genug um die Zunge vom Grund seines Mundes zu lösen um die Worte für Liebe oder Zorn oder Hunger oder guten Morgen zu sagen. Auch wenn er nur wenige Jahre alt ist sind seine Augen uralt so alt und dunkel wie eine Burg oder ein See an den sich die Schildkröten zum Sterben und manchmal sogar zum Leben zurückziehen. Vielleicht wird er die Worte hervorstoßen wenn ich es am wenigsten erwarte oder wünsche vielleicht wird er in der Kirche laut fluchen und im Lebensmittelladen laut beten. Heute bin ich durch die Stadt gegangen und ich lief und lief an den Menschen vorbei die mich ewig nicht mehr gesehen hatten vielleicht seit Monaten nicht mehr und sie fragten mich aus nach mir und James und niemand machte sich die Mühe an die Tür zu klopfen und nach den Antworten zu suchen. Es gibt nur James und mich und wir laufen und laufen und ich trage ihn auf dem Rücken und seine Augen sehen an den Leuten vorbei die an uns vorbeisehen wegen des Kojoten in unserer Seele und des Vielfraßes in unserem Herzen und wegen des verrückten verrückten Mannes der jeden Indianer berührt der zuviel allein ist. Ich stehe im Trading Post und berühre die Konserven und hoffe auf eine Vision all der Meilen als Seymour mit einem Zwanzigdollarschein hereinkommt und ein paar Kästen Bier kauft und wir trinken und trinken die ganze Nacht. James wird von Frau zu Frau weitergereicht und von Mann zu Mann und auch ein paar Kinder dürfen mein Kind halten das weder weint noch den Menschen in seinem eigenen Körper erkennt. Alle Säufer freuen sich daß ich wieder saufe und nicht mehr trocken bin und meine Träume waren wie weggespült und am nächsten Morgen wache ich auf einer Wiese auf und beobachte eine Kuh die mich beobachtet. Mit vollgepißter Hose mache ich mich auf den langen Weg nach Hause vorbei an den HUD-Häusern und den verlassenen Autos und dem Powwowplatz und der Pfingstlerkirche wo die Sündelosen singen als ob sie uns allen vergeben könnten. Ich komme nach Hause und James ist da und er wird von Suzy Song gefüttert und sie schaukelt ihn als wäre er ein Boot oder ein dreibeiniger Stuhl.

Ich sage nein und nehme ihr James weg und lege ihn in sein Bettchen und schmiege mich in Suzys Arme und lasse mich schaukeln und schaukeln bis ich meinen Magen vergesse und meine dünne Haut.

1969

Lange Tage und Nächte bedeuten daß der Himmel die ganze Zeit gleich aussieht und James hat immer noch keine Worte aber er träumt und er strampelt im Schlaf und manchmal stößt er mich weg während er in meinem Arm schläft. Kein Mensch kann ununterbrochen träumen weil es zu sehr weh tun würde aber James träumt und verschläft ein Sommergewitter und ein Wetterleuchten das erst eine Hand und dann eine Faust herunterreckt um einen Baum und mit seinem Licht meine Augen auseinanderzureißen. Wir hatten Wild zum Abendessen. Wir aßen Hirschfleisch und sein ungebändigter Geschmack lief mir kribbelnd am Rückgrat hoch und runter. James spuckte seinen Bissen auf den Boden und die Hunde machten sich darüber her und ich aß und aß und die Hunde fraßen und fraßen was sie finden konnten und der Hirsch wuchs in meinem Bauch. Der Hirsch bekam ein Geweih und Hufe und Haut und Augen die gegen meinen Brustkorb drückten und ich aß und aß bis ich nichts mehr fühlen konnte außer wie mein Bauch anschwoll und sich bis zum äußersten dehnte.

Mein Leben lang sind mir immer die Tage am schärfsten und klarsten in allen Einzelheiten im Gedächtnis geblieben an denen ich einen vollen Bauch hatte.

1969

Heute abend fand im Gemeindezentrum das erste Basketballspiel der Saison statt und ich bat Suzy Song solange auf James aufzupassen während ich spielte und dann ging es für uns Krieger mit Gebrüll gegen die Luft und die Netze und die kaputte Uhr und unsere Erinnerungen und Träume und unsere Pferde des zwanzigsten Jahrhunderts die wir Beine nannten. Wir spielten gegen eine Nez-Percé-Mannschaft und sie rannten als ob sie noch immer vor der Kavallerie davonliefen und sie machten uns wieder einmal nach Strich und Faden fertig als ich plötzlich ihrem halbweißen Verteidiger den Ball abluchse und bis zum Korb vorpresche. Ich steige hoch und will ihn versenken als der halbweiße Verteidiger unter mir hertaucht und mir die Füße unter dem Hintern wegreißt und als ich lande höre ich ein Knacken und mein Bein biegt sich in die falsche Richtung. Sie bringen mich ins Reservatskrankenhaus und später sagen sie mir daß mein Bein explodiert sei und ich lange nicht mehr Basketball spielen könne vielleicht nie mehr und als Suzy mich mit James besuchen kommt und sie mich fragen ob sie meine Frau und mein Sohn seien sage ich ja und weil James immer noch keine Laute von sich gibt fragen sie mich wie alt er sei. Ich sage ihnen daß er knapp vier ist und sie sagen er sei in der körperlichen Entwicklung zurückgeblieben aber das sei normal für ein Indianerkind. Jedenfalls brauche ich eine Operation mit allem Drum und Dran aber weil ich weder das Geld noch die Kraft noch das Gedächtnis dafür habe und der indianische Gesundheitsdienst nicht dafür aufkommt stehe ich einfach auf und gehe nach Hause wobei mir fast die Tränen kommen weil mich mein Bein und mein Leben so schmerzen. Suzy blieb die Nacht über bei mir und im Dunkeln berührt sie mein Knie und fragt mich wie weh es tut und ich sage ihr daß es so weh tut daß ich nicht darüber sprechen kann also küßt sie meine Narbe und kuschelte sich eng an mich und sie ist warm und sie sagt mir etwas ins Ohr. Sie stellt nicht ständig nur Fragen und manchmal hat sie auch die Antworten. Am Morgen wache ich vor ihr auf und hinke in die Küche und mache Kaffee und zwei Schüsseln Cornflakes und wir sitzen zusammen im Bett und essen während James leise in seinem Bettchen liegt und an die Decke sieht also sehen Suzy und ich auch an die Decke.

Das Gewöhnliche kann wie eine Medizin sein.

1970

Der Schnee kommt früh in diesem Jahr und James und ich sitzen zu Hause vor dem Ofen weil ich mit meinem kaputten Knie nirgendwo hingehen kann und weil es draußen so heftig schneit daß niemand zu uns herausfahren kann um uns abzuholen aber ich weiß daß irgend jemand an uns denken muß, denn wenn es nicht so wäre würden wir genauso verschwinden wie die alten Indianer die früher in ihre Pueblos geklettert sind. Diese Indianer sind einfach verschwunden während das Essen noch in den Töpfen kochte und die Luft geatmet werden wollte und sie verwandelten sich in Vögel oder Staub oder in das Blau des Himmels oder das Gelb der Sonne.

Sie waren da und plötzlich wurden sie nur eine Sekunde lang vergessen und nur eine Sekunde lang hat niemand an sie gedacht und sie waren verschwunden.

1970

Ich habe James noch einmal ins Reservatskrankenhaus gebracht weil er fast fünf Jahre alt war und immer noch nicht sprach oder krabbelte oder weinte oder sich auch nur bewegte wenn ich ihn auf den Boden legte und einmal ist er mir sogar hingefallen und er hat am Kopf geblutet aber er hat keinen Laut von sich gegeben. Sie untersuchten ihn und sagten ihm fehle nichts er sei nur ein Spätentwickler aber das sagen die Ärzte immer und von den Indianern sagen sie es seit fünfhundert Jahren. Herrgott sage ich wissen Sie denn nicht daß James tanzen und singen und so laut die Trommel schlagen will, daß einem die Ohren weh tun und daß er nie eine Adlerfeder fallen lassen wird und daß er vor den Älteren immer Respekt haben wird zumindest vor den indianischen Stammesältesten und daß er die Welt verändern wird. Er wird Mount Rushmore in die Luft sprengen oder ein Fluzeug entführen und es auf dem Reservatshighway zur Landung zwingen. Er wird Vater und Mutter und Sohn und Tochter und der Hund sein der Sie aus einem tosenden Fluß zieht.

Er wird Magerkäse in Gold verwandeln.

1970

Happy Birthday James und ich sitzen in der Breakaway Bar und ich trinke zuviel Bier als der Vietnamkrieg im Fernsehen kommt. Die Weißen wollen immer gegen irgend jemanden kämpfen und immer kriegen sie dazu die Dunkelhäutigen ran. Ich weiß nur soviel über diesen Krieg wie Seymour mir nach seinem Einsatz da drüben erzählt hat und er hat gesagt, daß alle Schlitzaugen die er getötet hat genau wie wir aussahen daß jedes einzelne Schlitzauge das er getötet hat haargenauso aussah wie jemand den er aus dem Reservat kannte. Jedenfalls gehe ich auf Jana Winds Weihnachtsparty und ich lasse James bei meiner Tante damit ich mich richtig besaufen kann und mir keine Gedanken machen muß wenn ich vielleicht für ein paar Tage oder aber auch bis ans Ende meines Lebens nicht wieder nach Hause komme. Wir saufen uns kräftig einen an und Janas alter Herr Ray fordert mich zu einem Basketballspiel einer gegen einen heraus weil er meint ich wäre jetzt sowieso im Arsch und hätte sowieso noch nie was getaugt aber ich sage ihm daß ich nicht kann weil mein Knie kaputt ist und außerdem liegen draußen zwei Fuß Schnee und wie soll man da überhaupt spielen können? Ray sagt ich sei ein Feigling also gehe ich mit ihm raus und wir fahren zur High-School aber auf dem Spielfeld liegt der

Schnee zwei Fuß hoch und wir können nicht spielen aber Ray lächelt und holt eine Flasche Petroleum und kippt das Zeug auf den Platz und steckt es an und es dauert nicht lange da ist von dem Schnee nicht viel mehr übrig als von der Hose von Lester FallsApart der zu nah am Spielfeld gestanden hat als Ray das Petroleum ansteckte. Jedenfalls ist der Platz frei und Ray und ich legen los und mein Knie tut nur ein bißchen weh und alle feuerten uns an und ich weiß nicht mehr wer gewonnen hat weil ich viel zu betrunken war genau wie die anderen auch. Später höre ich daß Ray und Joseph verhaftet worden sind weil sie einen Weißen halb tot geprügelt haben und ich sage Ray und Joseph sind doch bloß Kinder und Suzy sagt in einem Reservat gibt es keine Kinder und wir werden sowieso alle als Erwachsene geboren. Ich sehe mir James an und denke vielleicht hat Suzy unrecht damit daß Indianerkinder als Erwachsene geboren werden und daß James vielleicht als Baby geboren wurde und so bleiben will wie er ist weil er nicht erwachsen werden will und all das tun was wir auch tun.

Es gibt die unterschiedlichsten Arten von Krieg.

1971

Soviel Zeit allein mit irgendwelchen Flaschen und James und ich erinnern uns an nichts anderes mehr als an den letzten Drink und ein betrunkener Indianer ist wie ein Denkerstandbild aber keiner würde einen betrunkenen Indianer auf dem besten Platz vor der Bücherei aufstellen. Für die meisten Indianer ist der beste Platz vor einer Bücherei ein Lüftungsgitter oder ein Stück sonnenwarmer Zement aber das ist ein alter Witz und ich habe früher mit Haufen von Büchern im Bett geschlafen und manchmal waren sie das einzige was mich warm hielt und immer waren sie das einzige was mich am Leben hielt.

Bücher und Bier sind die beste und schlechteste Verteidigung.

1971

Jesse WildShoe ist letzte Nacht gestorben und heute war die Beerdigung und normalerweise halten wir eine Totenwache aber keiner von uns hatte die Energie tagelang zu trauern also haben wir Jesse sofort verbrannt und ein tiefes Loch gegraben denn Jesse konnte den Fancydance tanzen als ob Gott seine Füße berührt hätte. Jedenfalls gruben wir den ganzen Tag an diesem Loch und weil die Erde immer noch leicht gefroren war probierten wir es wieder mit dem Petroleumtrick und tauten damit das Eis und den Frost auf und wenn wir ein Streichholz auf den Grund des Grabes warfen sah es so aus wie wohl die Hölle aussehen muß und es war gruselig. Da standen wir zehn kleinen Indianerlein und bereiteten einem Fancydancer die Hölle auf Erden der sowieso die Schnauze voll hatte von dem Schweiß und wahrscheinlich nichts mehr damit zu tun haben wollte und ich dachte mir die ganze Zeit ob es nicht besser wäre seine Leiche hoch hinauf in die Berge zu schaffen und ihn in dem Schnee zu begraben der niemals schmolz. Vielleicht sollten wir ihn einfach nur einfrieren damit er nichts mehr fühlen muß und vor allem keine verrückten Ideen vom Himmel oder von der Hölle. Ich weiß nichts von Religion und ich beichte meine Sünden niemandem außer den Wänden und dem Holzofen und James der alles vergibt wie ein Felsen. Er spricht und weint noch immer nicht und manchmal schüttele ich ihn ein bißchen zu fest oder ich schreie ihn an oder ich lasse ihn stundenlang allein in seinem Bettchen liegen aber er gibt nie einen Laut von sich. Eines Nachts bin ich so betrunken daß ich ihn bei irgendwem vergesse und überhaupt nicht mehr an ihn denke aber wer will es mir verübeln? Die Stammespolizisten sperren mich in eine Zelle wegen Kindesaussetzung und ich frage sie wen sie dafür verhaften wollen daß er mich ausgesetzt hat aber die Welt dreht sich und wendet sich gegen sich selbst wie eine Schlange die ihren eigenen Schwanz frißt. Wie eine Schlange schnellt am nächsten Tag mein Fertigmenü vom Tisch und schnappt nach meinen Handgelenken und Augen und ich frage den Stammesbullen wie lange ich betrunken war und er sagt fast ein ganzes Jahr und ich kann mich an gar nichts mehr erinnern. Ich habe einen schlimmen Säuferwahn und die Wände sind Nazis die aus meiner Haut Lampenschirme machen und die Toilette ist ein weißer Mann in einer weißen Kutte der mich hoch zu Roß verfolgt und der Boden ist ein dünner Mann der mir einen Messertrick beibringen will und meine Schuhe quietschen und treten und wollen mich hinunterziehen in die tote Schweinegrube meiner Phantasie. Ach Gott ich wache auf und liege auf dem Grund des Massengrabes mit den Knochen von Gemetzeln aus vergangenen Zeiten und ich krieche und grabe mich Schicht um Schicht und Jahr um Jahr durch Mitttagsmenüs hindurch nach oben. Ich grabe mich stundenlang durch Haut und Augen und bald auch frisches Blut und ziehe mich selbst aus den Augen einer Sau und picke mir die Maden aus den Haaren und will schreien aber ich will den Mund nicht aufmachen und es schmecken und schmecken und schmecken.

Wie der Heroinsüchtige sagte ich will nur rein sein.

1971

Bin jetzt seit einem Monat bei den Anonymen Alkoholikern weil das der einzige Weg war James behalten zu können und meine Tante und Suzy sind bei mir eingezogen um darauf zu achten daß ich nichts trinke und mir zu helfen für James zu sorgen. Bei den A.-A.-Treffen zeigen sie immer noch dieselben alten Filme und es geht darin um denselben weißen Typen der um ein Haar sein Leben zerstört und seine Frau und seine Kinder und seinen Job verliert aber zum Schluß einsieht daß ihn der Alkohol umbringt und dann hört er von einem Tag auf den anderen mit dem Trinken auf und verbringt den Rest des Films und den Rest seines Lebens auf einem Picknick mit seiner Familie und seinen Freunden und seinem Boß und sie lachen die ganze Zeit und sagen damals haben wir dich gar nicht mehr gekannt Bob und wir sind so froh daß wir dich wiederhaben Dad und Sie bekommen ihre alte Stelle wieder und wir verdoppeln Ihnen auch noch das Gehalt Sie alter Schwerenöter. Gestern kriege ich eine Postkarte aus Pine Ridge und mein Cousin schreibt daß dort alle Indianer verschwunden sind und er will wissen ob ich vielleicht weiß wo sie abgeblieben sind. Ich schreibe zurück und antworte er soll mal auf einem A.-A.-Treffen nachsehen und dann frage ich ihn ob es noch mehr Vögel gibt deren Augen wie seine aussehen und ich frage ihn ob der Himmel blauer ist und die Sonne gelber weil das die Farben sind zu denen wir werden wenn wir sterben. Ich sage ihm er soll in seinen Träumen nach einem rot gekleideten Mann suchen der einen roten Schlips hat und rote Schuhe und einen Habichtkopf. Ich sage ihm daß dieser Mann die Angst ist und daß er dich aufessen wird wie ein Sandwich und daß er dich aufessen wird wie eine Eiswaffel und daß er nie satt werden wird und er dich in deinen Träumen holen kommen wird wie in einem schlechten Film. Ich sage ihm er soll seinen Fernseher zur Wand drehen und die Wände nach Makeln absuchen und daß diese Makel seine Mutter und sein Vater sein könnten und der Fleck an der Decke könnten seine Schwestern sein und das verzogene Dielenbrett das ständig knarrt und knarrt ist vielleicht sein Großvater der Geschichten erzählt.

Vielleicht verstecken sie sich alle auf einem Flaschenschiff.

1972

Bin schon so lange nüchtern daß es mir wie ein Traum vorkommt aber es geht mir irgendwie besser und meine Tante war so stolz auf mich daß sie mit James und mir in die Stadt gefahren ist zu James' Untersuchung und James sprach immer noch nicht aber Tante und James und ich aßen bei Woolworth gut zu Mittag bevor wir ins Reservat zurückfuhren. Ich durfte fahren und der Cadillac den Tante sich von ihrem Urangeld gekauft hat ist ein Spitzenauto und es regnete ein bißchen und es war heiß und deshalb gab es Regenbogen Regenbogen Regenbogen und die Kiefern sahen wie weise Männer mit nassen Bärten aus oder wenigstens dachte ich das. So gehe ich manchmal mit diesem Leben um indem ich das Gewöhnliche in einen Zauber verwandle und es ist genau wie bei einem Kartentrick und genau wie bei einem Spiegeltrick und genau wie bei einem Verschwindenlassen. Jeder Indianer lernt es ein Zauberer zu sein und er lernt es die Aufmerksamkeit von sich abzulenken und die dunkle Hand ist immer schneller als das weiße Augen und ganz egal wie nah du an mein Herz auch herankommst du wirst meine Geheimnisse nie ergründen und ich werde sie dir nie verraten und ich werde dir denselben Trick nie zweimal zeigen.

Ich reise schwer beladen mit Illusionen.

1972

Jeden Tag versuche ich nicht zu trinken und ich bete aber ich weiß nicht zu wem ich bete und ob es nicht vielleicht der Basketball ist der auf dem Regal unter aschigem Staub verschwindet oder die nackten Wände die mich in das Haus quetschen oder der Fernseher der nur die nichtkommerziellen Sender empfängt. Ich habe nur Maler und Angler gesehen und ich glaube sie sind Männer vom gleichen Schlag die nur irgendwann in ihrem Leben eine andere Wahl getroffen haben. Der Angler hatte eine Angelrute in der Hand und sagte ja und der Maler hatte einen Pinsel in der Hand und sagte ja und manchmal habe ich ein Bier in der Hand und sage ja. In solchen Augenblicken wünsche ich mir so sehr etwas zu trinken daß es weh tut und ich weine was in unserem

Haus ein fremdes Geräusch ist weil James Tränen verweigert und weil er Worte verweigert aber manchmal hält er eine Hand hoch als ob er nach etwas greift. Gestern falle ich beinahe über Lester FallsApart der sternhagelvoll vor dem Trading Post liegt und ich hebe ihn hoch und er taumelt und zittert und fällt wieder hin. Lester sage ich du mußt alleine aufstehen und ich hebe ihn hoch und er fällt wieder hin.

Nur ein Heiliger hätte versucht ihn auch noch ein drittes Mal hochzuheben.

1972

Die Straßenlaterne vor meinem Haus scheint auf den heutigen Abend und ich sehe sie mir an als ob sie mir eine Vision schenken könnte. James hat noch nicht gesprochen und er sieht in die Laterne als ob sie ein Wort wäre und vielleicht ein Verb. James wollte mich laternen und mich hell und schön machen so daß mich die Motten und Fledermäuse umkreisen als ob ich der Mittelpunkt der Welt wäre und Geheimnisse hätte. Wie Joy es gesagt hat daß alles außer den Menschen seine Geheimnisse behält. Heute bekomme ich meine Post und es ist eine Stromrechung dabei und eine Postkarte von einer alten Liebe aus Seattle die mich fragt ob ich sie noch so liebe wie früher und ob ich sie nicht besuchen möchte.

Ich schicke ihr meine Stromrechung und schreibe ihr daß ich sie nie mehr wiedersehen will.

1973

James hat heute gesprochen aber ich hatte ihm den Rücken zugedreht und konnte mir nicht sicher sein ob es wirklich passiert war. Er hat Kartoffel gesagt wie jeder gute Indianer weil Kartoffeln das einzige sind was wir essen. Aber vielleicht hat er auch gesagt ich liebe dich weil es das war was ich von ihm hören wollte oder er hat Geologie oder Mathematik oder College Basketball gesagt. Ich hebe ihn hoch und frage ihn immer und immer wieder was hast du gesagt? Er lächelt nur und ich bringe ihn in die Klinik und die Ärzte sagen das wurde aber auch langsam Zeit aber sind Sie sich auch sicher daß Sie sich seine Stime nicht nur eingebildet haben? Ich sagte James' Stimme klang so wie wenn ein schönes Glas vom Regal fällt und heil auf einem dicken Teppich landet.

Der Arzt sagte ich hätte sehr viel Phantasie.

1973

Ich übe mit den jüngeren Indianern wieder Korbwürfe und es sind sogar ein paar Indianermädchen dabei die nie danebenwerfen. Sie nennen mich alter Mann und Stammesältester und erweisen mir ein wenig Respekt indem sie zum Beispiel nicht allzu schnell laufen und mich ein paar Körbe mehr werfen lassen als ich eigentlich verdient habe. Es ist lange her seit ich das letzte Mal gespielt habe aber ich habe noch das alte Gefühl und die alte Wendigkeit in meinem Herzen und in meinen Fingern. Wenn ich mir diese Indianerkinder ansehe weiß ich daß Basektball von einem Indianer erfunden wurde lange bevor es sich dieser Naismith ausgedacht hat. Wenn ich spiele brauche ich nicht zu trinken und ich wünsche mir ich könnte vierundzwanzig Stunden am Tag spielen sieben Tage die Woche und dann würde ich nicht mehr zitternd und bibbernd aufwachen und nur noch ein letztes Bier wollen bevor ich endgültig aufhöre. James weiß das auch und er sitzt am Spielfeldrand und klatscht wenn mein Team einen Punkt macht und er klatscht auch wenn das andere Team einen Punkt macht. Er hat ein gutes Herz. Er spricht immer wenn ich nicht im Zimmer bin oder wenn ich ihn nicht ansehe aber nie wenn ihn jemand anders hören könnte und deshalb denken alle ich bin verrückt. Ich bin verrückt. Er sagt Sachen die ich nicht glauben kann. Er sagt $e = mc^2$ und daß sich darum alle meine Cousins zu Tode saufen. Er sagt die Erde ist eine ovale Murmel die niemand gewinnen kann. Er sagt der Himmel ist nicht blau und das Gras nicht nicht grün.

Er sagt alles ist Ansichtssache.

1973

Es ist Weihnachten und James bekommt seine Geschenke und er gibt mir das schönste Geschenk von allen indem er direkt mit mir spricht. Er sagt so viele Sachen und das einzige was zählt ist daß er sagt er und ich haben nicht das Recht füreinander zu sterben und daß wir statt dessen füreinander leben sollen. Er sagt die Welt leidet. Er sagt das erste was er nach seiner Geburt wollte war ein Glas Whiskey. Er sagt all das und noch mehr. Er sagt mir ich soll mir einen Job suchen und mir Zöpfe wachsen lassen. Er sagt ich soll lieber linkshändig werfen lernen wenn ich auch weiterhin Basketball spielen will. Er sagt ich soll einen Stand mit Feuerwerkskörpern aufmachen.

Jetzt gibt es im Reservat jeden Tag kleine Explosionen.

1974

Heute ist Weltausstellung in Spokane und James und ich fahren mit einigen von meinen Cousins nach Spokane. Alle Länder haben Ausstellungen und es gibt Kunst aus Japan und Töpfereien aus Mexiko und finstere Gestalten die über Deutschland reden. In einer kleinen Ecke steht eine Figur die irgendeinen Indianerhäuptling darstellen soll. Ich drücke auf einen kleinen Knopf und die Figur redet und bewegt die Arme immer wieder auf die gleiche Weise hin und her. Die Figur sagt den Besuchern daß wir die Erde beschützen müssen weil sie unsere Mutter ist. Ich weiß das und James sagt er weiß noch mehr. Er sagt daß die Erde unsere Großmutter ist und daß die Technologie unsere Mutter geworden ist und daß sie einander hassen. James sagt den Besuchern daß der Fluß der nur wenige Meter von uns entfernt fließt das einzige ist woran wir jemals zu glauben brauchen. Eine weiße Frau fragt mich wie alt James ist und ich sagte ihr daß er sieben ist und sie sagt mir daß er für einen Indianerjungen zu klug ist. James hört das und sagt der weißen Frau daß sie für eine alte weiße Frau ziemlich klug ist. Ich weiß daß alles so beginnen wird und daß so der Rest meines Lebens aussehen wird. Ich weiß daß James wenn ich alt bin und krank und bereit zum

Sterben meinen Körper waschen und sich um meine Ausscheidungen kümmern wird. Er wird mich aus dem HUD-Haus in die Schwitzhütte tragen und er wird meine Wunden reinigen. Und er wird sprechen und mich jeden Tag etwas Neues lehren.

Aber das liegt alles noch in ganz weiter Ferne.

Zug um Zug

there is something about
trains, drinking, and being
an indian with nothing to lose.
Ray Young Bear

»Besen, Feger, Schaufel, Leder«, sang Samuel Builds-the-Fire, während er duschte, sich rasierte und das Haar zu Zöpfen flocht. Samuel arbeitete in einem Motel an der Third Avenue als Zimmermädchen. An diesem Morgen wollte er schon früh zur Arbeit, weil er Geburtstag hatte. Aber er erwartete keine Geschenke, keine Party von seinen Kollegen oder der Motelleitung. An diesem Morgen früh auf der Arbeit zu sein, war so etwas wie ein Geschenk an sich selbst.

Für den Weg von seinem Mansardenzimmer in der Hospital Row hinunter in die Stadt brauchte er an einem sonnigen Tag fünf und an einem verregneten Tag vier Minuten, aber heute ging Samuel fast eine halbe Stunde, bevor er seinen Dienst antreten mußte, von zu Hause los. »So früh, so früh, so schön früh«, sang er. Es war ein guter Tag: Sonne, ein leichter Wind und leise Geräusche wie Gelächter aus offenen Autofenstern oder Schnellrestaurants.

Die ganze letzte Woche hatte Samuel seinen Briefkasten aufgemacht und gehofft, einen Brief oder eine Karte von seinen Kindern zu finden. *Happy Birthday* aus Gallup, *Alles Gute* aus Anchorage, *Ich hab dich lieb* aus Fort Bliss, Texas.

Aber es kam keine Post, und das tat Samuel weh. Aber er verstand, daß seine Kinder viel zu tun hatten, viel zu tun, viel zu tun.

»Sie haben ihr eigenes Frybread im Ofen. Sie haben eine Menge Federn in ihren Kriegshauben«, sagte Samuel, als er das Motel betrat.

»Ach, Samuel«, sagte der Motelmanager. »Sie sind aber früh dran. Gut. Ich habe mit Ihnen zu reden.«

Samuel folgte dem Manager nach hinten in sein Büro. Sie setzten sich an den großen Schreibtisch, Samuel auf die eine Seite, der Manager auf die andere.

»Samuel«, sagte der Manager. »Ich weiß nicht recht, wie ich es Ihnen beibringen soll. Aber ich muß Sie entlassen.«

»Wie bitte, Sir?« sagte Samuel. Er war überzeugt, daß der Manager etwas ganz anderes gesagt hatte.

»Samuel, von dieser verdammten Rezession wird niemand verschont. Ich muß die Kosten senken, Ballast abwerfen. Sie verstehen das doch, ja?«

Samuel verstand. Er nahm seinen Abfindungsscheck und ging zur Tür.

»Samuel«, sagte der Manager. »Sobald es wieder aufwärtsgeht, sind Sie der erste, bei dem ich mich melde. Das garantiere ich Ihnen. Sie waren ein hervorragender Mitarbeiter.«

»Vielen Dank, Sir«, sagte Samuel und ging hinaus. Er war schon halb zu Hause, als er plötzlich stehenblieb. Ihm fiel ein, daß er ganz vergessen hatte, dem Manager zu sagen, daß er heute Geburtstag hatte. Einen Augenblick lang war Samuel überzeugt davon, daß sich dadurch alles ändern würde. Aber nein, Samuel wußte, daß es vorbei war. Die Zimmer eins bis siebenundzwanzig im Motel an der Third Avenue würden nie wieder sauber sein, jedenfalls nicht so sauber, wie Samuel sie zu machen verstand. Er erschuf diese Zimmer schließlich für jeden Gast neu.

Samuel Builds-the-Fire war der Vater von Samuel Builds-the-Fire junior, der der Vater von Thomas Builds-the-Fire war. Sie alle besaßen die Gabe des Geschichtenerzählens, konnten die Brocken einer Geschichte auf der Straße auflesen und für einige kurze Augenblicke die Welt verändern. Als Samuel noch jünger war, bevor er Ehemann und Vater wurde, gewann er Wetten damit, daß er Geschichten über willkürlich ausgesuchte Gegenstände erzählte. Als er einmal mit Freunden in Spokane im Riverside Park spazierenging, sahen sie, wie eine Ente niederstieß und sich einen weggeworfenen Hot dog schnappte. Im selben Moment zog eine weiße Mutter ihren Sohn vom Flußufer weg.

»Erzähl uns darüber eine Geschichte«, sagten seine Freunde. »Wenn sie gut ist, geben wir dir zehn Dollar.«

»Zwanzig«, sagte Samuel.

»Gemacht.«

»Ausgemacht und abgemacht«, sagte Samuel und machte einen Augenblick lang die Augen zu. »Ein kleiner Indianerjunge, der müde und hungrig ist, stiehlt an einem Imbißstand einen Hot dog. Er läuft weg, und der Wurstverkäufer verfolgt ihn durch den Park. Der Indianerjunge wirft den Hot dog weg und springt in den Fluß. Aber er kann nicht schwimmen und ertrinkt. Als der Wurstverkäufer sieht, was er durch seinen Geiz angerichtet hat, verwandelt er sich in eine Ente, schnappt sich den Hot dog und fliegt davon. Das alles hat ein kleiner weißer Junge beobachtet, der sich nun über das Wasser beugt, weil er die Leiche des Indianerjungen sehen will, die auf dem Grund des Flusses wartet. Aber seine Mutter will ihm nicht glauben und zerrt ihn weg, wie sehr er auch schreit und strampelt, sie zerrt ihn weg, ans Ende der Geschichte.«

Samuel öffnete die Augen, und seine Freunde jubelten, gaben ihm die zwanzig Dollar und noch eine Handvoll Kleingeld obendrauf.

»Ein schönes Taschengeld«, sagte Samuel und gab jedem seiner Freunde einen Hot dog aus.

»Was war Gott, wenn nicht das Zimmermädchen dieses Planeten?« fragte Samuel sich, während es ihn zur Midway Tavern zog, wo sich die Indianer in Achtstundenschichten betranken. Samuel war noch nie entlassen worden, und er war auch noch nie in einer Bar gewesen. Er trank nicht. Sein Leben lang hatte er mit angesehen, wie seine Brüder und Schwestern und fast der gesamte Stamm dem Alkoholismus verfielen und ihren Träumen entsagten.

Aber heute setzte Samuel sich unsicher und ängstlich an die Theke.

»He, Partner«, sagte der Barmann zu Samuel. »Dich habe ich hier noch nie gesehen.«

»Stimmt«, sagte Samuel. »Ich bin noch neu in der Stadt.«

»Wo kommst du her?«

»Von ziemlich weit weg. Glaube nicht, daß Sie den Ort kennen.«

»Ach was, den Ort kenne ich ganz genau«, sagte der Barmann und legte eine Cocktailserviette vor Samuel auf die Theke. »Was soll's denn sein, du alter Kämpe?«

»Ich weiß nicht recht. Haben Sie eine Karte?«

Der Barmann lachte und konnte sich gar nicht wieder einkriegen. Vor Verlegenheit wäre Samuel fast aufgestanden und nach Hause gelaufen. Aber er blieb ruhig sitzen und wartete darauf, daß das Lachen aufhörte.

»Wie wär's denn mit einem Bier?« schlug der Barmann schließlich vor, und Samuel sagte sofort ja.

Der Barmann stellte Samuel das Bier hin; der Barmann lachte und hatte große Lust, bei der Lokalzeitung anzurufen: *Sie müssen mir einen Fotografen herschicken. Diese Rothaut trinkt gerade ihr erstes Bier.*

Samuel hob das Glas hoch. Es fühlte sich gut und kalt an in seiner Hand. Er trank. Hustete. Stellte das Glas kurz ab. Hob es wieder hoch. Trank. Trank. Er hielt das Glas von seinem Mund weg. Atmete. Atmete. Er trank. Er leerte das Glas. Stellte es vorsichtig auf die Theke.

Ich verstehe alles, dachte Samuel. Er begriff, wie es anfing; er begriff, daß er von nun an so und nicht anders leben wollte.

Mit jedem Glas Bier gewann Samuel ein paar Unzen Weisheit und Mut hinzu. Aber nach einer Weile verstand er allmählich auch zuviel von Angst und Versagen. Nach der Hälfte jeder durchzechten Nacht kommt der Augenblick, wo ein Indianer erkennt, daß es keinen Weg zurück zur Tradition gibt und daß er keine Landkarte hat, die ihm den Weg in die Zukunft weisen kann.

»Scheiße«, sagte Samuel. Es sollte schon bald sein Lieblingswort sein.

Samuel hatte immer gedacht, der Alkohol würde seine Geschichten korrumpieren, sie sinnlos und platt machen. Er wußte, daß seine Geschichten die Macht besaßen, Lehren zu geben und zu zeigen, wie das Leben gelebt werden sollte. Oft erzählte er seinen Kindern und deren Freunden und später auch seinen Enkeln und deren Freunden die Geschichten, die ihre Welt in etwas Besseres zu verwandeln vermochten. Zumindest konnte er lustige Geschichten erzählen, die jeden schweren Tag ein wenig leichter machten.

»Paßt auf«, sagte Samuel. »Kojote, der unser aller Schöpfer ist, saß an dem Tag, nachdem er die Indianer erschaffen hatte, auf seiner Wolke. Und ihm gefielen die Indianer, ihm gefiel alles, was sie taten. *Das ist gut*, sagte er sich ein ums andere Mal. Aber er langweilte sich. Er überlegte und überlegte, was er als nächstes erschaffen sollte. Er schnitt sich die Zehennägel am rechten Fuß und nahm die abgeschnittenen Stückchen in die rechte Hand. Dann schnitt er sich die Zehennägel am linken Fuß und streute die abgeschnittenen Stücke zu denen in seiner rechten Hand. Auf seiner Wolke schaute und schaute er sich um, wo er die abgeschnittenen Nägel hinwerfen konnte. Aber er fand nichts, und er wurde wütend. Er fing an herumzuhüpfen, weil er so wütend war. Dabei fielen ihm aus Versehen die abgeschnittenen Zehennägel von der Wolke, und sie fielen auf die Erde. Die Nägel drangen in den Boden ein wie Samenkörner, und aus ihnen wuchsen die Weißen hervor. Nun blickte Kojote hinunter auf seine neueste Schöpfung und sagte *Ach du Scheiße*.«

»Die Weißen sind verrückt, die Weißen sind verrückt«, sangen die Kinder und tanzten im Kreis herum.

»Und die Indianer manchmal auch«, flüsterte Samuel vor sich hin.

Nachdem Samuel seine Kinder alles gelehrt hatte, was er konnte, alles, was er wußte, verließen sie ihn. Genau wie weiße Kinder. Samuel lebte allein im Reservat, solange er konnte, ohne Geld und ohne Gesellschaft. Alle seine Freunde waren gestorben, und die Jüngeren im Reservat hatten keine Zeit für Geschichten. Samuel war genauso zumute, wie sich die Pferde gefühlt haben mußten, nachdem Henry Ford aufgetaucht war.

Als Samuel schließlich nach Spokane zog, konnte er nur ein kleines Mansardenzimmer finden. Aber das reichte ihm völlig. Als erstes schmierte er die vier Ecken des Zimmers mit Gips aus, um sie rund zu machen. Er malte einen schwarzen Kreis an die Decke, der aussah wie das Rauchabzugsloch eines Tipis. In seiner kleinen Mansarde sah es wie in einem Tipi aus. Er fühlte sich wie zu Hause. Zumindest fast wie zu Hause.

Als erstes ging er in das Motel an der Third Avenue, um sich um eine Stelle an der Rezeption zu bewerben. Aber der Manager sagte, er brauche ein Zimmermädchen.

»Soweit ich weiß, versteht ihr Indianer euch aufs Putzen«, sagte er.

»Tja«, sagte Samuel. »Ich weiß nicht, wie es die anderen Indianer halten, aber ich weiß jedenfalls, wie man sein Haus sauber hält.«

»Gut«, sagte der Manager. »Ich kann Ihnen allerdings nicht viel zahlen. Nur Mindestlohn.«

»Das reicht.«

Als Samuel seine Stelle antrat, war das Motel an der Third Avenue ein halbwegs achtbares Haus. Als er gefeuert wurde, war es eine Absteige für Drogenhändler und Prostituierte.

»Warum lassen Sie diese Leute hier rein?« fragte Samuel den Manager nicht nur einmal.

»Sie bezahlen ihre Rechnungen«, erwiderte der Manager immer.

Manchmal schafften auch Indianerinnen in dem Motel an, und das war für Samuel schlimmer als alles andere. In seinen Träumen sah er die Gesichter seiner eigenen Töchter in den Gesichtern der Prostituierten.

Wenn Zahltag war, gab Samuel den Indianerprostituierten Geld.

»Geht heute nicht arbeiten«, sagte er dann. »Nur heute nicht.«

Manchmal nahmen die Indianerinnen sein Geld und arbeiteten trotzdem. Aber ab und zu nahm eine Indianerprostituierte das Geld auch und trank den ganzen Tag bei Denny's Kaffee, statt zu arbeiten. Das waren gute Tage für Samuel.

Ein Jahr, bevor er gefeuert wurde, fand Samuel im Zimmer sechzehn einen toten Indianerjungen. Überdosis. Samuel saß in dem Zimmer und sah in das Gesicht des Jungen, bis die Polizei kam. Samuel hätte gern gewußt, zu welchem Stamm der Junge gehörte, aber er konnte sich nicht sicher sein. Seine Augen waren Yakima, aber seine Nase war Lakota. Vielleicht war er ein Mischling.

Als die Polizei kam und den Jungen aus dem Bett hob, entstand dabei ein so lautes reißendes Geräusch, daß Samuel beinahe das Trommelfell geplatzt wäre. Die Geschichten, die darauf warteten, erzählt zu werden, verschwanden und kamen nie wieder zurück. Danach konnte Samuel nur noch Lieder summen und singen, die er schon kannte, oder Lieder, die keinen Sinn ergaben.

Zur Sperrstunde wurde Samuel auf die Straße gesetzt. In dem Glauben, jede offene Tür wäre sein Zuhause, torkelte er von einer verschlossenen Tür zur nächsten. Er pißte sich in die Hose. Er konnte nicht glauben, daß er seinen Job verloren hatte. Er kletterte eine Böschung hoch und stand an den Gleisen der Union Pacific Railroad, die hoch oben mitten durch die Stadt liefen.

Samuel stand genau zehn Meter über dem Rest der Welt.

Er hörte das Pfeifen in der Ferne, und es klang wie eine durchgegangene Pferdeherde. »I'm your horse in the night«, sang Samuel, das Lied von Gal Costa. »I'm your horse in the night.«

Das Pfeifen wurde lauter, wütender.

Samuel stolperte über eine Schwelle und fiel mit dem Gesicht auf die Gleise. Das Pfeifen. Das Pfeifen. Die Schienen vibrierten, sie klapperten wie die Knochen beim Stöckchenspiel. *Ist er in der linken oder in der rechten Hand?* Samuel machte die Hände und die Augen zu.

Manchmal nennt man es bewußtlos werden, und manchmal ist es nichts anderes, als sich schlafend zu stellen.

Eine gute Geschichte

DAS PATCHWORKQUILT

Ein ruhiger Samstagnachmittag im Reservat, ich liege auf der Couch und stelle mich schlafend, während meine Mutter auf dem Wohnzimmerfußboden hockt und wieder einmal ein Patchworkquilt zusammennäht.

»Weißt du was?« sagt sie. »Die Geschichten, die du erzählst, die sind eigentlich immer irgendwie traurig.«

Ich lasse die Augen zu.

»Junior«, sagt sie. »Findest du nicht, daß deine Geschichten zu traurig sind?«

Meine Versuche, sie zu ignorieren, sind zwecklos.

»Wie meinst du das?« frage ich.

Sie legt den Stoff und die Schere weg und sieht mich so direkt an, daß ich mich aufsetzen und die Augen öffnen muß.

»Also«, sagt sie. »So viel weint doch kein Mensch.«

Ich tue so, als riebe ich mir den Schlaf aus den Augen, recke Arme und Beine, gebe leise, gereizte Laute von mir.

»Kann schon sein«, sage ich. »Aber so viel wie die Leute in meinen Geschichten lacht auch kein Mensch.«

»Das stimmt«, sagt sie.

Ich stehe auf, schüttle meine Hosen aus und gehe in die Küche, um mir eine Diet Pepsi mit kaltem, kaltem Eis zu holen.

Mom näht eine Weile schweigend vor sich hin. Dann pfeift sie durch die Zähne.

»Was?« frage ich sie, weil ich diese Signale, mit denen sie um Aufmerksamkeit heischt, schon kenne.

»Weißt du, was du machen müßtest? Du solltest eine Geschichte über etwas Gutes schreiben, eine richtig gute Geschichte.«

»Warum?«

»Weil die Leute wissen sollen, daß den Indianern auch gute Dinge passieren.«

Ich trinke einen kräftigen Schluck Diet Pepsi und krame in den Schränken nach Kartoffelchips, Erdnüssen, nach irgendwas.

»Es passieren nämlich auch gute Dinge«, sagt sie und näht weiter.

Ich überlege einen Augenblick, stelle meine Diet Pepsi auf die Küchentheke.

»Okay«, sage ich, »wenn du eine gute Geschichte haben willst, mußt du zuhören.«

DIE GESCHICHTE

Onkel Moses saß in seinem Klappstuhl und aß ein Sandwich. Nach jedem Bissen summte er ein Es-ist-ein-guter-Tag-Lied. Er saß vor dem Haus, das er selbst vor fünfzig Jahren gebaut hatte. Das Haus saß auf der Erde und neigte sich krumm und schief in alle Himmelsrichtungen. Das Wohnzimmer neigte sich nach Westen, das Schlafzimmer nach Osten, und das Badezimmer neigte sich einfach nur nach innen.

Das Haus hatte kein Fundament, keinen Geheimschrank, und in die dünnen Wände war auch nichts eingebaut. Es würde noch Jahre nach Moses' Tod stehen, aufrecht gehalten allein durch die Phantasie des Stammes. Wenn die Indianer vorbeifuhren, würden sie über die Wiese zu dem Haus hinübersehen, es mit ihren Blicken aufrecht halten und sich erinnern: *Da hat Moses gewohnt.*

Das würde gerade reichen, um sein Überleben zu sichern.

An den meisten Tagen dachte Onkel Moses kaum ans Sterben. Normalerweise aß er nur sein Sandwich auf und behielt den letzten Bissen Brot und Fleisch noch ein bißchen länger im Mund, wie das letzte Wort einer guten Geschichte.

»Ya-hey«, rief er der Bewegung in der Luft zu, dem Unsichtbaren. Einen Sommer zuvor hatte Onkel Moses zugehört, als sein Neffe John-John ihm eine Geschichte erzählte. John-John war vom College zurück und erzählte Moses, daß das Weltall zu neunundneunzig Prozent aus Materie bestehe, die für das menschliche Auge unsichtbar sei. Seit jenem Tag vergaß Moses nie, das, was er nicht sehen konnte, zu begrüßen.

Onkel Moses stand auf, stemmte die Hände in die Hüften und machte den Rücken krumm. Immer öfter hörte er, wie sein Rückgrat durch seine Haut hindurch das Stöckchenspiel spielte, wie es staubige alte Worte sang, die Worte seiner vielen Jahre. Er sah nach dem Stand der Sonne, um die Uhrzeit zu bestimmen, sah auf seine Uhr, um auf Nummer Sicher zu gehen, und hielt über die Wiese hinweg Ausschau nach den Kindern, die bald kommen mußten.

Die Indianerkinder würden mit Halbzöpfen kommen, mit einer endlosen, unabdingbaren Neugier. Die Kinder würden vom Steinchenwerfen am Fluß kommen, von den Basketballkörben und vom Korbflechten, aus den Armen ihrer Mütter und Väter, vom Anfang. Dies war die Zeit der HUD-Häuser, von Autounfällen und Krebs, von Magerkäse und Dosenfleisch. Dies waren die Kinder, die ihre Träume in den Gesäßtaschen ihrer Jeans mit sich herumtrugen, leichten Herzens hervorholten und hin und her tauschten.

»Träume wie Basketballkarten«, sagte Onkel Moses zu sich selbst, und er lächelte strahlend, als er das erste Kind über die Wiese kommen sah. Es war Arnold, wer sonst, ein hellhäutiger Junge, der immer von den anderen Kindern aufgezogen wurde.

Arnold lief langsam, sein großer Bauch zitterte vor Anstrengung, und die Augen hatte er vor Konzentration zusammengekniffen. Obwohl er ein reinblütiger Spokane war, hatte Arnold von Geburt an eine helle, hübsche Haut gehabt und Augen, deren Farbe sich ständig von Grau in Braun wandelte. Er saß gern in dem Klappstuhl und wartete darauf, daß Onkel Moses ihm ein gutes Sandwich machte.

Arnold brauchte fünf Minuten, um über das Feld zu laufen, und während dieser Zeit beobachtete Moses ihn, er studierte seine Bewegungen, die Art, wie seine Haare in alle Richtungen vom Kopf abstanden, ungekämmt, fast wie unter Strom, noch eher einem Blitz ähnlich. Er trug keine Zöpfe, er konnte nicht lange genug stillsitzen, während seine Mutter ihm die Haare flocht.

Sitz still, sitz still, zischte sie ihn an, aber Arnold liebte seinen Körper zu sehr, um stillsitzen zu können.

Obwohl Arnold so schwer gebaut war, lag Geschmeidigkeit in seinen Bewegungen, auch in seinen Händen, wenn er sein Gesicht berührte, während er sich eine gute Geschichte anhörte. Außerdem war er der beste Basketballspieler in der Reservatsgrundschule. Manchmal ging Onkel Moses nur deshalb zum Basketballplatz, um Arnold beim Spielen zuzusehen und sich darüber zu wundern, was für seltsame, oft sogar unwahrscheinliche Begabungen ein Mensch verliehen bekommen kann.

Wir alle bekommen als Ersatz für das, was wir verloren haben, etwas geschenkt. Moses fühlte diese Worte, auch wenn er sie nicht aussprach.

Arnold kam keuchend an.

»Ya-hey, Little Man«, sagte Onkel Moses.

»Hallo, Onkel«, antwortete Arnold und streckte ihm, halb schüchtern, halb erwachsen, die Hand hin, eine kindliche Begrüßung, ein Freundschaftsbeweis.

»Wo sind die anderen?« fragte Onkel Moses, während er Arnolds Hand ergriff.

»Auf einem Schulausflug«, antwortete Arnold. »Die anderen sind alle zu einem Basketballspiel nach Spokane gefahren. Ich habe mich versteckt, bis sie weg waren.«

»Warum?«

»Weil ich zu dir wollte.«

Moses lächelte über Arnolds ungeplante Freundlichkeit. Er drückte die Hand des Jungen ein wenig fester und zog ihn zu sich heran.

»Little Man«, sagte er. »Du hast etwas Gutes getan.«

Arnold lächelte, zog Moses die Hand weg, schlug eine Hand vor sein Lächeln und lächelte noch mehr.

»Onkel Moses«, sagte er. »Erzähl mir eine gute Geschichte.«

Onkel Moses setzte sich in seinen Geschichtensessel und erzählte ihm genau diese Geschichte.

DIE BEENDIGUNG

Meine Mutter sitzt schweigend da, trennt eine Naht auf, fängt an, mit schmalen Lippen ein langsames Lied zu summen.
»Was singst du da?« frage ich.
»Ich singe ein Es-ist-ein-guter-Tag-Lied.«
Sie lächelt, und ich muß mit ihr lächeln.
»Hat dir die Geschichte gefallen?« frage ich.
Sie singt weiter, singt ein bißchen lauter und kräftiger, als ich meine Diet Pepsi mit nach draußen nehme und in der Sonne warte. Es ist warm, bald wird es kalt, aber das liegt in der Zukunft, vielleicht morgen, wahrscheinlich übermorgen und alle Tage danach. Heute, jetzt, trinke ich, was ich habe, werde ich essen, was noch im Schrank ist, während meine Mutter ihr Patchworkquilt beendet, Flicken um Flicken.
Glaub mir, das Gute an dieser Geschichte reicht nur knapp aus.

Das erste jährliche panindianische Hufeisenwerfen und Barbecue

---

Jemand hat die Holzkohle vergessen; schieb die Schuld aufs BIA.

Ich hatte noch nie einen Indianer Klavier spielen hören, bis Victor auf einem Flohmarkt einen gebrauchten Stutzflügel kaufte und ihn auf der Ladefläche eines BIA-Pick-up ins Reservat schaffte. Den ganzen Sommer über zog der Flügel Spinnen und warmen Regen an, bis er wie ein guter Tumor angeschwollen war. Ich fragte ihn immer wieder: »Victor, wann spielst du endlich mal auf dem Ding?« Daraufhin lächelte er, murmelte sich ein unverständliches Gebet in den Bart und flüsterte mir ins Ohr: »Es gibt einen guten Tag zum Sterben und einen guten Tag zum Klavierspielen.« Kurz vor dem Barbecue schob Victor den Flügel durch das halbe Reservat, bis er mit der Rückseite an einer Kiefer stand, dehnte seine Muskeln, ließ die Fingerknöchel knacken, setzte sich davor und hämmerte ein Stück von Béla Bartók in die Tasten. In der langen Stille, die darauf folgte, nach der schönen Dissonanz und dem implizierten Überleben, weinten die Spokane-Indianer, überwältigt von dieser fremden und vertrauten Musik.

»Tja«, sagte Lester FallsApart. »Hank Williams ist es ja nun nicht gerade, aber ich weiß, was es bedeutet.«

Dann sagte Nadine: »Man kann eine Familie sehr gut danach beurteilen, ob ihr Klavier gut oder schlecht gestimmt ist.«

Es gibt kaum etwas Schöneres als das kühle Gras unter einem Picknicktisch. Dort lag ich, und ich war fast eingeschlafen, als meine Liebste zu mir gekrochen kam, die Arme um mich schlang und mir etwas ins Ohr sang. Ihr Atem roch süß und feucht nach Kool-Aid und einem Hot dog, *Mit Senf, aber bitte ohne Ketchup*. Die Sonne quetschte sich durch die Ritzen zwischen den Brettern, sie fiel durch Astlöcher hindurch, aber es reichte kaum, um mir das Gesicht zu wärmen.

Es gibt kaum etwas Schöneres als einen Indianerjungen, dessen Haare so schwarz sind, daß sie die Sonne schlucken. Seine Zöpfe werden heiß, wenn man sie anfaßt, und seine Haut glänzt von Reservatsschweiß. Er ist dünn, und er weiß nicht, wie man spuckt. Beim Wettrennen mit den anderen Indianerjungen gewinnt er ein blaues Band, und beim Ringen gewinnt er eine Medaille aus billigem Blech, in die ein Adler eingraviert ist. Es werden Fotos gemacht; sie dienen mir heute als Beweis für sein Lächeln.

Es gibt kaum etwas Schöneres als Glasscherben und die kleinen Visionen, die sie heraufbeschwören. Zum Beispiel verrieten mir die Scherben von der zerbrochenen Bierflasche, daß mitten im Ameisenhaufen ein Zwanzigdollarschein vergraben war. Ich steckte die Hand bis zum Ellenbogen in die Ameisen, aber ich fand nur einen Zettel, auf dem stand: *Manche Leute glauben aber auch alles*. Und ich lachte.

Es gibt kaum etwas Schöneres als ein ganz gewöhnliches Volksfest.

Simon gewann das Hufeisenwerfen mit einem Doppeltreffer, der so perfekt war, daß noch seine Enkel davon erzählen würden, und Simon gewann den Erzählwettbewerb mit der Geschichte, daß die Lachse im Spokane River früher einmal so zahlreich gewesen seien, daß ein Indianer auf ihren Rücken über das Wasser gehen konnte.

»Glaubt ihr etwa, Jesus Christus wäre bloß auf dem Glauben gewandelt?« fragte er uns.

Simon gewann den Kojoten-Wettbewerb, indem er uns erzählte, Basketball solle unsere neue Religion werden.

Er sagte: »Ein Ball, der von Sperrholz abprallt, klingt wie eine Trommel.«

Er sagte: »Durch eine All-Star-Jacke werdet ihr zu Geisterhemdträgern.«

Simon gewann den Basketballwettbewerb einer gegen einen mit einem Sprungwurf aus hundert Jahren Entfernung.

»Meinst du, es wäre Zufall, daß Basketball nur ein Jahr, nachdem die Geistertänzer in Wounded Knee fielen, erfunden wurde?« fragte er mich und dich.

Und dann sagte Seymour zu Simon: »Dadurch, daß du die ganzen Wettbewerbe gewonnen hast, bist du jetzt ungefähr genauso berühmt wie der beste Xylophonspieler der Welt.«

Alle Indianer liefen; sie liefen. Nicht aus Angst, nicht aus Schmerz. Es war die Lust an einem nackten Fuß im Tennisschuh; es war die Lust an einem Tennisschuh auf roter Asche.

Der Skin da hinten mit den langen Haaren, der an der Kiefer lehnt, *ja genau der*, ist in die Skin verliebt, die da drüben am Picknicktisch sitzt und eine Pepsi trinkt. Beiden fehlen die

Worte, um es auszudrücken zu können, aber sie können tanzen, *ja, sie können tanzen.*

Hörst du, daß die Träume wie ein Lagerfeuer knistern? Hörst du, wie die Träume durch Kiefern und Tipis wehen? Hörst du, wie die Träume im Sägemehl lachen? Hörst du, wie die Träume leise zittern, wenn der Tag lang wird? Hörst du, wie die Träume eine gute Jacke anziehen, die nach Frybread riecht und süßem Rauch? Hörst du, wie die Träume nachts lange aufbleiben und so viele Geschichten erzählen?

Und schließlich noch dies: Als die Sonne so schön herunterfiel, daß wir keine Zeit hatten, ihr einen Namen zu geben, hielt sie das Kind einer weißen Mutter und eines roten Vaters im Arm und sagte: »Beide Seiten dieses Babys sind schön.«

Reservatsphantasien

We have to believe in the power
of imagination because it's all we have,
and ours is stronger than theirs.
Lawrence Thornton

———

Stell dir vor, Crazy Horse hätte 1876 die Atombombe erfunden und über Washington, D.C. gezündet. Würden sich die Großstadtindianer im Kabelfernsehreservat dann trotzdem in einer Einzimmerwohnung drängeln? Stell dir vor, ein Laib Brot könnte den gesamten Stamm satt machen. Wußtest du nicht, daß Jesus Christus ein Spokane-Indianer war? Stell dir vor, Kolumbus wäre 1942 gelandet und irgendein Stamm hätte ihn im Meer ersäuft. Würde Lester FallsApart dann trotzdem im 7-11-Laden klauen?

Ich bin im 7-11 meiner Träume, umgeben von den bequemen Lügen aus fünfhundert Jahren. Es sind Männer hier, die Inventur machen, die die Regale nach winzigen Veränderungen absuchen, die auf kleinen Scheinen bestehen. Früher habe ich einmal in einem 7-11 in Seattle Nachtschicht geschoben, bis mich eines Nachts ein Mann in den Kühlraum gesperrt und die Kasse ausgeraubt hat. Aber nicht nur das, er nahm mir auch noch die Dollarnote aus der Geldbörse, zog mir die Basketballschuhe von den Füßen und ließ mich zwischen abgelaufenen Milchflaschen und angeknacksten Eiern im Kühlraum zurück, bis Hilfe kam. Damals fiel mir die Geschichte von dem Hobo ein, der auf einen nach Westen fahrenden Zug aufsprang, im Kühlwagen landete und erfror. Er wurde erst entdeckt, als der Zug im Bestimmungsbahnhof eingelaufen war, und seine Leiche war eiskalt, obwohl die Kühlung gar nicht eingeschaltet und die Innentemperatur nie unter zehn Grad gesunken war. So etwas kann passieren: Der Körper vergißt den Überlebensrhythmus.

Überleben = Wut x Phantasie. Die Phantasie ist im Reservat die einzige Waffe.

Das Reservat singt nicht mehr, aber die Lieder hängen immer noch in der Luft. Jedes Molekül wartet auf einen Trommelschlag; jedes Element träumt Liedertexte. Heute wandle ich zwischen dem Wasser, zwei Teile Wasserstoff, ein Teil Sauerstoff, und die Energie, die dabei freigesetzt wird, heißt *Vergebung*.

Der kleine Indianerjunge hört meine Stimme am Telefon, und er weiß, welche Farbe das Hemd hat, das ich trage. Vor ein paar Tagen oder Jahren haben mein Bruder und ich ihn in eine Bar mitgenommen, und er hat uns allen die Zukunft gelesen, indem er nichts weiter tat, als unsere Hände zu berühren. Er sagte mir, daß der Zwanzigdollarschein, den ich im Schuh versteckt hätte, mein Leben verändern werde. *Stell es dir vor*, sagte er. Aber wir haben gelacht, und der alte Moses hat sogar seine falschen Zähne ausgespuckt, aber das Indianerkind berührte noch eine Hand und noch eine und noch eine, bis er jeden Skin berührt hatte. *Was glaubst du eigent-*

lich, wer du bist? fragte Seymour das Indianerkind. *Du bist kein Medizinmann, der zurückgekommen ist, um unser Leben zu verändern.* Aber das Indianerkind sagte zu Seymour, daß er seine Tochter vermisse, die in San Francisco auf dem Community College sei, und daß sein verlorengegangener Ehering in einer Dose Rindfleisch oben auf einem Küchenregal liege. Das Indianerkind sagte zu Lester, sein Herz sei am Fuß einer Kiefer hinter dem Trading Post vergraben. Das Indianerkind sagte zu mir, ich soll jeden Spiegel im Haus zerschlagen und mir die Scherben mit Klebeband an den Körper heften. Ich hörte auf seine Vision, und das Indianerkind lachte und lachte, als es sah, wie ich jedes einzelne Wort der Geschichte widerspiegelte.

Woran glaubst du? Sind alle Indianer auf Hollywood angewiesen, um eine Vision für das zwanzigste Jahrhundert zu bekommen? Paß auf: Als ich noch jung war und im Reservat lebte und jeden Tag meines Lebens Kartoffeln aß, stellte ich mir vor, daß die Kartoffeln größer wurden, mir den Bauch füllten, die Leere umkehrten. Meine Schwestern sparten etwas Geld zusammen und kauften Lebensmittelfarbe davon. Wochenlang aßen wir rote Kartoffeln, grüne Kartoffeln, blaue Kartoffeln. Wenn es dunkel war, wenn im Fernsehen die »Tonight Show« lief, erzählten mein Vater und ich uns Geschichten über das Essen, das wir uns am meisten wünschten. Wir stellten uns Orangen vor, Pepsi-Cola, Schokolade, getrocknetes Hirschfleisch. Wir stellten uns vor, das Salz auf unserer Haut könne die Welt verändern.

Der vierte Juli, und es könnte nicht schlechter sein. Adrian, ich warte darauf, daß jemand die Wahrheit sagt. Heute feiere ich den Indianerjungen, dem die Finger abgerissen wurden, als in seinen Händen eine M 8 o explodierte. Aber Gott sei Dank geschehen noch Wunder, denn ihm ist ein Daumen geblieben, den er seiner Zukunft entgegensetzen kann. Ich feiere Tommy Swaggard, der zusammen mit Feuerwerkskörpern für zweitausend Dollar im Keller schlief, als durch einen Funken Feuer oder durch einen Funken Geschichte alles in die Luft flog. Als ich nach Hause fuhr, hörte ich die Explosion, und ich dachte, eine neue Geschichte sei geboren worden. Aber, Adrian, es ist immer dieselbe alte Geschichte, zwischen denselben falschen Zähnen hervorgezischelt. Wie können wir uns eine neue Sprache vorstellen, wenn sich der Feind unsere zerstückelten Zungen mit seiner Sprache an den Gürtel hängt? Wie können wir uns ein neues Alphabet vorstellen, wenn uns das alte von Plakatwänden entgegenspringt und uns die Bäuche füllt? Adrian, was hast du gesagt? *Ich möchte in nüchterne Kryptologie verfallen und etwas Dynamisches von mir geben, aber heute habe ich Waschtag.* Wie sollen wir uns ein neues Leben vorstellen, wenn eine Tasche voll Kleingeld unsere Möglichkeiten beschwert?

Es gibt so viele Möglichkeiten im Reservats-7-11, so viele Arten des Überlebens. Stell dir vor, jeder Skin im Reservat wäre der neue Leadgitarrist der Rolling Stones, abgebildet auf der Titelseite eines Rock-and-Roll-Magazins. Stell dir vor, Vergebung würde zum Preis von zwei zu eins gehandelt. Stell dir vor, jeder Indianer wäre ein Videospiel mit Zöpfen. Glaubst du, daß uns das Lachen retten kann? Ich weiß nur, daß ich

Kojoten zähle, damit ich einschlafen kann. Wußtest du das nicht? Die Phantasie ist die Politik der Träume; die Phantasie verwandelt jedes Wort in eine Flaschenrakete. Adrian, stell dir vor, jeder Tag ist Unabhängigkeitstag, und bewahre uns davor, den Fluß verändert hinunterfahren zu müssen. Bewahre uns davor, den langen Weg nach Hause trampen zu müssen. Stell dir eine Flucht vor. Stell dir vor, dein eigener Schatten an der Wand wäre die perfekte Tür. Stell dir ein Lied vor, das stärker ist als Penizillin. Stell dir eine Quelle vor, deren Wasser Knochenbrüche heilt. Stell dir eine Trommel vor, die sich um dein Herz legt. Stell dir eine Geschichte vor, die Holz in den Kamin legt.

Die ungefähre Größe
meines Lieblingstumors

Nach dem Streit, den ich zwar verloren, bei dem ich aber so getan hatte, als ob ich gewonnen hätte, stürmte ich aus dem HUD-Haus, sprang in den Wagen und wollte im Gefühl des Sieges beziehungsweise dem der Niederlage davonbrausen. Aber ich stellte fest, daß ich meine Schlüssel vergessen hatte. In einem solchen Augenblick beginnt der Mensch zu erkennen, wie leicht es ist, auf seine eigenen Spielchen hereinzufallen. Und in einem solchen Augenblick beginnt der Mensch, sich ein neues Spiel auszudenken, als Entschädigung für das erste, das er verloren hat.

»Schatz, ich bin wieder da«, rief ich, als ich ins Haus zurückging. Meine Frau ignorierte mich, sie warf mir nur einen kurzen, stoischen Blick zu, der mich beeindruckte, weil er mich an Generationen von Fernsehindianern erinnerte.

»Ach, was haben wir denn da?« fragte ich. »Dein Tonto-Gesicht?«

Sie schnipste mich weg, schüttelte den Kopf und verschwand im Schlafzimmer.

»Schatz«, rief ich hinter ihr her. »Hast du mich nicht vermißt? Ich war so lange fort, und es ist schön, wieder zu Hause zu sein. Wo ich hingehöre.«

Ich konnte hören, wie Kommodenschubladen aufgezogen und zugeschoben wurden.

»Und sieh sich mal einer die Kinder an«, sagte ich, während ich einer eingebildeten Kinderschar den Kopf tätschelte. »Wie groß sie geworden sind. Und sie haben deine Augen.«

Als sie wieder aus dem Schlafzimmer kam, hatte sie ihr Lieblingsfransenhemd an, die Haare mit den besten Bändern umwickelt und ein Paar Komm-rüber-Stiefel an den Füßen. Das sind Stiefel, die sich vorne hochbiegen, was so aussieht, als würde man mit dem Finger die Geste machen *Komm rüber, Cowboy, komm rüber zu mir*. Aber diese Stiefel waren nicht für mich gedacht: Ich bin Indianer.

»Schatz«, sagte ich. »Ich komme gerade aus dem Krieg zurück, und du willst schon gehen? Bekommt dein heimgekehrter Held keinen Kuß?«

Sie tat so, als ob sie mich ignorierte, was mich freute. Aber dann holte sie ihre Autoschlüssel heraus, sah noch einmal in den Spiegel und ging zur Tür. Mit einem Satz stellte ich mich ihr in den Weg, weil ich wußte, daß sie ihren eigenen Krieg beginnen wollte. Davon hatte ich die Hosen gestrichen voll.

»He«, sagte ich. »Ich habe doch bloß Spaß gemacht, Schatz. Es tut mir leid. Es war nicht so gemeint. Ich tue alles, was du willst.«

Sie schob mich zur Seite, ordnete ihre Träume, zog an ihren Zöpfen wie an einem Starthilfekabel und ging zur Tür hinaus. Ich folgte ihr und stand auf der Veranda, als sie in den Wagen sprang und den Motor anließ.

»Ich gehe tanzen«, sagte sie und fuhr davon, in den Sonnenuntergang hinein. Zumindest fuhr sie den Reservatshighway hinunter, Richtung Powwow Tavern.

»Aber womit soll ich denn die Kinder satt machen?« fragte

ich und ging zurück ins Haus, um mir und meinen Illusionen Nahrung zu geben.

Nach dem Abendessen, das aus Makkaroni und Magerkäse bestand, zog ich mein bestes Hemd und ein neues Paar Bluejeans an und zog los, um den Stammeshighway hinunterzutrampen. Da die Sonne inzwischen untergegangen war, beschloß ich, mich in unbekannte Fernen aufzumachen, was so viel hieß wie zu ebenjener Powwow Tavern zu fahren, in die sich meine Liebste eine Stunde vorher geflüchtet hatte.

Als ich am Highway stand und mir mein großer brauner, schöner Daumen den Weg wies, hielt Simon seinen Pick-up an, öffnete die Beifahrertür und stieß einen Schrei aus.

»Scheiße!« rief er. »Wenn das nicht der kleine Jimmy One-Horse ist! Wohin willst du, Cousin, und wie schnell willst du da sein?«

Ich nahm sein Angebot nicht ohne Zögern an. Simon war weltberühmt, zumindest war er im Spokane-Reservat berühmt, und zwar dafür, daß er immer nur rückwärts fuhr. Er hielt sich an die Geschwindigkeitsbegrenzungen und beachtete Verkehrsschilder und Ampeln, selbst auf die leisesten Empfehlungen ging er ein. Aber er fuhr im Rückwärtsgang und orientierte sich im Rückspiegel. Aber was blieb mir anderes übrig? Ich vertraute dem Mann, und wenn man einem Mann vertraut, muß man auch seinem Pferd vertrauen.

»Ich will zur Powwow Tavern«, sagte ich und stieg in Simons Kiste. »Und ich muß da sein, bevor meine Frau einen Tanzpartner findet.«

»Scheiße«, sagte Simon. »Wieso hast du das nicht gleich gesagt? Wir sind da, noch bevor sie den ersten Ton des ersten verdammten Stückes hört.«

Simon legte seinen einzigen Gang, den Rückwärtsgang, ein und raste den Highway hinunter. Am liebsten hätte ich den Kopf aus dem Fenster gehängt wie ein Hund und meine Zöpfe im Wind flattern lassen wie eine Zunge, aber meine guten Manieren verboten es mir. Trotzdem, der Gedanke war verlockend. Das war er immer.

»Also, mein kleiner Jimmy Sixteen-and-One-Half-Horse«, sagte Simon nach einer Weile. »Was hast du dir denn diesmal wieder geleistet, daß deine Frau dich verlassen hat?«

»Tja«, sagte ich. »Ich habe ihr die Wahrheit gesagt, Simon. Ich habe ihr gesagt, daß ich im ganzen Körper Krebs habe.«

Simon stieg auf die Bremse, und der Wagen kam schleudernd, aber ausgesprochen filmreif zum Stehen.

»Über so was macht man keine Witze«, rief er.

»Über den Krebs mache ich auch keine Witze«, sagte ich. »Aber ich habe angefangen, Witze über das Sterben zu reißen, und das konnte sie nicht vertragen.«

»Was hast du denn gesagt?«

»Zum Beispiel, daß mir der Arzt die Röntgenbilder gezeigt hat und daß mein Lieblingstumor ungefähr so groß wie ein Baseball ist und auch genauso geformt. Er hat sogar Nähte.«

»Red doch nicht so einen Scheiß.«

»Doch, im Ernst. Ich habe ihr gesagt, sie kann mich Babe Ruth nennen. Oder Roger Maris. Oder von mir aus auch Hank Aaron, weil ich nämlich ungefähr siebenhundertfünfundfünfzig Tumore in mir haben muß. Dann habe ich ihr gesagt, daß ich nach Cooperstown fahren und mich, so wie ich bin, in den Eingang der Hall of Fame setzen will. Als Austellungsstück, verstehst du? Daß ich mir die Röntgenbilder an die Brust hefte und meine Tumore zeigen will. Was für ein treuer Baseballfan! Wie er sich für unseren Volkssport geopfert hat!«

»Du bist ein Arsch, kleiner Jimmy Zero-Horses.«

»Ich weiß, ich weiß«, sagte ich, als Simon wieder Gas gab und der Pick-up auf dem Highway einer ungewissen Zukunft entgegenrollte, die, wie gewöhnlich, einfach nur Powwow Tavern hieß.

Den Rest der Fahrt schwiegen wir. Das heißt, keiner von uns hatte auch nur das geringste zu sagen. Aber ich konnte Simon atmen hören, und ich bin überzeugt, er konnte mich auch hören. Und einmal hat er gehustet.

»Da wären wir, Cousin«, sagte er schließlich, als er den Pick-up vor der Powwow Tavern anhielt. »Ich hoffe, es wird wieder.«

Ich schüttelte ihm die Hand, sicherte ihm einige übertriebene Geschenke zu, machte ihm ein paar Versprechungen, die er als leere Versprechungen durchschaute, und winkte wie verrückt, als er wegfuhr, rückwärts, hinaus aus dem Rest meines Lebens. Dann ging ich in die Bar und schüttelte mich wie ein nasser Hund. So hatte ich schon immer eine Bar betreten wollen.

»Wo zum Henker steckt Suzy Boyd?« fragte ich.

»Hier, du Arsch«, antwortet Suzy schnell und deutlich.

»Okay, Suzy«, sagte ich. »Wo zum Henker steckt meine Frau?«

»Hier, du Arsch«, antwortete meine Frau schnell und deutlich. Dann schwieg sie eine Sekunde, bevor sie hinzufügte: »Und nenn mich nicht mehr *deine Frau*. Das klingt so, als wäre ich eine Bowlingkugel oder so was.«

»Okay, okay, Norma«, sagte ich und setzte mich neben sie.

Ich bestellte eine Diet Pepsi für mich und einen Krug Bier für den Nachbartisch. Am Nachbartisch saß keiner. Es war bloß eine alte Angewohnheit von mir. Früher oder später kam immer jemand und trank das Bier.

»Norma«, sagte ich. »Es tut mir leid. Es tut mir leid, daß ich Krebs habe, und es tut mir leid, daß ich sterbe.«

Sie trank einen großen Schluck von ihrer Diet Pepsi und starrte mich lange an. Starrte mich streng an.

»Hast du vor, noch mehr Witze darüber zu reißen?« fragte sie.

»Höchstens einen oder zwei«, sagte ich und lächelte. Etwas Falscheres hätte ich nicht sagen können. Norma gab mir vor Wut eine Ohrfeige, machte einen Augenblick lang eine besorgte Miene, während sie überlegte, was eine Ohrfeige wohl bei einem unheilbar Krebskranken anrichten konnte, und setzte dann wieder ein wütendes Gesicht auf.

»Wenn du noch ein einziges Mal etwas Witziges von dir gibst, verlasse ich dich«, sagte Norma. »Und das ist mein heiliger Ernst.«

Mein Lächeln verließ mich kurzfristig, ich griff über den Tisch hinweg nach ihrer Hand und sagte etwas unglaublich Witziges. Es war vielleicht der beste Kalauer, den ich jemals von mir gegeben hatte. Vielleicht war es der Augenblick, der mich an jedem anderen Ort zum Star hätten werden lassen. Aber in der Powwow Tavern, die nur eine Fassade für die Realität war, hörte Norma sich an, was ich zu sagen hatte, stand auf und verließ mich.

Weil Norma mich verlassen hat, ist es um so wichtiger zu erfahren, wie sie in mein Leben kam.

Eines Samstags nachts saß ich mit einer Diet Pepsi und meinem zweitliebsten Cousin, Raymond, in der Powwow Tavern.

»Sieh an, sieh an«, sagte er, als Norma in die Bar kam. Norma war über einsachtzig groß. Na gut, vielleicht war sie auch keine einsachtzig, aber sie war auf jeden Fall größer als ich, größer als alle anderen in der Bar, bis auf die Basketballspieler.

»Was meinst du wohl, von welchem Stamm sie ist?« fragte Raymond mich.

»Von den Amazonen«, sagte ich.

»Die haben ihr Reservat unten bei Santa Fe, richtig?« fragte Raymond, und ich lachte so laut, daß Norma herüberkam, um herauszufinden, was es mit dem Krach auf sich hatte.

»Hallo, kleine Brüder«, sagte sie. »Will mir einer von euch einen Drink spendieren?«

»Was möchtest du?« fragte ich.

»Eine Diet Pepsi«, sagte sie, und da wußte ich, daß wir uns verlieben würden.

»Weißt du was?« sagte ich zu ihr. »Wenn ich eintausend Pferde gestohlen hätte, würde ich dir fünfhunderteins davon schenken.«

»Und welche Frau bekäme die anderen vierhundertneunundneunzig?« fragte sie.

Und wir lachten. Und wir lachten noch lauter, als Raymond sich zu mir über den Tisch beugte und sagte: »Das war mir zu hoch.«

Später, nachdem die Bar zugemacht hatte, saßen Norma und ich draußen in meinem Wagen und teilten uns eine Zigarette. Besser gesagt, wir taten so, als ob wir uns eine Zigarette teilten. Wir waren nämlich beide Nichtraucher. Aber jeder von uns dachte, der andere sei Raucher, und wir wollten auch dies noch gemeinsam haben.

Nachdem wir ein, zwei Stunden gehustet, uns Geschichten erzählt und gelacht hatten, landeten wir in meinem HUD-Haus und sahen uns einen Spätfilm im Fernsehen an. Raymond lag sinnlos betrunken auf dem Rücksitz meines Wagens.

»He«, sagte sie. »Dein Cousin ist nicht gerade der Hellsten einer.«

»Stimmt«, sagte ich. »Aber dafür ist er echt cool.«

»Muß er wohl sein. Sonst wärst du nicht so nett zu ihm.«

»Er ist nun mal mein Cousin. So ist es eben.«

Da küßte sie mich. Sachte zuerst. Dann stärker. Unsere Zähne stießen aneinander wie bei einem Junior-High-School-Kuß. Trotzdem saßen wir auf der Couch und küßten uns, bis das Fernsehen Feierabend machte und nur noch weißes Rauschen von sich gab. Das Ende eines weiteren Rundfunktages.

»Weißt du was?« sagte ich da. »Ich sollte dich eigentlich nach Hause bringen.«

»Nach Hause?« sagte sie. »Ich dachte, ich wäre zu Hause.«

»Na, wenn das so ist. Mein Tipi ist auch dein Tipi«, sagte ich, und sie wohnte bei mir, bis zu dem Tag, an dem ich ihr erzählte, daß ich unheilbar an Krebs erkrankt war.

Ich muß allerdings noch die Hochzeit erwähnen. Sie fand im Langhaus der Spokane statt, und all meine Cousins und Cousinen und all ihre Cousins und Cousinen kamen. Fast zweihundert Leute. Alles verlief reibungslos, bis mein zweitliebster Cousin, Raymond, der sternhagelvoll und offensichtlich leicht verwirrt war, mitten in der Zeremonie aufstand.

»Ich kann mich noch gut an Jimmy erinnern«, sagte Raymond und fing mit einer Trauerrede auf mich an, obwohl ich keine zwei Fuß von ihm entfernt stand. »Jimmy hatte andauernd einen Witz auf Lager. Bei ihm hatte man immer was zu lachen. Ich weiß noch, wie er auf der Totenwache für meine Großmutter neben dem Sarg stand. Denkt daran, damals war er erst sieben oder acht. Jedenfalls fängt er plötzlich an rumzuhüpfen und zu schreien: *Sie hat sich bewegt, sie hat sich bewegt.*«

Alle Hochzeitsgäste lachten, weil so ziemlich genau dieselbe Mannschaft versammelt war wie damals auf der Beerdigung. Raymond lächelte, stolz auf seine neu entdeckte Rednergabe, und fuhr fort.

»Und Jimmy konnte die Leute aufheitern«, sagte er. »Ich weiß noch, wie ich einmal mit ihm bei einem Gläschen in der Powwow Tavern sitze, als plötzlich Lester FallsApart reingelaufen kommt und uns erzählt, daß gerade bei einem Autounfall auf der Ford Canyon Road zehn Indianer ums Leben gekommen sind. *Zehn Skins?* habe ich Lester gefragt, und er hat gesagt *Ja, zehn.* Und da fängt Jimmy an zu singen: *One little, two little, three little Indians, four little, five little, six little Indians, seven little, eight little, nine little Indians, ten litte Indian boys.*«

Wieder lachten die Hochzeitsgäste, aber da sie nach dieser Geschichte auch ein wenig beunruhigt aussahen, packte ich Raymond am Arm und führte ihn an seinen Platz zurück. Er starrte mich ungläubig an und versuchte, seine gerade gehaltene Totenrede mit meinem plötzlichen Auftauchen in Einklang zu bringen. Dann saß er einfach nur da, bis der Prediger die rhetorischte aller Fragen stellte:

»Und wenn einer der hier Anwesenden einen Grund vorbringen kann, warum das junge Paar nicht getraut werden sollte, dann möge er jetzt sprechen oder für immer schweigen.«

Raymond stand schwankend und taumelnd auf und schwankte und taumelte als nächstes auf den Prediger zu.

»Reverend«, sagte er. »Ich störe wirklich nicht gerne, aber mein Cousin ist tot. Das könnte Schwierigkeiten geben.«

In dem Augenblick kippte Raymond um, und Norma und ich wurden getraut, während sein Körper noch unfeierlich über unsere Füße drapiert lag.

Drei Monate, nachdem Norma mich verlassen hatte, lag ich in meinem Krankenhausbett in Spokane, weil ich gerade wieder einmal eine dumme und sinnlose Bestrahlung hinter mir hatte.

»Herr Gott«, sagte ich zu meiner Leibärztin. »Noch ein paar solcher Bestrahlungen, und ich bin Supermann.«

»Tatsächlich?« erwiderte die Ärztin. »Ich wußte ja gar nicht, daß Clark Kent ein Spokane war.«

Und wir lachten, denn das ist manchmal das einzige, was zwei Menschen verbindet.

»Also dann«, sagte ich zu ihr. »Wie sieht die neueste Prognose für mich aus?«

»Tja«, sagte sie. »Sie sieht folgendermaßen aus: Sie sterben.«

»Nicht schon wieder«, sagte ich.

»Doch, Jimmy, Sie sterben immer noch.«

Und wir lachten, denn manchmal würde man lieber weinen.

»Tja«, sagte die Ärztin. »Ich muß mich um meine anderen Patienten kümmern.«

Als sie aus dem Zimmer ging, wollte ich sie zurückrufen und etwas Wichtiges beichten, ich wollte um Vergebung bitten und Wahrheit im Tausch gegen Erlösung anbieten. Aber sie war nur eine Ärztin. Eine gute Ärztin, aber eben doch nur eine Ärztin.

»He, Dr. Adams«, sagte ich.

»Ja?«

»Nichts«, sagte ich. »Ich wollte nur Ihren Namen hören. In meinen schwer unter Medikamenten stehenden Indianerohren hörte er sich wie ein Trommelschlag an.«

Und sie lachte, und ich lachte ebenfalls. So war das.

Norma war Weltmeisterin im Frybreadbacken. Ihr Frybread war das beste, es war wie ein Traum, nach dem man sagt: *Ich wollte nicht aufwachen.*

»Ich glaube, ein besssseres Frybread hast du noch nie gemacht«, sagte ich eines Tages zu Norma. Um genau zu sein, es war der 22. Januar.

»Danke«, sagte sie. »Jetzt darfst du das Geschirr spülen.«

Während ich das Geschirr spülte, klingelte das Telefon. Norma ging ran, und ich konnte nur die Hälfte des Gesprächs mithören.

»Hallo.«

»Ja, hier ist Norma Many Horses.«

»Nein.«

»Nein!«

»*Nein!*« schrie Norma, ließ den Hörer fallen und rannte aus dem Haus. Ich hob den Hörer vorsichtig auf, weil ich Angst davor hatte, was er mir sagen würde.

»Hallo«, sagte ich.

»Mit wem spreche ich, bitte?« sagte die Stimme am anderen Ende der Leitung.

»Mit Jimmy Many Horses. Normas Mann.«

»Ah, Mr. Many Horses. Es tut mir leid, Ihnen eine schlechte Nachricht übermitteln zu müssen, aber wie ich Ihrer Frau soeben mitgeteilt haben, ähem, ist Ihre Schwiegermutter, ähem, heute morgen verstorben.«

»Vielen Dank«, sagte ich, legte auf und sah, daß Norma wieder zurückgekommen war.

»Ach, Jimmy«, sagte sie unter Tränen.

»Ich fasse es nicht, daß ich mich bei diesem Typen bedankt habe«, sagte ich. »Was soll das heißen? Danke, daß meine Schwiegermutter tot ist? Danke, daß Sie mir mitgeteilt haben, daß meine Schwiegermutter tot ist, und daß Sie meine Frau zum Weinen gebracht haben?«

»Jimmy«, sagte Norma. »Hör auf. Es ist nicht lustig.«

Aber ich habe nicht aufgehört. Damals nicht und heute nicht.

Du mußt allerdings einsehen, daß das Lachen Norma und mich auch vor Schmerzen bewahrt hat. Der Humor war ein Antiseptikum, das noch die tiefsten, nahegehendsten Wunden reinigte.

Einmal wurden Norma und ich von einem Trooper der

Washingtoner Staatspolizei angehalten, als wir auf dem Weg nach Spokane waren, wo wir ins Kino gehen und etwas essen wollten, ein Big-Gulp-Menü im 7-11.

»Entschuldigen Sie, Officer«, sagte ich. »Was habe ich falsch gemacht?«

»Ein paar Straßen zurück haben Sie beim Abbiegen nicht richtig geblinkt«, sagte er.

Das war interessant, weil ich nämlich seit mehr als fünf Meilen auf dem Highway geradeaus gefahren war. Die einzigen möglichen Abzweigungen führten auf Schotterwege, die zu Häusern führten, in denen noch nie ein Mensch gewohnt hatte, den ich kannte. Aber ich wußte, daß es besser war mitzuspielen. In diesen kleinen Kriegen kann man bestenfalls darauf hoffen, den Schaden zu begrenzen.

»Das tut mir leid, Officer«, sagte ich. »Aber Sie wissen ja, wie es so ist. Ich habe Radio gehört, mit dem Fuß den Rhythmus dazu geklopft. Das machen die Trommeln.«

»Ist mir doch egal«, sagte der Trooper. »Ich muß Sie bitten, mir Führerschein, Zulassung und Versicherungsschein zu zeigen.«

Ich gab ihm die Papiere, aber er warf kaum einen Blick darauf. Er steckte den Kopf in den Wagen.

»He, Häuptling«, sagte er. »Hast du was getrunken?«

»Ich trinke nie«, sagte ich.

»Und deine Alte?«

»Fragen Sie sie doch selber«, sagte ich.

Der Trooper sah mich an, kniff ein paarmal die Augen zusammen, legte eine Kunstpause ein und sagte dann: »Komm bloß nicht auf die Idee, mir vorzuschreiben, was ich zu tun habe.«

»Ich trinke auch nie«, sagte Norma schnell, in der Hoffnung, eine weitere Konfrontation zu vermeiden. »Außerdem bin ich gar nicht gefahren.«

»Das spielt keine Rolle«, sagte der Trooper. »Der Staat Washington hat ein neues Gesetz erlassen, das das Mitfahren in Indianerfahrzeugen untersagt.«

»Officer«, sagte ich. »Das ist nicht neu. Das kennen wir schon seit ein paar hundert Jahren.«

Der Trooper lächelte leicht, aber es war ein hartes Lächeln. Du kennst die Sorte.

»Wie auch immer«, sagte er. »Ich denke, wir können uns irgendwie so einigen, daß dein Strafregister sauber bleibt.«

»Wieviel kostet mich das?« fragte ich.

»Wieviel hast du denn?«

»Ungefähr hundert Dollar.«

»Tja«, sagte der Trooper. »Ich will dich nicht bis auf den letzten Cent ausnehmen. Sagen wir also 95 Dollar.«

Aber ich gab ihm mein ganzes Geld, vier Zwanziger, einen Zehner, acht einzelne Dollarnoten und zweihundert Centstücke in einer Sandwichtüte.

»Hier«, sagte ich. »Nehmen Sie alles. Der Dollar extra ist Ihr Trinkgeld. Die Bedienung war ausgezeichnet.«

Norma mußte lachen. Sie hielt sich die Hand vor den Mund und tat so, als ob sie hustete. Der Trooper lief rot an. Das heißt, noch röter, als er ohnehin schon war.

»Wissen Sie«, sagte ich, während ich mir das Abzeichen des Troopers ansah. »Vielleicht schreibe ich Ihrem Vorgesetzten sogar einen Brief. Ich schreibe ihm einfach, daß Patrolman D. Nolan, Abzeichennummer 13746, höflich, zuvorkommend und vor allem gesetzestreu war.«

Jetzt lachte Norma laut los.

»Hört zu«, sagte der Trooper. »Ich kann euch beide verhaften. Wegen Verkehrsgefährdung, Widerstand gegen die Staatsgewalt und Bedrohung eines Staatsbeamten.«

»Wenn Sie das machen«, sagte Norma, die auch ein bißchen Spaß haben wollte, »werde ich überall herumerzählen, welch große Achtung Sie den Traditionen der amerikanischen Ureinwohner entgegengebracht haben, wie verständnisvoll Sie waren in bezug auf die gesellschaftlichen Bedingungen, die viele Indianer in die Kriminalität treiben. Ich werde allen sagen, daß Sie verständnisvoll, betroffen und klug waren.«

»Scheißindianer«, sagte der Trooper und schmiß uns die Sandwichtüte durchs Fenster, woraufhin sich die Centstücke im ganzen Wagen verteilten. »Steckt euch euer verdammtes Kleingeld an den Hut.«

Wir sahen ihm nach, als er zu seinem Streifenwagen ging, einstieg und wegfuhr, wobei er gleich vier oder fünf Verkehrsregeln brach, indem er mit quietschenden Reifen wendete, die Mittellinie überfuhr, die Geschwindigkeitsbeschränkung übertrat und ohne Blaulicht oder Sirene ein Stoppschild überfuhr.

Lachend klaubten wir die verstreuten Münzen vom Wagenboden auf. Es war ein Glück, daß uns der Trooper das Kleingeld zurückgegeben hatte, denn dadurch bekamen wir gerade genug Benzingeld zusammen, um wieder nach Hause zu kommen.

Nachdem Norma mich verlassen hatte, bekam ich aus dem ganzen Land Ansichtskarten von irgendwelchen Powwows.

Sie vermißte mich in Washington, Oregon, Idaho, Montana, Nevada, Utah, New Mexico und Kalifornien. Ich blieb im Spokane-Reservat, vermißte sie von der Tür meines HUD-Hauses und vom Wohnzimmerfenster aus und wartete auf den Tag, an dem sie zurückkommen würde. Aber so war Norma nun einmal. Irgendwann hatte sie mir gesagt, daß sie mich verlassen würde, sobald es mit der Liebe aus sei.

»Ich sehe nicht zu, bis alles in Scherben liegt«, sagte sie. »Ich setze mich rechtzeitig ab.«

»Du willst nicht einmal versuchen, unsere Beziehung zu retten?« fragte ich.

»Wenn es erst so weit gekommen ist, lohnt sich auch kein Rettungsversuch mehr.«

»Ziemlich hart.«

»Das ist nicht hart«, sagte sie. »Das ist praktisch.«

Aber du darfst mich auch nicht mißverstehen. Norma war eine Kriegerin in der vollen Bedeutung des Wortes. Sie nahm Fahrten von hundert Meilen auf sich, um Stammesälteste in Spokane im Altersheim zu besuchen. Wenn einer dieser Stammesältesten starb, weinte Norma bitterlich und warf Bücher und Möbel durch die Gegend.

»Jeder unserer Stammesältesten, der stirbt, nimmt einen Teil unserer Vergangenheit mit sich«, sagte sie. »Und das ist um so schlimmer, als ich nicht weiß, wieviel Zukunft wir haben.«

Und einmal, als wir einen wirklich grauenhaften Autounfall sahen, bettete sie den Kopf eines schwerverletzten Mannes in ihren Schoß und sang für ihn, bis er gestorben war. Dabei war er ein Weißer. Vergiß das nicht. Sie behielt es so gut in Erinnerung, daß sie noch ein Jahr danach Alpträume hatte.

»Ich träume immer, daß du derjenige bist, der stirbt«, sagte sie zu mir, und sie ließ mich fast ein Jahr lang nicht mehr Auto fahren.

Norma hatte immer Angst; sie hatte keine Angst.

Eines ist mir im Krankenhaus aufgefallen, während ich mich im Bett rauf und runter hustete: eine Uhr, auf jeden Fall eine altmodische Uhr mit Zeigern und Ziffernblatt, sieht genau wie ein lachendes Gesicht aus, wenn man sie nur lange genug anstarrt.

Sie entließen mich aus dem Krankenhaus, weil sie meinten, zu Hause hätte ich es viel bequemer. Und dann war ich wieder zu Hause und schrieb auf speziellem Reservatspapier Briefe an meine Liebsten, in denen stand: VOM TOTENBETT DES JAMES MANY HORSES, III.

Aber in Wahrheit saß ich beim Schreiben am Küchentisch, und TOTENTISCH hat einfach nicht den richtigen Klang. Außerdem bin ich der einzige James Many Horses, aber in jeder Art von künstlicher Tradition liegt eine gewisse Würde.

Jedenfalls saß ich an meinem Totentisch und schrieb Briefe von meinem Totenbett, als es klopfte.

»Herein«, rief ich, obwohl ich wußte, daß die Tür abgeschlossen war, und ich lächelte, als sie klappernd gegen den Rahmen stieß.

»Es ist abgeschlossen«, sagte eine weibliche Stimme, und es war eine weibliche Stimme, die ich kannte.

»Norma?« fragte ich, während ich die Tür aufschloß und öffnete.

Sie war wunderschön. Sie hatte entweder zwanzig Pfund

zu- oder abgenommen, ein Zopf war ein bißchen länger als der andere, und sie hatte ihr Hemd so lange gebügelt, bis die Falten messerscharf waren.

»Schatz«, sagte sie. »Ich bin wieder zu Hause.«

Ich schwieg. Das kam selten vor.

»Schatz«, sagte sie. »Ich war lange fort, und ich habe dich sehr vermißt. Aber jetzt bin ich wieder da. Wo ich hingehöre.«

Ich mußte lächeln.

»Wo sind die Kinder?« fragte sie.

»Sie schlafen«, sagte ich, nachdem ich mich soweit gefangen hatte, daß ich den Witz weiterspinnen konnte. »Die armen Kleinen wollten aufbleiben und auf dich warten. Sie wollten noch wach sein, wenn du nach Hause kommst. Aber dann ist eines nach dem anderen eingenickt, und ich mußte sie in ihre Bettchen bringen.«

»Tja«, sagte Norma. »Dann gehe ich mal eben und gebe ihnen ein Küßchen. Sage ihnen, wie lieb ich sie habe. Decke sie schön warm zu für die Nacht.«

Sie lächelte.

»Jimmy«, sagte sie. »Du siehst beschissen aus.«

»Ja, ich weiß.«

»Es tut mir leid, daß ich dich verlassen habe.«

»Wo warst du?« fragte ich, obwohl ich es eigentlich gar nicht wissen wollte.

»In Arlee. Bei einem Flathead-Cousin von mir.«

»Cousin wie in Cousin? Oder Cousin wie in Ich-habe-mit-ihm-gevögelt-will-es-dir-aber-nicht-sagen-weil-du-im-Sterben-liegst?«

Sie schmunzelte, obwohl sie es nicht wollte.

»Tja«, sagte sie. »Wohl eher die zweite Sorte von Cousin.«

Glaub mir: Nie hat mir etwas mehr weh getan. Nicht einmal meine Tumore, die ungefähr so groß sind wie Baseballbälle.

»Warum bist du zurückgekommen?« fragte ich sie.

Sie sah mich an, versuchte sich ein Kichern zu verbeißen und prustete dann doch laut los. Ich fiel ein.

»Also«, fragte ich nach einer Weile noch einmal. »Warum bist du zurückgekommen?«

Sie wurde stoisch, setzte das schöne Tonto-Gesicht auf und sagte: »Weil er alles so verflucht ernst genommen hat.«

Wir lachten noch ein bißchen, und dann fragte ich sie noch einmal: »Jetzt sag mal ehrlich, warum bist du zurückgekommen?«

»Weil dir jemand helfen muß, auf die richtige Art zu sterben«, sagte sie. »Und wir wissen doch beide, daß du noch nie gestorben bist.«

Das konnte ich nicht abstreiten.

»Und vielleicht auch«, sagte sie, »weil Frybreadbacken und anderen beim Sterben zu helfen die letzten beiden Dinge sind, die die Indianer gut können.«

»Tja«, sagte ich. »Auf jeden Fall kannst du eines davon gut.«

Und wir lachten.

Indianische Erziehung

ERSTE KLASSE

Meine Haare waren zu kurz, und meine Wohlfahrtsbrille hatte ein Horngestell und war häßlich, und während des ganzen ersten Winters an der Schule jagten mich die anderen Indianerjungen von einer Ecke des Schulhofs in die andere. Sie stießen mich um und begruben mich im Schnee, bis ich keine Luft mehr bekam, bis ich glaubte, nie mehr Luft bekommen zu können.

Sie stahlen mir die Brille und warfen sie sich über meinen Kopf hinweg zu, an meinen ausgestreckten Händen vorbei, knapp außer Reichweite, bis mir jemand ein Bein stellte und ich wieder hinfiel, mit dem Gesicht in den Schnee.

Ich fiel ständig hin; mein Indianername war Junior Fällthin. Manchmal hieß ich auch Blutige Nase oder Klaut-ihm-die-Pausenbrote. Einmal hieß ich auch Weint-wie-ein-weißer-Junge, obwohl von uns noch nie einer einen weißen Jungen hatte weinen sehen.

Dann war es Freitag morgen, große Pause, und Frenchy Si-John bewarf mich mit Schneebällen, während die übrigen Indianerjungen einen anderen *top-yogh-yaught* quälten, einen anderen Schwächling. Aber Frenchy war so von sich überzeugt, daß er sich allein über mich hermachte, und an den meisten Tagen hätte ich mich auch von ihm quälen lassen.

Aber an jenem Tag erwachte der kleine Krieger in mir zum Leben, und ich schubste Frenchy um, drückte ihn mit dem Kopf in den Schnee und schlug mit solcher Wucht auf ihn ein, daß meine Fingerknöchel und der Schnee symmetrische Striemen in seinem Gesicht hinterließen. Er sah fast so aus, als ob er Kriegsbemalung trug.

Aber er war nicht der Krieger. Der Krieger war ich. Und ich sang den ganzen Weg *Es ist ein guter Tag zum Sterben, es ist ein guter Tag zum Sterben,* bis ins Büro des Direktors.

ZWEITE KLASSE

Betty Towle, Missionslehrerin, rothaarig und so häßlich, daß sich nie ein Schüler in sie verknallte, behielt mich vierzehn Tage in der Pause drinnen.

»Sag, daß es dir leid tut«, sagte sie.

»Daß mir was leid tut?« fragte ich.

»Alles«, sagte sie und ließ mich fünfzehn Minuten strammstehen, mit ausgestreckten Armen und Büchern in beiden Händen. In der einen ein Mathebuch, in der anderen ein Englischbuch. Aber das einzige, was ich daraus lernte, war, daß die Schwerkraft weh tun kann.

An Halloween malte ich sie als Hexe auf einem Besen, mit einer räudigen Katze auf dem Buckel. Sie sagte, ihr Gott würde mir das nie vergeben. Bei einem Rechtschreibtest setzte sie mich einmal an einen anderen Tisch und gab mir einen Test für Junior-High-School-Schüler. Als ich alle Wörter richtig geschrieben hatte, zerknüllte sie das Blatt Papier und zwang mich, es aufzuessen.

»Du wirst schon noch Respekt lernen«, sagte sie.

Sie gab mir einen Brief für meine Eltern mit, in dem stand, sie sollten mir entweder die Zöpfe abschneiden oder mich zu Hause behalten. Meine Eltern kamen am nächsten Tag in die Klasse und zogen ihre Zöpfe über Betty Towles Pult.

»Indianer, indianer, indianer«, sagte sie, ohne Großbuchstaben. Sie nannte mich »indianer, indianer, indianer«.

Und ich sagte *Jawohl, das bin ich. Ich bin Indianer. Indianer, das bin ich.*

DRITTE KLASSE

Meine Karriere als traditioneller amerikanischer Ureinwohnerkünstler begann und endete mit meinem allerersten Gemälde: *Strichmännchenindianer pinkelt in meinen Hinterhof.*

Als ich das Original im Klassenzimmer herumgehen ließ, konfiszierte Mrs. Schluter mein Werk.

Zensur, würde ich heute vielleicht rufen. *Meinungsfreiheit,* würde ich in Leitartikeln der Stammeszeitung schreiben.

In der dritten Klasse allerdings stand ich allein in der Ecke, mit dem Gesicht zur Wand, und wartete darauf, daß die Strafe ein Ende hatte.

Ich warte immer noch.

VIERTE KLASSE

»Du solltest Arzt werden, wenn du groß bist«, sagte Mr. Schluter zu mir, obwohl seine Frau, die die dritte Klasse unterrichtete, der Meinung war, daß ich für mein Alter viel zu verrückt sei. Ich hätte ständig einen Blick in den Augen, als ob ich gerade Fahrerflucht begangen hätte.

»Schuldig«, sagte sie. »Du siehst immer schuldig aus.«

»Warum sollte ich Arzt werden?« fragte ich Mr. Schluter.

»Damit du deinem Stamm helfen kannst. Damit du Menschen heilen kannst.«

Das war das Jahr, in dem mein Vater eine Gallone Wodka pro Tag trank, das Jahr, in dem meine Mutter zweihundert verschiedene Patchworkquilts anfing und nicht einen davon zu Ende brachte. Getrennt voneinander saßen sie in unserem HUD-Haus im Dunkeln und weinten laut.

Ich lief nach der Schule nach Hause, hörte ihre Indianertränen und sah in den Spiegel. *Doktor Victor,* sagte ich zu mir, erfand mir eine Ausbildung, redete mit meinem Spiegelbild. *Doktor Victor in die Notaufnahme.*

FÜNFTE KLASSE

Ich nahm zum ersten Mal einen Basketball in die Hand und warf meinen ersten Korb, ich warf daneben, ich verfehlte den Korb, und der Ball landete in der Erde und dem Sägemehl, wo ich nur wenige Minuten vorher selbst gesessen hatte.

Aber es war ein gutes Gefühl, der Ball in meinen Händen,

all die vielen Möglichkeiten und Winkel. Es war Mathematik, Geometrie. Es war schön.

Und im selben Augenblick schnüffelte mein Cousin Steven Frod Klebstoff aus einer Papiertüte und lehnte sich auf dem Karussel nach hinten. Seine Ohren dröhnten, sein Mund war trocken, und alle schienen ganz weit weg zu sein.

Aber es war ein gutes Gefühl, das Rauschen in seinem Kopf, all die vielen Farben und Geräusche. Es war Chemie, Biologie. Es war schön.

Ach, erinnerst du dich noch an die süßen, fast unschuldigen Entscheidungen, die die Indianerjungen treffen mußten?

SECHSTE KLASSE

Randy, der neue Indianerjunge aus der weißen Stadt Springdale, geriet eine Stunde, nachdem er die Reservatsschule betreten hatte, in eine Schlägerei.

Stevie Flett beleidigte ihn, nannte ihn einen Squawman, einen Waschlappen, eine Niete.

Randy, Stevie und die anderen Indianerjungen gingen raus auf den Schulhof.

»Schlag zu«, sagte Stevie, nachdem sie sich voreinander aufgebaut hatten.

»Nein«, sagte Randy.

»Schlag zu«, sagte Stevie noch einmal.

»Nein«, sagte Randy noch einmal.

»Schlag zu!« sagte Stevie zum dritten Mal, und Randy

holte aus und knallte ihm die geballte Faust ins Gesicht, daß Stevie die Nase brach.

Wir alle standen schweigend da, ehrfürchtig.

Das war Randy, der bald mein erster und bester Freund werden sollte, der mir die wichtigste Lektion über das Leben in der weißen Welt beigebracht hat: *Schlag immer als erster zu.*

SIEBTE KLASSE

Ich lehnte mich durch das Kellerfenster des HUD-Hauses und küßte das weiße Mädchen, das später von ihrem Pflegevater vergewaltigt werden sollte, der auch ein Weißer war. Sie wohnten allerdings beide im Reservat, und als dann die Zeitungen voll waren von Schlagzeilen und Artikeln über den Vorfall, wurde ihre Hautfarbe mit keinem Wort erwähnt.

Typisch Indianer, wird sich wohl irgendwo irgendwer gesagt haben, und er hatte unrecht.

Aber an dem Tag, an dem ich mich durch das Kellerfenster des HUD-Hauses lehnte, um das weiße Mädchen zu küssen, spürte ich, daß es ein Abschied von meinem Stamm war. Ich drückte meine Lippen fest auf ihre Lippen, ein trockener, unbeholfener und letzten Endes dummer Kuß.

Aber ich verabschiedete mich von meinem Stamm, von all den indianischen Mädchen und Frauen, die ich hätte lieben können, von all den indianischen Männern, die mich Cousin oder sogar Bruder hätten nennen können.

Ich küßte das weiße Mädchen, und als ich die Augen aufmachte, war sie aus dem Reservat verschwunden und lebte in einer ländlichen Kleinstadt, wo mich ein schönes weißes Mädchen nach meinem Namen fragte.

»Junior Polatkin«, sagte ich, und sie lachte.

Danach sprach fünfhundert Jahre lang kein Mensch mehr mit mir.

ACHTE KLASSE

An der Junior High-School der ländlichen Kleinstadt konnte ich auf der Jungentoilette Stimmen aus der Mädchentoilette hören, nervöses Geflüster über Magersucht und Bulimie. Ich konnte hören, wie die weißen Mädchen sich absichtlich erbrachen, ein vertrautes Geräusch, das ich seit Jahren von meinem Vater her kannte, wenn er wieder mal einen Kater hatte.

»Gib mir dein Mittagessen, wenn du es sowieso bloß wieder auskotzt«, sagte ich eines Tages zu einem dieser Mädchen.

Ich lehnte mich zurück und sah zu, wie sie vor Selbstmitleid immer magerer wurden.

Im Reservat stand meine Mutter um Lebensmittel von der Wohlfahrt an. Wir trugen die Sachen nach Hause, froh, überhaupt etwas zu essen zu haben, und öffneten die Dosen mit dem Rindfleisch, das nicht einmal die Hunde haben wollten.

Aber wir aßen es Tag für Tag und wurden vor Selbstmitleid immer magerer.

Es gibt mehr als eine Art des Hungerns.

NEUNTE KLASSE

Auf dem Ball der Kleinstadt-High-School, nach einem Basketballspiel in einer überheizten Halle, bei dem ich siebenundzwanzig Punkte gemacht und dreizehn Rebounds abgewehrt hatte, kippte ich während eines langsamen Stückes um.

Während meine weißen Freunde noch versuchten, mich wieder aufzuwecken, und Vorbereitungen trafen, mich in die Notaufnahme zu bringen, wo die Ärzte später meine Zuckerkrankheit feststellen sollten, kam unser Lehrer, der ein Chicano war, zu uns gelaufen.

»Heh«, sagte er. »Was hat der Junge getrunken? Mit Indianer kenne ich mich aus. Die fangen sehr jung mit dem Saufen an.«

Die gleiche dunkle Hautfarbe macht zwei Männer nicht unbedingt zu Brüdern.

ZEHNTE KLASSE

Mit dem Fragebogen hatte ich keine Mühe, nur die praktische Fahrprüfung hätte ich beinahe verpatzt, aber trotzdem bekam ich meinen Führerschein am selben Tag, an dem Wally Jim mit seinem Wagen gegen eine Kiefer fuhr und ums Leben kam.

Keine Spuren von Alkohol in seinem Blut, guter Job, Frau und zwei Kinder.

»Warum hat er das gemacht?« fragte ein weißer Trooper der Washingtoner Staatspolizei.

Alle Indianer zuckten mit den Achseln, sahen zu Boden.

»Keine Ahnung« sagten wir, aber wenn wir in den Spiegel blicken, wenn wir die Geschichte unseres Stammes in unseren Augen sehen, das Versagen im Leitungswasser schmecken und vor alten Tränen zittern, dann verstehen wir es voll und ganz.

Glaub mir, alles sieht wie eine Schlinge aus, wenn man es nur lange genug anstarrt.

ELFTE KLASSE

Gestern habe ich die zwei entscheidenden Freiwürfe danebengesetzt, mit denen wir das Spiel gegen das beste Team im Staat gewonnen hätten. Die Mannschaft der Kleinstadt-High-School, für die ich spiele, hat den Spitznamen »Die Indianer«, und ich bin wahrscheinlich der einzige echte Indianer, der jemals für ein Team mit einem solchen Maskottchen gespielt hat.

Heute morgen schlage ich die Sportseite auf und lese: ERNEUTE NIEDERLAGE FÜR DIE INDIANER.

Nun sag mir schon, daß ich mir das alles nicht so zu Herzen nehmen soll.

ZWÖLFTE KLASSE

Ich gehe zwischen den Bankreihen hindurch nach vorn. Abschiedsredner bei der Schulentlassungsfeier der Kleinstadt-High-School, und mein Barett paßt nicht richtig, weil meine Haare länger sind als je zuvor. Später stehe ich auf, als der Vorsitzende des Schulausschusses meine Auszeichnungen, Leistungen und Stipendien verliest.

Ich bemühe mich, für die Fotografen ein stoisches Gesicht zu machen, während ich in die Zukunft blicke.

Zu Hause im Reservat werden meine ehemaligen Klassenkameraden aus der Schule entlassen: Einige können nicht lesen, ein oder zwei bekommen nur eine Bescheinigung über die Erfüllung der Schulpflicht, die meisten freuen sich auf die Partys. Die aufgewecktesten Schüler sind bewegt und ängstlich, weil sie nicht wissen, was auf sie zukommt.

Sie lächeln für den Fotografen, während sie auf die Tradition zurückblicken.

Die Stammeszeitung veröffentlicht mein Foto und das Foto meiner ehemaligen Klassenkameraden nebeneinander.

NACHSCHRIFT: KLASSENTREFFEN

Victor sagte: »Wozu sollen wir ein Klassentreffen der Reservats-High-School veranstalten? Meine Abschlußklasse trifft sich sowieso jedes Wochenende in der Powwow Tavern.«

Der weiße Reiter und Tonto tragen im Himmel einen Faustkampf aus

Zu heiß zum Schlafen, also ging ich zum 7-11 in der Third Avenue, auf ein Eis und ein paar Worte mit dem Nachtkassierer. Ich kenne das Spiel. Ich habe in Seattle selber in einem 7-11 Nachtschicht geschoben und bin einmal zu oft überfallen worden. Beim letzten Mal hat mich der Scheißkerl im Kühlraum eingesperrt. Er hat mir sogar mein Geld und meine Basketballschuhe abgenommen.

Der Nachtschichtler im 7-11 in der Third Avenue sah genauso aus wie alle anderen. Aknenarben, Arbeitshosen, aus denen unten die weißen Socken hervorsahen, und diese billigen schwarzen Schuhe, in denen man keinen Halt hat. Mir tun die Füße heute noch weh von meinem Jahr im 7-11 in Seattle.

»Hallo«, sagte er, als ich in seinen Laden kam. »Was macht die Kunst?«

Ich winkte ihm halb zu, während ich zur Gefriertruhe durchging. Er sah mich genau an, um mich später bei der Polizei beschreiben zu können. Den Blick kannte ich. Eine meiner Exfreundinnen sagte, ich hätte auch angefangen, sie so anzusehen. Nicht viel später hat sie mich verlassen. Nein, ich habe sie verlassen, und ich werfe ihr nichts vor. So war es eben. Wenn einer den anderen wie einen Verbrecher ansieht, ist es mit der Liebe vorbei. Das ist logisch.

»Ich traue dir nicht«, sagte sie zu mir. »Du regst dich zu sehr auf.«

Sie war eine Weiße, und ich lebte in Seattle mit ihr zusammen. Manchmal haben wir uns so schlimm gestritten, daß ich einfach in meinen Wagen gestiegen und die ganze Nacht herumgefahren bin und nur zum Nachtanken angehalten habe. Überhaupt habe ich nur deshalb Nachtschicht geschoben, um sowenig wie möglich bei ihr zu sein. Aber auf die Weise habe ich viel von Seattle kennengelernt, mit meiner Fahrerei durch die Nebenstraßen und schmutzigen Gassen.

Manchmal habe ich mich allerdings auch verfahren und wußte nicht mehr, wo ich war. Dann bin ich stundenlang rumgekurvt und habe geguckt, ob mir nicht irgendwas bekannt vorkam. Es scheint mir, als hätte ich so mein ganzes Leben zugebracht, immer auf der Suche nach etwas Bekanntem. Einmal hat es mich in eine noble Wohngegend verschlagen, und jemand muß es wohl mit der Angst zu tun bekommen haben, denn plötzlich kreuzte die Polizei auf und winkte mich rechts ran.

»Was suchen Sie hier draußen?« fragte der Polizist, während er meinen Führerschein und die Zulassung überprüfte.

»Ich habe mich verfahren.«

»Und wo wollten Sie hin?« fragte er, und ich wußte, es gab viele Orte, wo ich hinwollte, aber keinen, wo ich hingehörte.

»Ich hatte Krach mit meiner Freundin«, sagte ich. »Ich bin bloß so rumgefahren, ein bißchen Dampf ablassen.«

»Passen Sie besser auf, wohin Sie fahren«, sagte der Polizist. »Sie machen die Leute nervös. Sie passen nicht in das Nachbarschaftsprofil.«

Am liebsten hätte ich ihm gesagt, daß ich eigentlich nicht einmal in das Profil des Landes paßte, aber ich wußte, daß ich mir damit bloß Ärger eingehandelt hätte.

»Kann ich Ihnen behilflich sein?« fragte mich der 7-11-Verkäufer laut. Er hoffte wohl auf irgendeine Reaktion, der er entnehmen konnte, daß ich kein bewaffneter Räuber war. Er wußte, daß meine dunkle Haut und die langen, schwarzen Haare gefährlich waren. Ich hatte Potential.

»Ich wollte bloß ein Eis«, sagte ich nach einer langen Pause. Das war ein fieser Trick, den Jungen so zu erschrecken, aber es war spät, und mir war langweilig. Ich nahm mir das Eis, ging langsam zurück zur Theke und sah mich dabei auch noch forschend zwischen den Regalen um. Am liebsten hätte ich dazu leise und gefährlich gepfiffen, aber ich habe nie pfeifen gelernt.

»Ganz schön heiß heute nacht, was?« fragte er, die alte Beruhigungsmasche mit rhetorischen Wetterfragen.

»So heiß, daß man verrückt werden könnte«, sagte ich und lächelte. Er schluckte krampfhaft, wie es die Weißen in solchen Situationen immer machen. Ich sah ihn mir an. Die gleiche alte grün, rot und weiß gemusterte 7-11-Jacke und eine dicke Brille. Aber er war nicht häßlich, nur fehl am Platz und von Einsamkeit gezeichnet. Hätte er an diesem Abend nicht hier gearbeitet, hätte er allein zu Hause gehockt, von einem Sender zum anderen geschaltet und sich gewünscht, er könnte sich HBO oder Showtime leisten.

»Wäre das alles?« fragte er mich, Firmentaktik, um mich zu einem Spontankauf zu veranlassen. Wie die Zusatzklausel zu einem Vertragstext. *Wir nehmen uns Washington und*

Oregon, und ihr bekommt dafür sechs Kiefern und einen nagelneuen Chrysler Cordoba. Mit dem Geben und Brechen von Versprechen kannte ich mich aus.

»Nein«, sagte ich und legte eine Kunstpause ein. »Geben Sie mir noch ein Cherry Slushie.«

»Wie groß?« fragte er erleichtert.

»Ein großes«, sagte ich, und er drehte mir den Rücken zu, um es mir zu zapfen. Er merkte, daß er einen Fehler gemacht hatte, aber es war zu spät. Er erstarrte, gefaßt auf eine Kugel oder einen Schlag hinters Ohr. Als nichts geschah, drehte er sich wieder zu mir um.

»Entschuldigung«, sagte er. »Aber welche Größe wollten Sie noch mal?«

»Ein kleines«, sagte ich zur Abwechslung.

»Aber ich dachte, Sie wollten ein großes.«

»Wenn Sie wußten, daß ich ein großes will, was soll dann die Frage?« fragte ich und lachte. Er sah mich an, aber er konnte nicht unterscheiden, ob ich ernsthaft Stunk machen oder ihn bloß ein bißchen hochnehmen wollte. Er hatte etwas an sich, was mir gefiel, obwohl es drei Uhr morgens und er ein Weißer war.

»He«, sagte ich. »Vergessen Sie das Slushie. Aber ich hätte gern gewußt, ob Sie den ganzen Text des Titelsongs von ›Drei Mädchen und drei Jungen‹ kennen.«

Er sah mich zuerst verwirrt an, dann lachte er.

»Scheiße«, sagte er. »Ich habe gleich gehofft, Sie wären nicht verrückt. Sie haben mir angst gemacht.«

»Ich kann immer noch verrückt spielen, wenn Sie den Text nicht wissen.«

Da lachte er laut und sagte, ich könne das Eis umsonst haben. Er war der Nachtschichtmanager, und er genoß seine kleine Machtdemonstration, die ihn sage und schreibe fünfundsiebzig Cent kostete. Schließlich wußte ich, wie teuer alles war.

»Danke«, sagte ich und ging zur Tür hinaus. Ich nahm mir Zeit mit dem Heimweg, ließ mir von der Nachthitze das Eis über die ganze Hand schmelzen. Um drei Uhr morgens konnte ich mich so jung aufführen, wie ich wollte. Es war keiner da, der mir sagen konnte, ich solle erwachsen werden.

In Seattle habe ich Lampen zerschmissen. Sie und ich, wir haben uns gestritten, und ich habe eine Lampe zerschmissen, habe sie einfach vom Tisch genommen und auf den Boden geknallt. Anfangs hat sie noch Ersatzlampen gekauft, teure, schöne Stücke. Aber nach einer Weile hat sie nur noch bei Goodwill oder auf dem Flohmarkt Lampen gekauft. Dann hat sie es ganz bleibenlassen, und wir haben uns im Dunkeln gestritten.

»Du bist genau wie dein Bruder«, hat sie mich angeschrien. »Ständig besoffen und stockdumm.«

»So viel trinkt mein Bruder überhaupt nicht.«

Sie und ich, wir haben nie versucht, uns gegenseitig körperlich weh zu tun. Ich habe sie schließlich geliebt, und sie hat mich auch geliebt. Aber unsere Auseinandersetzungen machten genausoviel kaputt wie eine Faust. So können Worte sein, wußten Sie das? Immer, wenn ich heutzutage in eine Auseinandersetzung gerate, denke ich an sie, und ich denke an Muhammad Ali. Er wußte um die Kraft seiner Fäuste, aber was noch wichtiger war, er wußte auch um die Kraft seiner Worte. Auch wenn er nur einen IQ von circa achtzig hatte, war Ali ein Genie. Und sie war ebenfalls ein Genie. Sie wußte genau, mit welchen Worten sie mich am tiefsten verletzen konnte.

Aber verstehen Sie mich nicht falsch. Ich bin mit der Kapuze eines Henkers durch diese Beziehung gegangen. Oder treffender ausgedrückt, in voller Kriegsbemalung und mit spitzen Pfeilen. Sie war Vorschullehrerin, und ich habe sie deswegen ständig beleidigt.

»He, Frau Lehrerin«, habe ich gesagt. »Haben dir deine Kinder heute was beigebracht?«

Und ich hatte ständig verrückte Träume. Die habe ich schon immer gehabt, aber in Seattle schienen sie sich öfter zu Alpträumen auszuwachsen.

In dem einen Traum war sie die Frau eines Missionars und ich ein kleinerer Kriegshäuptling. Wir haben uns ineinander verliebt und versucht es geheimzuhalten. Aber der Missionar hat uns in der Scheune beim Vögeln erwischt und mich über den Haufen geschossen. Während ich im Sterben lag, hat mein Stamm von der Schießerei erfahren und überall im Reservat die Weißen angegriffen. Ich starb, und mein Geist schwebte über dem Reservat.

Körperlos, wie ich war, konnte ich alles sehen, was geschah. Wie die Weißen die Indianer und wie die Indianer die Weißen umbrachten. Anfangs war es nur eine kleine Sache, bloß mein Stamm und die paar Weißen, die dort wohnten. Aber mein Traum wurde größer, stärker. Andere Stämme kamen angeritten, um das Gemetzel an den Weißen fortzusetzen, und die Kavallerie der Vereinigten Statten zog hoch zu Roß in die Schlacht.

Das eindringlichste Bild dieses Traums habe ich bis heute

nicht vergessen. Drei berittene Soldaten spielten mit dem Kopf einer toten Indianerin Polo. Als ich das zum ersten Mal träumte, dachte ich, es wäre bloß eine Ausgeburt meiner Wut und Phantasie. Aber seitdem habe ich Berichte von ähnlichen Greueltaten im Wilden Westen gelesen. Noch entsetzlicher ist die Tatsache, daß solche Brutalitäten bis heute passieren, in Ländern wie El Salvador zum Beispiel.

Allerdings ist das einzige, was ich mit Sicherheit weiß, daß ich in panischer Angst aus diesem Traum aufgewacht bin, meine Sachen zusammengepackt habe und mitten in der Nacht aus Seattle abgehauen bin.

»Ich liebe dich«, sagte sie, als ich sie verließ. »Komm nie wieder zurück.«

Ich fuhr die ganze Nacht durch, über die Cascades, hinunter in die Prärie von Zentralwashington, nach Hause, ins Spokane-Reservat.

Als ich mit dem Eis fertig war, das mir der 7-11-Verkäufer geschenkt hatte, hielt ich den hölzernen Stiel in die Luft und stieß einen lauten Schrei aus. In ein paar Fenstern ging das Licht an, und einige Minuten später fuhr langsam ein Polizeiwagen an mir vorbei. Ich winkte den Männern in Blau zu, und sie winkten aus Versehen zurück. Als ich nach Hause kam, war es immer noch zu heiß zum Schlafen, also hob ich eine acht Tage alte Zeitung vom Fußboden auf und fing an zu lesen.

Wieder mal ein Bürgerkrieg, wieder ein terroristischer Bombenanschlag, wieder ein Flugzeugabsturz und vermutlich keine Überlebenden. In allen Städen mit einer Bevölkerung von über hunderttausend stieg die Verbrechensrate, und in Iowa hatte ein Farmer nach der Zwangsversteigerung seiner tausend Acres seinen Bankdirektor erschossen.

Ein Kind aus Spokane gewann die Regionalmeisterschaft im Wettbuchstabieren mit dem Wort *Rhinozeros*.

Als ich ins Reservat zurückkam, war meine Familie nicht überrascht, mich zu sehen. Sie hatten mich seit dem Tag meines Umzugs nach Seattle zurückerwartet. Ein alter Indianerdichter hat einmal gesagt, daß Indianer zwar in der Großstadt wohnen, aber nie dort leben können. Näher kommt wohl keiner von uns an die Wahrheit heran.

Die meiste Zeit habe ich ferngesehen. Wochenlang habe ich von einem Sender zum anderen geschaltet, in den Gameshows und Seifenopern nach Antworten gesucht. Meine Mutter hat mir die Stellenangebote in der Zeitung rot eingekringelt.

»Was willst du mit dem Rest deines Lebens anfangen?« fragte sie.

»Weiß nicht«, sagte ich, und bei jedem anderen Indianer im Land hätte diese Antwort normalerweise genügt. Aber ich war etwas Besonderes, ein ehemaliger Collegestudent, ein kluges Kerlchen. Ich war ein Indianer, der es zu etwas bringen sollte, der sich über den Rest des Reservats erheben sollte wie ein gottverdammter Adler oder so. Ich war die neue Art von Krieger.

Ein paar Monate habe ich mir Stellenangebote, die mir meine Mutter einkringelte, nicht einmal angesehen und die Zeitung einfach da liegenlassen, wo sie sie hinlegte. Aber nach einer Weile hatte ich die Nase voll vom Fernsehen, und ich habe wieder angefangen, Basketball zu spielen. In der

High-School war ich ein guter Spieler gewesen, fast schon ein As, und beinahe wäre ich auf dem College, das ich ein paar Jahre besucht habe, sogar in die Auswahlmannschaft gekommen. Aber vom vielen Trinken und Trauern war ich so außer Form, daß ich an meine alte Stärke nie mehr anknüpfen konnte. Trotzdem war es schön, wie sich der Ball in meinen Händen anfühlte und die Füße in meinen Schuhen.

Zuerst warf ich nur für mich allein Körbe. Das war selbstsüchtig, aber ich wollte erst wieder richtig in Übung kommen, bevor ich gegen jemand anderen antrat. Da ich früher gut gewesen war und andere Stammesmitglieder blamiert hatte, wußte ich, daß sie sich bestimmt an mir rächen wollen würden. Die alte Geschichte vom Kampf Cowboys gegen Indianer können Sie vergessen. Die schärfste Rivalität in einem Reservat herrscht zwischen Indianern und Indianern.

Aber an dem Abend, als ich endlich wieder soweit war, ein richtiges Spiel zu machen, spielte in der Sporthalle plötzlich ein Weißer mit den ganzen Indianern.

»Wer ist das denn?« fragte ich Jimmy Seyler.

»Der Junge vom neuen BIA-Boß.«

»Hat er was drauf?«

»Kann man wohl sagen.«

Und ob er was drauf hatte. Er spielter Indianerbasketball, schnell und locker, besser als alle Indianer dort.

»Wie lange spielt er schon hier?« fragte ich.

»Lange genug.«

Ich machte Dehnübungen, und alle beobachteten mich. Die ganzen Indianer beobachteten einen ihrer alten, staubigen Helden. Obwohl ich hauptsächlich an meiner weißen High-School Basketball gespielt hatte, war ich trotz allem ein

Indianer. Ich war ein Indianer, wenn es darauf ankam, und dieser BIA-Schnösel hatte es nötig, von einem Indianer geschlagen zu werden, ganz egal von was für einem Indianer.

Ich ließ mich einwechseln, und ein Weilchen spielte ich auch gut. Es fühlte sich gut an. Ich warf Körbe, erwischte ein paar Rebounds und half in der Verteidigung aus, so daß die andere Mannschaft nie richtig zum Zuge kam. Aber dann riß der weiße Junge das Spiel an sich. Er war einfach zu gut. Später, als er wieder im Osten war, hat er Collegebasketball gespielt, und noch ein paar Jahre später wäre er fast von den New York Knicks genommen worden. Aber davon konnten wir damals alle noch nichts wissen. Wir wußten bloß, daß er an diesem Tag besser war und an allen anderen Tagen auch.

Am nächsten Morgen wachte ich müde und hungrig auf, also schnappte ich mir die Stellenangebote, suchte mir einen Job aus und fuhr nach Spokane, um ihn mir zu sichern. Seitdem arbeitete ich beim High-School Exchange Program, tippe Briefe und nehme Telefonanrufe entgegen. Manchmal frage ich mich, ob die Leute am anderen Ende der Leitung wohl wissen, daß ich ein Indianer bin, und ob sich ihr Ton ändern würde, wenn sie es wüßten.

Einmal nahm ich den Hörer ab und hatte sie am Apparat, sie rief aus Seattle an.

»Ich habe die Nummer von deiner Mom«, sagte sie. »Ich freue mich, daß du Arbeit hast.«

»Ja, es geht eben nichts über eine volle Lohntüte.«

»Trinkst du noch?«

»Nein, ich bin schon seit fast einem Jahr trocken.«

»Gut.«

Die Verbindung war gut. Ich konnte sie zwischen unseren

Worten atmen hören. Wie redet man mit dem realen Menschen, dessen Geist einen verfolgt hat? Wie erkennt man den Unterschied?

»Weißt du was?« sagte ich. »Es tut mir alles sehr leid.«

»Mir auch.«

»Was soll aus uns werden?« fragte ich und wünschte mir dabei, ich wüßte die Antwort für mich selbst.

»Ich weiß nicht«, sagte sie. »Ich will die Welt verändern.«

Heutzutage, wo ich allein in Spokane wohne, wünsche ich mir, ich lebte näher am Fluß, näher an den Wasserfällen, wo die Geister der Lachse springen. Ich wünsche mir, ich könnte schlafen. Ich lege meine Zeitung oder mein Buch weg, mache überall das Licht aus, liege ruhig im Dunkeln. Es dauert Stunden oder auch Jahre, bis ich wieder schlafen kann. Das ist weder überraschend noch enttäuschend.

Ich weiß sowieso, wie meine Träume immer enden.

Familienporträt

Das Fernsehen war immer laut, zu laut, bis jedes Gespräch verzerrt, zerstückelt war.

»Abendessen« klang wie »Laß mich in Ruhe«.

»Ich liebe dich« klang wie »Untätigkeit«.

»Bitte« klang wie »Opfer«.

Glaub mir, das Fernsehen war immer zu laut. Um drei Uhr früh wachte ich aus den üblichen Alpträumen auf und hörte das Fernsehen über meinem Bett gegen die Decke hämmern. Manchmal war es nur weißes Rauschen, das Ende eines weiteren Rundfunktages. Ein andermal war es ein schlechter Film, der durch den gestörten Schlaf noch schlechter wurde.

»Lassen Sie Ihre Waffen fallen, und kommen Sie mit erhobenen Händen raus!« klang viel zu sehr nach »Vertrau mir, die Welt gehört dir.«

»Die Außerirdischen kommen! Die Außerirdischen kommen!« klang viel zu sehr nach »Nur noch ein Bier, Schatz, dann fahren wir nach Hause.«

»Junior, ich habe das Geld verloren« klang viel zu sehr nach »Keiner deiner Träume wird jemals wahr werden.«

Ich weiß nicht, wo all die Jahre hin sind. Nur noch an das Fernsehen erinnere ich mich genau. Alle anderen erinnerungswürdigen Momente wurden zu Geschichten, die sich bei jedem Erzählen veränderten, bis nichts mehr an ihnen ursprünglich oder erkennbar war.

Zum Beispiel verschwand im Sommer 1972 oder 1973 oder auch nur in unserer Vorstellung das Reservat. Ich erinnere mich, daß ich auf der vorderen Veranda unseres HUD-Hauses stand und auf meinem Plastiksaxophon übte, als das Reservat verschwand. *Endlich,* dachte ich, das weiß ich noch, aber ich war sechs Jahre alt oder sieben. Ich weiß nicht genau, wie alt. Ich war Indianer.

Einfach so, jenseits der untersten Stufe, war nichts mehr da. Mein älterer Bruder versprach mir einen Vierteldollar, wenn ich ins Ungewisse sprang. Meine Zwillingsschwestern weinten die gleichen Tränen; ihre Fahrräder hatten unter den Kiefern gestanden, und nun war alles verschwunden.

Meine Mutter kam heraus, um nachzusehen, was der Lärm zu bedeuten hatte. Sie starrte lang über die unterste Stufe hinweg, aber ihr Gesicht war ausdruckslos, als sie wieder ins Haus ging, um die Kartoffeln zu waschen.

Mein Vater war zufrieden und betrunken, und er stolperte von der untersten Stufe, bevor ihn einer von uns aufhalten konnte. Jahre später kam er als Zuckerkranker und mit einer Hosentasche voller Vierteldollarstücke zurück. Die Samen aus seinen Hosenaufschlägen fielen auf den Boden unseres Hauses und wuchsen zu Orangenbäumen heran.

»Ohne Vitamin C geht gar nichts«, sagte meine Mutter zu uns, aber ich wußte, daß sie eigentlich sagen wollte: »Ihr dürft euch nicht alles so sehr wünschen.«

Oft kommen in den Geschichten Menschen vor, die nie existiert haben, bevor sie durch unsere kollektiven Phantasien erschaffen wurden.

Mein Bruder und unsere Schwestern kratzten, wie ich mich

erinnere, alle Reste, die uns während des Essens vom Teller fielen, mitten auf dem Tisch zu einem Haufen zusammen. Dann drückten sie die Zähne gegen den Tischrand und kratzten sich das Essen in den offenen Mund.

Unsere Eltern erinnern sich nicht mehr daran, und unsere Schwestern rufen: »Nein, nein, so hungrig waren wir nie!«

Trotzdem können mein Bruder und ich die Wahrheit unserer Geschichte nicht leugnen. Wir waren dabei. Vielleicht ist unser Leben vom Hunger durchdrungen.

Meine Familie erzählt mir Geschichten über mich, kleine Ereignisse und katastrophale Krankheiten, an die ich mich nicht erinnern kann, die ich aber als Anfang meiner Geschichte akzeptiere.

Nachdem ich operiert worden war, um den Flüssigkeitsdruck auf mein Gehirn zu reduzieren, fing ich an zu tanzen.

»Nein« sagt meine Mutter zu mir. »Du hattest epileptische Anfälle.«

»Nein«, sagt mein Vater zu ihr. »Er hat getanzt.«

Wenn die »Tonight Show« lief, stellte ich mich auf der Couch schlafend, während mein Vater in seinem Sessel saß und fernsah.

»Es war Docs Trompete, die dich zum Tanzen gebracht hat«, sagte mein Vater zu mir.

»Nein, es waren epileptische Anfälle, ausgelöst durch extrem hellsichtige Momente«, sagte meine Mutter zu ihm.

Sie wollte glauben, daß ich die Zukunft sehen konnte. Insgeheim wußte sie, daß die Ärzte mir ein anderes Organ in den Schädel gepflanzt hatten, eine Vision des 20. Jahrhunderts.

Einmal hat sie mich im Winter in Unterwäsche vor die

Tür gesetzt und sich geweigert, mich wieder ins Haus zu lassen, bevor ich nicht ihre Fragen beantwortet hatte.

»Werden meine Kinder mich noch lieben, wenn ich alt bin?« fragte sie, aber ich wußte, daß sie mich fragen wollte: »Wird mir mein Leben leid tun?«

Dann war da die Musik, zerkratzte 45er und Achtspurtonbänder. Wir drehten sie zu laut auf für die Boxen, bis die Musik blechern und verzerrt war. Aber wir tanzten, bis meine ältere Schwester sich ihr einziges Paar Nylons zerriß und bitterlich weinte. Aber wir tanzten, bis der Staub von der Decke rieselte und die Fledermäuse aus dem Dachstübchen ans Tageslicht flatterten. Aber wir tanzten, in unseren nicht zueinander passenden Kleidern und den kaputten Schuhen. Ich schrieb mir meinen Namen mit Magic Marker auf die Schuhe, den Vornamen auf die linke Kappe und den Nachnamen auf die rechte Kappe, meinen wahren Namen irgendwo dazwischen. Aber wir tanzten, mit leeren Bäuchen und nichts zum Abendessen außer Schlaf. Die ganze Nacht lagen wir wach mit Schweiß auf dem Rücken und Blasen an den Fußsohlen. Die ganze Nacht kämpften wir im Wachen gegen Alpträume an, bis uns der Schlaf seine eigenen Alpträume brachte. Ich erinnere mich an den Alptraum von dem dünnen Mann mit dem großen Hut, der die Indianerkinder von ihren Eltern wegholte. Er kam mit einer Schere, um ihnen die Haare abzuschneiden, und mit einer abschließbaren Kiste, in der er die amputierten Zöpfe versteckte. Aber wir tanzten, unter Perücken und zwischen unfertigen Wänden, durch gebrochene Versprechen hindurch und um leere Schränke herum.

Das war ein Tanz.

Trotzdem kann man uns überraschen.

Meine Schwester hat mir gesagt, sie könne mich am Geruch meiner Kleider erkennen. Sie hat gesagt, sie könne die Augen schließen und mich allein am Geruch meines Hemdes aus einer Menschenmenge herausriechen.

Ich weiß, daß sie sagen wollte: *Ich hab dich lieb*.

Von allen Meßsystemen, die uns zur Verfügung standen, erinnere ich mich am besten an den Grad der Sonneneinstrahlung. Sie war immer da, ob im Winter oder im Sommer. Die Kälte kam zufällig, die Sonne absichtlich.

Dann war da der Sommer des Benzinschnüffelns. Meine Schwestern verrenkten sich den Hals, um mit der Nase in die Tanks der BIA-Fahrzeuge zu kommen. Alles so hell und präzise, daß einem das Gehirn weh tat. Die Trommelfelle dröhnten beim leisesten Geräusch, ein bellender Hund konnte die Form der Erde verändern.

Ich erinnere mich daran, wie mein Bruder bäuchlings auf dem Rasenmäher lag, den Mund auf den Tank gepreßt. Es war ein seltsamer Kuß, sein erster Kuß, die Lippen verbrannt und die Kleidung entflammbar. Er versuchte wegzutanzen, er gab jedem Grashalm, den er umknickte, als er auf den Hintern fiel, einen Namen. Alles unter Wasser, als würde man auf dem Grund von Benjamin Lake spazierengehen, vorbei an toten Pferden und weggeworfenen Autoreifen. Die Beine in Schlingpflanzen verheddert, tanzen, weitertanzen, mit den Füßen strampeln, bis man sich freigekämpft hat. An die Oberfläche starren, auf der die Sonnenstrahlen, durch das Wasser gefiltert, wie Finger liegen, wie eine Hand, voll von Liebesversprechen und Sauerstoff.

WARNUNG: *Mißbrauch durch absichtliches Einatmen der Dämpfe kann gesundheitschädliche oder tödliche Fogen haben.*

An wieviel von dem, was uns am meisten weh getan hat, erinnern wir uns? Ich habe über Schmerz nachgedacht und darüber, wie sich jeder von uns die Vergangenheit so zurechtdreht, daß sie das rechtfertigt, was wir heute empfinden. Wie jeder neue Schmerz den vorhergegangenen verzerrt. Sagen wir einfach, ich erinnere mich an das Sonnenlicht als an eine Maßeinheit dieser Geschichte, ich erinnere mich daran, wie es die Form des Familienporträts verändert hat. Mein Vater hält sich die Hand über die Augen und verwandelt sein Gesicht in einen Schatten. So könnte er jeder sein, aber meine Augen sind auf dem Foto geschlossen. Ich kann mich nicht erinnern, was ich dachte. Vielleicht wollte ich aufstehen, mir die Beine vertreten, die Arme über den Kopf recken, den Mund weit aufreißen und Luft holen. *Atmen, atmen.* Vielleicht sind meine Haare so schwarz, daß sie alles verfügbare Licht schlucken.

Plötzlich ist es Winter, und ich versuche den Wagen anzulassen.

»Mehr Gas geben«, ruft mein Vater vom Haus aus.

Ich drücke das Pedal bis zum Anschlag durch und spüre, wie der Motor erschaudernd antwortet. Meine Hände umklammern das Lenkrad. Heute morgen gehören sie mir nicht. Diese Hände sind zu kräftig, zu unverzichtbar noch für die kleinsten Gesten. Ich kann Fäuste ballen und meine Wut an Wänden und Rigips auslassen. Ich kann eine Zahnbürste oder Pistole nehmen, das Gesicht der Frau, die ich liebe, berühren. Vor vielen Jahren hätten diese Hände vielleicht den Speer festgehalten, der den Lachs festhielt, der die Träume des Stammes festhielt. Vor vielen Jahren hätten diese Hände vielleicht die Hände dunkelhäutiger Männer berührt, die die Medizin und den Zauber gewöhnlicher Götter berührten. Heute lege ich meine Hände an den Schalthebel, mein Herz in den kalten Wind.

»Mehr Gas geben«, schreit mein Vater.

Ich schalte auf Drive, und dann bin ich fort, fahre vorsichtig die Straße hinunter und berühre die Bremse so, wie ich meine Träume berühre. Einmal sind mein Vater und ich zusammen diese Straße hinuntergefahren, und er hat mir erzählt, wie er das erste Mal einen Fernsehapparat gesehen hat.

»Der Apparat stand in Cœur d'Alene im Schaufenster. Ich und meine Kumpels, wir sind immer da vorbeigegangen und haben ferngesehen. Nur ein Programm, und es wurde immer nur eine Frau gezeigt, die auf einem Fernseher saß, auf dem dieselbe Frau auf demselben Fernseher saß. Immer und immer wieder, bis einem die Augen und der Kopf weh taten. So war es, daran erinnere ich mich. Und sie sang immer dasselbe Lied. Ich glaube, es war ›A Girl on Top of the World‹.«

So finden wir unsere Geschichte, so skizzieren wir unser Familienporträt, so knipsen wir das Foto, genau in dem Moment, wenn jemand den Mund aufmacht, um eine Frage zu stellen. *Wie?*

There is a girl on top of the world. Sie tanzt mit meinem Vater den Eulentanz. Das ist die Geschichte, an der wir all unsere Geschichten messen, bis wir begreifen, daß eine Geschichte niemals alles sein kann.

There is a girl on top of the world. Sie singt den Blues. Das ist die Geschichte, an der wir gebrochene Herzen messen. Vielleicht ist sie meine Schwester oder meine andere Schwester oder meine älteste Schwester, die beim Hausbrand ums Leben kam. Vielleicht ist sie meine Mutter mit den Händen im Frybread. Vielleicht ist sie mein Bruder.

There is a girl on top of the world. Sie erzählt uns ihre Geschichte. Das ist die Geschichte, an der wir den Anfang eines jeden Lebens messen. *Horch, horch, was ruft denn da?* Sie ist es, weshalb wir einander festhalten; sie ist es, weshalb unsere Angst keinen Namen will. Sie ist der Fancydancer; sie ist Vergebung.

Das Fernsehen war immer laut, zu laut, bis jede Emotion nach halben Stunden bemessen wurde. Wie verbargen unsere Gesichter hinter Masken, die an andere Geschichten denken ließen; wir berührten uns zufällig an den Händen, und unsere Haut flammte auf wie eine persönliche Revolution. Wir starrten einander quer durch das Zimmer an, warteten auf das Gespräch und die Bekehrung, sahen zu, wie Wespen und Fliegen gegen die Scheiben prallten. Wir waren Kinder; wir waren offene Münder. Offen vor Hunger, vor Wut, vor Lachen, vor Gebeten.

Herr Gott, wir wollen doch alle überleben.

Jemand hat immerzu Powwow gesagt

Ich kannte Norma, bevor sie ihren zukünftigen Ehemann kennenlernte. James Many Horses. Ich kannte sie schon, als man auf den Powwows noch gutes Frybread bekam, bevor die alten Frauen starben und ihre Rezepte mit sich nahmen. So ist es nun einmal. Manchmal habe ich das Gefühl, als ob unser Stamm Stück Brot um Stück Brot stürbe. Aber Norma, sie hat immer versucht ihn zu retten, sie war eine kulturelle Rettungsschwimmerin, die ständig nach denen von uns Ausschau hielt, die kurz vor dem Ertrinken waren.

Sie war auch noch sehr jung, nicht viel älter als ich, aber trotzdem sagten alle Großmutter zu ihr, als Ausdruck des Respekts.

»He, Großmutter«, sagte ich zu ihr, als sie vorbeiging, während ich mal wieder an einem furchtbaren Frybreadstand saß.

»Hi, Junior«, sagte sie und kam zu mir herüber. Sie gab mir die Hand, hielt sie locker, wie es die Art der Indianer ist, nur mit den Fingern. Nicht wie die Weißen, die immer so fest zudrücken, weil sie etwas beweisen wollen. Sie berührte meine Hand, als ob sie sich freute, mich zu sehen, und nicht, als ob sie mir irgendwelche Knochen brechen wollte.

»Tanzt du dieses Jahr?« fragte ich.

»Natürlich. Warst du denn noch nicht im Tanzsaal?«

»Noch nicht.«

»Du solltest dir die Tänze wirklich ansehen. Es ist wichtig.«

Wir unterhielten uns noch ein bißchen, erzählten uns Geschichten, und dann erzählte sie mir von ihren Powwowterminen. Alle wollten mit Norma reden, etwas Zeit mit ihr verbringen. Ich saß einfach nur gerne mit ihr zusammen, fuhr meine Reservatsantennen aus und stellte sie auf Empfang. Wußtest du nicht, daß Indianer mit zwei Antennen geboren werden, die sich aufrichten und emotionale Signale empfangen? Norma hat immer gesagt, Indianer seien die sensibelsten Menschen auf dem Planeten. Außerdem sind Indianer sogar noch sensibler als Tiere. Wir sehen nicht einfach nur zu, wenn etwas geschieht. Durch das Zusehen wird der Zuschauer automatisch Teil des Geschehens. Das hat Norma mich gelehrt.

»Alles zählt«, sagte sie. »Auch die kleinen Dinge.«

Aber bei ihr waren es nicht nur blöde Sprüche der Native American Church, es war nicht nur Futter für Kristallkugelgucker. Norma lebte so, wie wir alle leben sollten. Sie trank nicht, und sie rauchte nicht. Aber sie konnte eine ganze Nacht lang ausgelassen in der Powwow Tavern tanzen. Sie konnte indianisch und weiß tanzen. Und das ist eine Seltenheit, weil sich die beiden Tanzarten eigentlich ausschließen. Ich kenne Indianer, die Meister im Fancydance sind, aber über ihre eigenen Füße fallen, sobald ein Stück von Paula Abdul in der Musikbox läuft. Und ich kenne Indianer, die tanzen konnten wie im MTV-Club, mit Diaprojektionen und allen Schikanen, aber wie Weiße aussahen, wenn sie auf einem Powwow durch das Sägemehl stolperten.

Eines Abends saß ich in der Powwow Tavern, und Norma forderte mich zum Tanzen auf. Ich hatte noch nie mit ihr getanzt, hatte eigentlich überhaupt noch nicht oft getanzt, ob nun indianisch oder weiß.

»Beweg deinen Hintern«, sagte sie. »Das hier ist nicht Browning, Montana. Das hier ist Las Vegas.«

Also bewegte ich meinen Hintern, ich wackelte mit meinem mageren braunen Po, bis die ganze Bar lachte, was richtig war. Auch wenn ich derjenige war, über den gelacht wurde. Und Norma und ich lachten die ganze Nacht, und wir tanzten die ganze Nacht miteinander. Die meisten Nächte, bis James Many Horses auf der Bildfläche erschien. Norma tanzte mit jedem, sie zog keinen vor. Sie war ein diplomatischer Mensch. Aber in jener Nacht hat sie nur mit mir getanzt. Glaub mir, es war eine Ehre. Nachdem die Bar zugemacht hatte, fuhr sie mich sogar nach Hause, weil alle anderen noch auf irgendwelche Partys gingen und ich schlafen wollte.

»He«, sagte sie unterwegs. »Du kannst zwar nicht gut tanzen, aber du hast das Herz eines Tänzers.«

»Das Herz eines Tänzers«, sagte ich. »Und die Füße eines Büffels.«

Und wir lachten.

Sie setzte mich zu Hause ab, umarmte mich zum Abschied und fuhr dann zu ihrem eigenen HUD-Haus. Ich ging in mein Haus und träumte von ihr. Nicht so, wie du denkst. Ich träumte sie mir hundert Jahre zurück, wie sie auf einem ungesattelten Pferd über die Little Falls Flats ritt. Sie trug die Haare offen, und sie rief mir etwas zu, während sie auf mich zu geritten kam. Allerdings konnte ich nicht verstehen, was sie sagte. Aber es war ein Traum, und ich höre auf meine Träume.

»Ich habe letztens von dir geträumt«, sagte ich zu Norma, als ich sie das nächste Mal sah. Ich erzählte ihr den Traum.

»Ich weiß nicht, was das bedeutet«, sagte sie. »Hoffentlich nichts Schlimmes.«

»Vielleicht bedeutet es bloß, daß ich in dich verknallt bin.«

»Nie im Leben«, sagte sie und lachte. »Ich habe dich mit Nadine Moses rumziehen sehen. Du mußt von ihr geträumt haben.«

»Nadine kann aber nicht reiten«, sagte ich.

»Wieso? Muß ja nicht unbedingt ein Pferd sein«, sagte Norma, und wir lachten beide, schön lange und ausgiebig.

Norma kann reiten, als ob sie vor hundert Jahren gelebt hätte. Sie war eine Rodeokönigin, aber nicht eine von diesen straßgeschmückten Modepuppen. Sie war eine Lassowerferin, sie ritt Wildpferde. Sie rang mit Bullen und konnte den verrückten dreibeinigen Knotentanz. Allerdings war Norma nicht ganz so schnell wie einige von den anderen indianischen Cowboys. Ich glaube, sie wollte eigentlich nur ihren Spaß haben. Sie hing mit den Cowboys rum, und die sangen Lieder für sie, alte Westernlieder, die über das letzte Lagerfeuer des Abends hinaushallten.

> *Norma, I want to marry you*
> *Norma, I want to make you mine*
> *And we'll go dancing, dancing, dancing*
> *Until the sun starts to shine.*
> *Way yah hi yo, Way yah hi yo!*

An manchen Abenden nahm Norma einen Indianercowboy oder einen Cowboyindianer mit in ihr Tipi. Und das war richtig. Manche Leute werden dir einreden wollen, es wäre falsch, aber es waren nur zwei Menschen, die ein bißchen Körpermedizin miteinander teilten. Schließlich war Norma nicht ständig darauf aus, Männer aufzureißen. An den meisten Abenden ging sie allein nach Hause und sang sich in den Schlaf.

Manche Leute sagten, daß Norma ab und zu auch eine Frau mit zu sich nach Hause nahm. Vor vielen Jahren genossen die Homosexuellen eine besondere Stellung im Stamm. Sie besaßen starke Medizin. Ich glaube, das gilt heutzutage noch mehr als damals, auch wenn sich unser Stamm inzwischen in die Homophobie integriert hat. Ich finde, ein Mensch muß einen Zauber haben, wenn er sich seiner eigenen Identität versichern kann, ohne sich von dem ganzen Quatsch, der geredet wird, beirren zu lassen.

Jedenfalls oder auf jeden Fall, wie wir hierzulande sagen, hat Norma ihre Stellung im Stamm verteidigt, trotz der vielen Gerüchte, Geschichten, Lügen und des eifersüchtigen Geredes. Sogar dann noch, nachdem sie diesen James Many Horses geheiratet hatte, der so viele Witze riß, daß selbst den Indianern das Lachen verging.

Das Komische an der Sache war, daß ich immer geglaubt hatte, Norma würde Victor heiraten, weil sie sich so gut darauf verstand, Menschen zu retten, und Victor die Rettung nötiger hatte als sonst jemand außer Lester FallsApart. Aber sie und Victor kamen nie besonders gut miteinander aus. Victor war in seiner Jugend ein ziemlicher Schläger, und ich glaube, Norma hat ihm das nie verziehen. Ich möchte bezweifeln, daß Victor es sich jemals verziehen hat. Ich glaube, er hat öfter *Es tut mir leid* gesagt als jeder andere lebende Mensch.

Ich erinnere mich, wie Norma und ich einmal in der Powwow Tavern saßen und Victor hereinkam, sternhagelvoll.

»Wo ist das Powwow?« schrie Victor.

»Du bist mittendrin«, schrie jemand zurück.

»Nein, ich mein doch nicht diese Scheißkneipe. Ich will wissen, wo das Powwow ist.«

»In deiner Hose«, schrie jemand anders, und alle lachten.

Victor kam an unseren Tisch getorkelt.

»Junior«, sagte er. »Wo ist das Powwow?«

»Zur Zeit ist nirgendwo ein Powwow«, sagte ich.

»Tja«, sagte Victor. »Draußen auf dem Parkplatz hat jemand immerzu Powwow gesagt. Und du weißt ja, ich liebe ein gutes Powwow.«

»Wir alle lieben ein gutes Powwow«, sagte Norma.

Victor lächelte sie betrunken an, es war ein Lächeln, wie es nur im betrunkenen Zustand möglich ist. Die Lippen hängen merkwürdig schief, die linke Gesichtshälfte ist leicht gelähmt, und die Haut glänzt von alkoholischem Schweiß. Alles andere als ein schöner Anblick.

»Ich finde das verdammte Powwow schon noch«, sagte Victor dann und torkelte zur Tür hinaus. Inzwischen ist er trocken, aber damals war er der größte Säufer vor dem Herrn.

»Viel Glück«, sagte Norma. Das ist eine Besonderheit der Stammesbindungen, soweit es sie noch gibt. Ein nüchterner Indianer hat unendlich viel Geduld mit einem betrunkenen Indianer, und das gilt sogar für die meisten Indianer, die sich das Trinken ganz abgewöhnt haben. Es gibt nicht viele, die trocken bleiben. Die meisten sitzen bloß eine gewisse Zeit bei den Anonymen Alkoholikern ab, und jeder kennt sich mit den Abläufen aus und benutzt die typischen Sprüche bei allen möglichen Gelegenheiten, nicht nur bei den A.-A.-Treffen.

»Hi, ich heiße Junior«, sage ich normalerweise, wenn ich in eine Bar oder auf eine Party komme, wo auch andere Indianer sind.

»Hi, Junior«, schallt es mir dann wie aus einem Mund von den anderen ironisch entgegen.

Ein paar Klugscheißer, die sich über die ganze A.-A.-Sache erhaben fühlen, tragen kleine Plaketten mit sich herum, auf denen steht, wie lange sie schon ununterbrochen betrunken sind.

»Hi, ich heiße Lester FallsApart, und ich bin jetzt seit siebenundzwanzig Jahren am Stück betrunken.«

Norma hatte für diese Art von Humor allerdings nicht viel übrig. Sie lachte, wenn etwas lustig war, aber sie hätte nie selbst einen Witz gemacht. Norma kannte das indianische Lachen, das aus dem Bauch kommt, die Art von Lachen, bei der die Indianer die Augen so fest zusammenkneifen, daß sie wie Chinesen aussehen. Vielleicht kommen daher die Gerüchte über die Überquerung der Landbrücke nördlich der Beringstraße. Vielleicht haben sich ein paar von uns Indianern vor fünfundzwanzigtausend Jahren einfach nach China gelacht und der Zivilisation da drüben Starthilfe gegeben. Aber jedesmal, wenn ich ihr mit meinen verrückten Theorien kommen wollte, legte Norma mir ganz sacht den Finger auf die Lippen.

»Junior«, sagte sie dann sanft und geduldig. »Halt den Rand.«

Norma war ein Genie im Umgang mit Worten. Früher hat sie Geschichten für die Stammeszeitung geschrieben. Eine Zeitlang war sie sogar Sportreporterin. Ich habe heute noch den Zeitungsausschnitt von ihrem Artikel über das Basketballspiel, das ich damals mit der High-School gewonnen habe. Um die Wahrheit zu sagen, ich trage ihn in meiner Brieftasche mit mir rum, und wenn ich betrunken genug bin, hole ich ihn raus und lese ihn laut vor, wie ein Gedicht oder so was. Aber so, wie Norma schreiben konnte, hatte es wohl auch sehr viel von einem Gedicht:

Juniors Sprungwurf sichert
Redskins knappen Sieg

Samstag abend, nur noch drei Sekunden Spielzeit auf der Uhr, und die Springdale Chargers in Ballbesitz. Es sah ganz so aus, als ob die Wellpinit Redskins die U.-S.-Kavallerie zur Hilfe rufen müßten, um die erste Partie der kaum flügge gewordenen Basketballsaison noch für sich entscheiden zu können.

Doch da schlich sich Junior Polatkin auf leisen Mokassinsohlen heran, fing einen Paß ab und stahl den Chargers den sicher geglaubten Sieg, indem er mit dem Ertönen der Schlußsirene aus dreitausend Fuß Entfernung einen Sprungwurf verwandelte.

»Ich glaube kaum, daß wir Junior wegen Diebstahls belangen werden«, so der Chef der Stammespolizei, David WalksAlong. »Es handelt sich eindeutig um einen Fall von Notwehr.«

Im gesamten Reservat wird über Juniors wahre Identität gerätselt und getuschelt.

»Ich glaube, eine Sekunde lang war er Crazy Horse«, heißt es aus einer anonymen und vielleicht selbst ein klein wenig verrückten Quelle.

Da die Verfasserin dieses Artikels der Ansicht ist, daß Junior bei seinem Wurf das Glück ein klein wenig zur Seite gestanden hat, soll sein neuer Indianername »Junior Lucky Shot« lauten. Aber Glück hin oder her, Junior hat sich mit seiner Leistung unzweifelhaft einige Pluspunkte auf der Kriegerskala verdient.

Jedesmal, wenn ich diesen Zeitungsausschnitt heraushole, solange Norma in der Nähe ist, droht sie mir damit, ihn zu zerreißen. Aber sie tut es nie. Sie ist stolz darauf, das merke ich. Ich wäre auch stolz. Das heißt, ich bin stolz, daß ich das Spiel entschieden habe. Es war das einzige Spiel, das wir in dem Jahr überhaupt gewonnen haben. Um ehrlich zu sein, es war das einzige Spiel, das die Wellpinit Redskins in drei Jahren gewonnen haben. Das lag nicht daran, daß wir schlechte Mannschaften gehabt hätten. Wir hatten immer zwei, drei der besten Spieler in der Liga dabei, aber für die einen war der Sieg nicht so wichtig wie das Besäufnis nach dem Spiel, und für die anderen war er nicht so wichtig wie ein Zug über das Winterpowwow. Es kam vor, daß wir mit nur fünf Spielern antreten mußten.

Ich habe mir immer gewünscht, wir könnten Norma in unser Trikot stecken. Sie war größer als wir alle und eine bessere Spielerin als die meisten von uns. Ich kann mich eigentlich nicht mehr daran erinnern, wie sie in der High-School gespielt hat, aber die Leute sagen, sie hätte Collegebasketball spielen können, wenn sie aufs College gegangen wäre. Immer dasselbe alte Lied. Aber die meisten Reservatsbewohner, die so etwas sagen, sind noch nie aus dem Reservat herausgekommen.

»Wie ist es da draußen?« fragte Norma mich, als ich vom College zurückkam, aus der Stadt, von Kabelfernsehen und Pizzaservice.

»Es ist wie ein Traum, aus dem man nie erwacht«, sagte ich, und das ist wahr. Manchmal kommt es mir noch heute so vor, als ob ich die eine Hälfte von mir in der Stadt verloren hätte, als ob ich mit dem Fuß in einem Lüftungsgitter hängengeblieben wäre oder so. Als ob ich in einer dieser Drehtüren gefangen wäre und immer im Kreis herum und herum gehen müßte, während die Weißen über mich lachen. Als ob ich stocksteif auf einer Rolltreppe stünde, die sich nicht bewegt, aber nicht den Mut hätte, allein die Treppe hochzugehen. Als ob ich in einem Aufzug festsäße, zusammen mit einer Weißen, die mir unbedingt übers Haar streichen will.

Manche Dinge hätten die Indianer nie erfunden, wenn es nach ihnen gegangen wäre.

»Aber die Stadt hat dir einen Sohn geschenkt«, sagte Norma, und auch das war wahr. Manchmal allerdings kam es mir eher so vor, als hätte ich nur einen halben Sohn, weil die Stadt ihn während der Woche und an jedem zweiten Wochenende besaß. Das Reservat bekam ihn nur sechs Tage im

Monat. Besuchsrecht. So hat das Gericht es definiert. Besuchsrecht.

»Willst du irgendwann Kinder haben?« fragte ich Norma.

»Ja, natürlich«, sagte sie. »Ich will ein Dutzend. Ich will meinen eigenen Stamm.«

»Machst du Witze?«

»Kann sein. Ich weiß nicht, ob ich Kinder in diese Welt setzen will. Sie wird von Sekunde zu Sekunde häßlicher. Und nicht nur im Reservat.«

»Ich weiß, was du meinst«, sagte ich. »Hast du schon gehört? Letzte Woche sind in Spokane auf dem Bahnhof zwei Menschen erschossen worden. In Spokane! Bald ist es hier genauso wie in New York City.«

»Mir reicht es jetzt schon.«

Norma war einer von den Menschen, bei denen man einfach ehrlich sein muß. Sie war selbst so durch und durch ehrlich, daß man gar nicht anders konnte. Es würde nicht mehr lange dauern, und ich würde ihr all meine Geheimnisse verraten, die guten und die schlimmen.

»Was ist das Schlimmste, was du jemals getan hast?« fragte sie mich.

»Wahrscheinlich, daß ich damals zugesehen habe, wie Victor Thomas Builds-the-Fire nach Strich und Faden verprügelt hat.«

»Daran erinnere ich mich. Ich war diejenige, die dazwischengegangen ist. Aber da warst du noch jung. Es muß doch noch was Schlimmeres geben.«

Ich überlegte ein Weilchen, aber es dauerte nicht lange, bis ich wußte, was das Schlimmste war, was ich jemals getan hatte. Es war bei einem Basketballspiel, als ich noch auf dem

College war. Ich war mit ein paar Typen aus meinem Studentenheim zusammen, alles Weiße, und wir waren betrunken, richtig betrunken. In der anderen Mannschaft war ein Spieler, der gerade aus dem Gefängnis gekommen war. Dieser Typ war um die achtunzwanzig und hatte im Leben schon ziemlich viel mitgemacht. War in einem Slum in Los Angeles aufgewachsen und hatte es schließlich doch noch geschafft. Er ging aufs College, spielte Basketball und lernte fleißig. Wenn man es sich recht überlegt, hatten er und ich sehr viel gemeinsam. Auf jeden Fall verband mich mehr mit ihm als mit diesen weißen Typen, mit denen ich mir einen angesoffen hatte.

Als dieser Spieler aufs Spielfeld kam, von dem ich nicht einmal mehr den Namen weiß, oder von dem ich den Namen vielleicht auch bloß nicht mehr wissen will, als er also aufs Spielfeld kam, fingen wir alle an, ihn zu beleidigen. Wir hatten große Schilder dabei, die so aussahen wie die Sie-kommen-aus-dem-Gefängnis-frei-Karten beim Monopoly. Ein Typ lief in schwarz-weiß gestreifter Sträflingskluft herum, samt Kette und Eisenkugel. Es war wirklich mies. In der Lokalzeitung wurde groß und breit darüber berichtet. Man hat sogar in *People* darüber berichtet. In dem Artikel ging es um diesen Spieler und darum, wieviel er schon durchgemacht hatte und daß er immer noch gegen soviel Ignoranz und Haß kämpfen mußte. Als er gefragt wurde, wie ihm während des Spiels, bei dem wir alle verrückt gespielt hatten, zumute gewesen sei, sagte er: *Es hat weh getan.*

Nachdem ich Norma diese Geschichte erzählt hatte, schwieg sie lange. Sehr lange.

»Wenn ich trinken würde«, sagte sie, »würde ich mir jetzt bestimmt einen ansaufen.«

»Ich habe mich deswegen schon öfter betrunken.«

»Und wenn es dir heute noch so an die Nieren geht«, sagte Norma, »dann überleg doch bloß mal, wie sich dieser Typ fühlen muß.«

»Ich denke die ganze Zeit daran.«

Nachdem ich Norma diese Geschichte erzählt hatte, behandelte sie mich ungefähr ein Jahr lang anders als früher. Sie war nicht böse oder distanziert. Nur anders. Aber ich verstand. Als Mensch bist du fähig, Dinge zu tun, die deiner Natur vollkommen zuwiderlaufen, ganz und gar. Es ist so, als würde ein kleines Erdbeben durch deinen Körper und deine Seele laufen, das einzige Erdbeben, das du jemals erleben wirst. Aber es macht soviel kaputt, es erschüttert die Fundamente deines Lebens für immer.

Deshalb dachte ich, daß Norma mir nie verzeihen würde. So war sie eben. Sie war wahrscheinlich der mitfühlendste Mensch im ganzen Reservat, aber auch der leidenschaftlichste. Dann kam sie eines Tages im Trading Post auf mich zu und lächelte.

»Pete Rose«, sagte sie.

»Was?« fragte ich entgeistert.

»Pete Rose«, wiederholte sie.

»Was?« fragte ich noch einmal, noch entgeisterter.

»Das ist dein neuer Indianername«, sagte sie. »Pete Rose.«

»Wieso?«

»Weil du sehr viel mit ihm gemeinsam hast.«

»Inwiefern?«

»Paß auf«, sagte Norma. »Pete Rose hat in vier verschiedenen Jahrzehnten Profi-Baseball gespielt, er hat mehr Punkte gemacht als jeder andere in der Geschichte. Mensch, überleg doch mal. Wenn man noch die Little League und die High-School hinzunimmt, könnte man sagen, daß er seit Urzeiten gespielt hat. Wahrscheinlich hat ihm schon Noah auf der Arche die Bälle serviert. Aber trotz allem, trotz seiner großen Taten, erinnert man sich nur noch wegen der schlimmen Sachen an ihn.«

»Glücksspiel«, sagte ich.

»Das ist nicht richtig«, sagte sie.

»Ganz und gar nicht.«

Danach behandelte Norma mich wieder so wie früher, bevor sie erfuhr, was ich auf dem College getan hatte. Sie hat mich überredet, nach dem Basketballspieler zu suchen, aber ich hatte kein Glück. Und was hätte ich ihm auch sagen sollen, wenn ich ihn gefunden hätte? Hätte ich ihm einfach nur sagen sollen, daß ich Pete Rose war? Hätte er das verstanden?

Doch dann, eines seltsamen, seltsamen Tages, als ein Flugzeug auf dem Reservatshighway notlanden mußte, als die Gefriertruhe im Trading Post kaputtging und sie das ganze Eis verschenken mußten, weil es sowieso nur geschmolzen wäre, als auf dem Dach der katholischen Kirche ein Bär einschlief, an dem Tag kam Norma atemlos zu mir gelaufen.

»Pete Rose«, sagte sie. »Sie haben gerade beschlossen, dich nicht in die Hall of Fame aufzunehmen. Tut mir leid. Aber ich liebe dich trotzdem.«

»Ja, ich weiß. Norma. Ich liebe dich auch.«

Zeugen, geheime
und nicht geheime

———

1979 lernte ich gerade, was es hieß, dreizehn zu sein. Ich wußte nicht, daß es mich beschäftigen würde, bis ich fünfundzwanzig war. Ich dachte, wenn ich die Dreizehn erst einmal bewältigt hatte, wäre sie Geschichte, ein Fundstück für Archäologen in späteren Jahren. Ich dachte, so würde es immer weitergehen, ich würde mir jedes Jahr einzeln vornehmen und es dann hinter mir lassen, wenn ein neues kam. Aber so einfach war es längst nicht. Schließlich mußte ich begreifen lernen, was es hieß, ein Junge zu sein und ein Mann. Doch am wichtigsten war es, herauszufinden, was es hieß, ein Indianer zu sein, und zu dieser Frage gibt es keine Selbsthilfebücher.

Und natürlich mußte ich auch lernen, was es hieß, als mein Vater draußen im Reservat eines Nachts einen Anruf bekam.

»Wer ist da?« fragte mein Vater, als er den Hörer abhob. Und es war das Secret Witness Program aus Spokane. Jemand mußte wohl den Namen meines Vaters bei der Polizei angegeben und behauptet haben, mein Vater wüßte vielleicht etwas über das Verschwinden von Jerry Vincent vor zehn Jahren.

Also mußten wir am nächsten Tag nach Spokane fahren, und unterwegs stellte ich ihm die ganze Zeit Fragen, als wäre ich die Familienpolizei.

»Was ist denn mit Jerry Vincent passiert?« fragte ich ihn.

»Er ist einfach verschwunden. Genaueres weiß keiner.«

»Wenn keiner was Genaueres weiß, wieso will dich dann die Polizei sprechen?«

»Ich war an dem Abend, als Jerry verschwunden ist, auch in der Bar. Habe ein bißchen mit ihm gefeiert. Wahrscheinlich deshalb.«

»Wart ihr Freunde?«

»Ich glaube schon. Doch, wir waren Freunde. Die meiste Zeit.«

So fuhren wir nach Spokane, und ich stellte die ganze Zeit Fragen. Ich wollte zum Beispiel wissen, wie Jerry aussah, wie er redete, ob seine Kleidung verknittert aussah. Mein Vater hat mir alles darüber erzählt. Auch über Jerrys Frau und seine Kinder. Auch über das Verschwundensein.

»Er war nicht der erste, der einfach so verschwunden ist. Ganz und gar nicht«, sagte mein Vater.

»Wer denn noch?« fragte ich.

»Irgendwann passiert das fast jedem. Durch die ganzen Umsiedlungsprogramme sind die Indianer in die Städte verpflanzt worden, und manchmal werden sie einfach verschluckt. Ist mir auch so gegangen. Ein paar Jahre lang habe ich keinen Menschen von zu Hause gesehen oder gesprochen.«

»Nicht einmal Mom?«

»Damals kannte ich sie noch nicht. Jedenfalls trampe ich eines Tages ins Reservat zurück, und da erzählen mir alle, sie hätten gehört, ich wäre tot, ich wäre einfach verschwunden. Einfach so.«

»War das mit Jerry auch so?«

»Nein, nein. Aber ich glaube, das haben sich alle gewünscht. Alle wollten es so, weil sie nicht wahrhaben wollten, wie es wirklich war.«

»Was meinst du damit?«

Mein Vater nahm das Lenkrad in beide Hände. Und das war gut so. Denn genau in dem Moment gerieten wir auf der vereisten Straße ins Rutschen. Es war eine böse Rutschpartie, eine 360-Grad-Rutschpartie um die gefährlichste Kurve im Reardan Canyon. Wie kommt es, daß einem Autounfälle immer so lang vorkommen? Und daß sie einem immer langsamer vorkommen, je älter man wird? Ich war in jedem Jahr meines Lebens in den einen oder anderen Unfall verwickelt gewesen. Kurz nachdem ich geboren wurde, überfuhr meine Mutter eine rote Ampel und wurde seitlich gerammt. Ich wurde aus dem Wagen geschleudert und landete in einem offenen Müllcontainer. Von dem Tag an ist mein Leben immer wieder von Unfällen bestimmt gewesen, die alle häßlich aussahen und glücklich endeten. Und die alle furchtbar langsam abliefen.

Jedenfalls saßen mein Vater und ich mucksmäuschenstill auf unseren Sitzen, während der Wagen auf dem Eis einen Fancydance tanzte. Mit dreizehn denkt niemand ans Sterben, das war also nicht meine Sorge. Aber mein Vater war fünfundvierzig, und das ist in etwa das Alter, von dem ich mir vorstellen kann, daß ein Mann allmählich ans Sterben denkt. Oder sich allmählich damit abfindet.

Mein Vater ließ das Lenkrad nicht einen einzigen Augenblick los, und er starrte so gebannt geradeaus, als ob sich die Welt vor der Windschutzscheibe nicht um die eigene Achse drehte. Genausogut hätte er fernsehen oder sich ein Basketballspiel anschauen können. Es hatte uns erwischt. Das war der einzige Gedanke, den mein Vater sich gestattete.

Aber wir bauten keinen Unfall. Irgendwie drehte sich der Wagen einmal um die eigene Achse, und wir fuhren weiter die Straße hinunter, als ob wir nie ins Rutschen gekommen wären. Gleich danach redeten wir nicht darüber, und auch heute reden wir nicht darüber. Hat es den Zwischenfall je gegeben? Das ist wie die Idiotenfrage zu dem Baum, der im Wald umfällt. Ich frage mich immer, ob ein Beinaheunfall ein Unfall ist, und ob man dadurch, daß man genau neben einem Unglück steht, Teil dieses Unglücks wird oder nur ein Zuschauer bleibt. Wir fuhren einfach weiter. Und redeten.

»Was ist denn nun mit Jerry Vincent passiert?« fragte ich.

»Er wurde in einer dunklen Gasse hinter der Bar in den Kopf geschossen, und sie haben seine Leiche oben im Manito Park begraben.«

»Wirklich? Weiß die Polizei das?«

»Ja. Ich habe es ihnen oft genug erzählt. Sie bestellen mich ungefähr einmal im Jahr in die Stadt. Und ich erzähle ihnen jedesmal dasselbe. Ja, ich war an dem Abend mit Jerry zusammen. Ja, er lebte noch, als ich ihn zuletzt gesehen habe. Ja, ich weiß, daß er in der Gasse hinter der Bar in den Kopf geschossen wurde und daß sie seine Leiche irgendwo im Manito Park vergraben haben. Nein, ich weiß nicht, wer ihn erschossen hat, ich kenne die Geschichte bloß, weil jeder Indianer sie kennt. Nein, ich weiß nicht, wo die Leiche vergraben ist. Nein, ich habe ihn weder erschossen noch begraben. Ich habe an diesem letzten Abend bloß ein paar Bier mit ihm getrunken. Im Laufe der Jahre habe ich ziemlich viel Bier mit ihm getrunken. Das ist alles.«

»Du weißt die ganzen Antworten auswendig, was?«

»Das ist das Beste.«

So fuhren wir weiter, immer weiter, wir redeten, stellten Fragen, bekamen Antworten. Es schneite leicht. Die Straßen waren vereist und gefährlich.

Vom Reservat bis Spokane ist es etwa eine Stunde, durch Farmland, an der Fairchild Air Base vorbei und hinunter ins Tal. Wegen seiner geographischen Lage herrscht in Spokane oft eine Inversionswetterlage, wobei eine schmutzige Luftschicht über der Stadt liegt und alles andere unter sich einschließt. Dasselbe bißchen Sauerstoff wird immer wieder ein- und ausgeatmet, geht durch hundert Lungen. Es ist ziemlich schrecklich, wohl noch schlimmer als in Los Angeles. An dem Tag, als wir nach Spokane kamen, war die Luft braun, und damit meine ich nicht nur, daß sie braun aussah. Sie war braun, als ob man Erde einatmen müßte. Als ob man in einer Kohlengrube arbeitete.

»Ich habe Schlamm im Mund«, sagte ich.

»Ich auch«, sagte mein Vater.

»So würde es schmecken, wenn ich lebendig begraben wäre, stimmt's?«

»Ich weiß nicht. Das ist aber ein ziemlich gruseliger Gedanke, was?«

»Gruselig genug. Wie würde es sein zu sterben?«

»Weiß nicht. Bin noch nie gestorben.«

»Muß so ähnlich sein wie verschwinden«, sagte ich. »Und du bist schon einmal verschwunden.«

»Vielleicht«, sagte mein Vater. »Aber zu verschwinden muß nicht immer schlimm sein. Ich kenne einen Typen, der ist auf eine Insel im Pazifik gefahren und hat dann zwei Jahre dort festgesessen, wegen irgendwelcher seltsamer Strömungen. Da gab es kein Telefon, kein Funkgerät, nichts, wodurch man sich mit irgendwem in Verbindung hätte setzen können. Zu Hause dachten alle, er wäre gestorben. Die Lokalzeitung hat so gar seine Todesanzeige gebracht. Dann kommt er eines Tages doch noch von dieser Insel weg, fliegt nach Hause und spaziert einfach so zur Tür herein.«

»Wirklich?«

»Wirklich. Und er hat gesagt, es wäre so gewesen, als könnte er noch einmal ganz von vorn anfangen. Alle waren so verdammt froh, ihn zu sehen, daß sie ganz vergaßen, was er früher für schlimme Sachen angerichtet hatte. Er hat gesagt, er wäre sich wie ein Neugeborenes vorgekommen, so kindisches Zeug hätten die Leute gebrabbelt.«

Wir fuhren durch die uns vertrauten Straßen der Stadt. Wir sahen die Indianer, die sinnlos betrunken in den Hauseingängen lagen, die den Bürgersteig hinuntertorkelten. Die meisten kannten wir vom Sehen, die Hälfte mit Namen.

»He«, sagte mein Vater, als wir an einem alten Indianer vorbeikamen. »Das war Jimmy Shit Pants.«

»Den habe ich schon ewig nicht mehr draußen im Reservat gesehen«, sagte ich.

»Wie lange nicht?«

»Ewig nicht.«

Wir bogen um die Ecke und fuhren zu Jimmy zurück. Er war nicht völlig betrunken, dazu hätte es noch einiger Schlucke mehr bedurft. Er hatte eine kleine rote Jacke an, die für einen Winter in Spokane sicher nicht warm genug war. Aber er trug ein Paar gute Stiefel. Wahrscheinlich aus einem Goodwill-Laden oder von der Heilsarmee.

»Ya-hey, Jimmy«, sagte mein Vater. »Schöne Stiefel.«
»Schön genug«, sagte Jimmy.
»Was gibt's Neues?« fragte mein Vater.
»Nicht viel.«
»Hast du zuviel getrunken?«
»Genug.«
»He, Jimmy«, sagte mein Vater. »Warum bist du so lange nicht mehr im Reservat gewesen?«
»Weiß nicht. Kannst du mir fünf Dollar leihen?«
Ich griff in meine Hosentasche und holte einen Dollar heraus. Das war alles, was ich hatte, aber ich gab es ihm. Man muß es so sehen. Für mich war es bloß eine Diet Pepsi und ein Comicheft. Das ist nichts im Vergleich zu dem, was es Jimmy bedeutete. Mein Vater gab Jimmy auch ein paar Dollar. Gerade genug, daß es für einen Krug Bier reichte.

Dann fuhren wir weiter und überließen es Jimmy, seine eigenen Entscheidungen zu treffen. So ist es nun mal. Ein Indianer sagt einem anderen nicht, was er zu tun hat. Wir sehen nur zu und geben dann einen Kommentar dazu ab. Wir sind eher für Reaktionen als für Aktionen.

»Wann mußt du auf der Polizeiwache sein?« fragte ich meinen Vater.
»Ungefähr in einer Stunde.«
»Sollen wir was essen?«
»Ja.«
»Was hältst du von einem Hamburger bei Dick's?«
»Klingt gut.«
»Gut genug.«
Also fuhren wir zu Dick's, einem schmierigen Schnellrestaurant mit besonders billigen Hamburgern. Wir bestellten,

was wir immer bestellten: einen Whammy Burger, eine große Portion Pommes und eine Big Buy Diet Pepsi. Wir bestellten Diet Pepsi, weil mein Vater und ich Zucker haben. Es ist Vererbung, verstehst du?

Manchmal kommt es mir allerdings so vor, als ob jeder von uns das ist, was er ißt. Mein Vater und ich wären demnach Büchsenfleisch, Cornedbeefhaschee, Frybread und scharfes Chili. Wir wären Kartoffelchips, Hot dogs und Bratwurst. Wir wären Kaffee mit Kaffeesatz, der uns in den Zähnen steckenbleibt.

Manchmal hatten wir nichts zu essen im Haus. Ich nannte meinen Vater Hunger und er nannte mich Kohldampf. Du weißt, wie das ist, ja?

Jedenfalls saßen wir da, aßen schlechtes Essen und erzählten uns noch mehr Geschichten.

»He«, sagte ich zu meinem Vater. »Wenn du wüßtest, wer Jerry Vincent ermordet hat, würdest du es der Polizei sagen?«

»Glaub ich nicht.«

»Warum nicht?«

»Weil ich glaube, daß es der Polizei sowieso ziemlich egal ist. Das einzige, was dabei rauskommen würde, wären noch mehr Scherereien für die Indianer.«

»Hast du schon mal jemanden umgebracht?« fragte ich.

Mein Vater trank einen großen Schluck Diet Pepsi, aß ein paar Pommes, biß in seinen Burger. In dieser Reihenfolge. Dann trank er noch einen größeren Schluck Diet Pepsi.

»Warum willst du das wissen?«

»Weiß nicht. Die reine Neugier, schätze ich.«

»Tja, absichtlich habe ich noch nie jemanden umgebracht.«

»Heißt das, du hast aus Versehen jemanden umgebracht?«
»Genauso war es.«
»Wie kann man aus Versehen jemanden umbringen?«
»Ich bin frontal mit einem anderen Wagen zusammengestoßen. Der andere Fahrer war tot. Es war ein Weißer.«
»Mußtest du ins Gefängnis?«
»Nein. Ich hatte Glück. Er hatte Alkohol im Blut.«
»Heißt das, er war betrunken?« fragte ich.
»Ja. Und obwohl der Unfall hauptsächlich meine Schuld war, bekam er die Alleinschuld. Ich war nüchtern, und die Bullen konnte es nicht fassen. Es war ihnen noch nie passiert, daß ein nüchterner Indianer an einem Autounfall beteiligt war.«
»Wie in *Unglaubliche Geschichten*?«
»So ähnlich.«
Wir aßen zu Ende und fuhren dann zur Polizeiwache. Spokane ist eine kleine Stadt. Mehr gibt es darüber nicht zu sagen. Schon nach wenigen Minuten waren wir da, obwohl mein Vater sehr langsam fährt. Das macht er deshalb, weil er von Unfällen die Nase voll hat. Jedenfalls fahren wir auf den Parkplatz und parken. So, wie es sich gehört.
»Hast du Angst?« fragte ich meinen Vater.
»Ein bißchen.«
»Soll ich mitkommen?«
»Nein. Warte hier im Wagen.«
Ich sah meinem Vater nach, als er auf die Polizeiwache zuging. In seinen alten Jeans und dem roten T-Shirt sah er zwischen all den Polizeiuniformen und Anzügen sehr auffällig aus. Durch und durch indianisch. Im Reservat wäre ich mein Lebtag nicht auf den Gedanken gekommen, daß einer mei-

ner Freunde indianisch aussah. Aber sobald ich das Reservat verlassen hatte und nur noch unter Weißen war, wirkte jeder Indianer übertrieben indianisch auf mich. Die Zöpfe meines Vaters sahen aus, als wären sie drei Meilen lang, und sie waren so schwarz und glänzend wie ein Polizeirevolver. Er drehte sich noch einmal um und winkte mir zu, bevor er in dem Gebäude verschwand.

Ich stellte mir vor, daß er zur Anmeldung ging und die Frau hinter dem Tresen nach dem Weg fragte.

»Entschuldigen Sie bitte«, sagte er. »Ich habe einen Termin bei Detective Moore.«

»Detective Moore ist außer Haus«, sagte sie.

»Hm«, sagte mein Vater. »Und wie wäre es dann mit Detective Clayton?«

»Müßte ich erst nachsehen.«

Ich stellte mich vor, daß die Frau von der Anmeldung meinen Vater an den Schreibtisch des Beamten führte, ihm einen Platz anbot und ihn mit einem Blick musterte, der für Verbrecher und Pizzalieferanten reserviert war. Du weißt genau, was ich meine.

»Detective Clayton wird in wenigen Minuten bei Ihnen sein.«

Ich stellte mir vor, daß mein Vater eine halbe Stunde wartete. Ich weiß jedenfalls, daß ich eine halbe Stunde im Wagen saß, bis ich schließlich ausstieg und zur Wache ging. Ich lief in dem Gebäude umher, bis ich schließlich auf meinen Vater stieß, der allein und schweigend auf seinem Stuhl saß.

»Du solltest doch im Wagen warten«, sagte er.

»Es ist zu kalt.«

Er nickte. Er verstand. Er verstand fast immer.

»Warum dauert das so lange?« fragte ich.

»Weiß nicht.«

In dem Moment kam ein Weißer im Anzug zu uns.

»Tag«, sagte er. »Ich bin Detective Clayton.«

Der Detective hielt meinem Vater die Hand hin, und mein Vater schlug ein. Das Händeschütteln lief schnell und förmlich ab. Der Detective setzte sich hinter seinen Schreibtisch, blätterte in einigen Papieren und sah uns beide streng an. Er sah mich an, als ob ich die Antworten wüßte. Natürlich wußte ich keine. Trotzdem musterte er mich von oben bis unten, man konnte ja nie wissen. Aber vielleicht sah er die Leute auch immer so an, mit seinen Polizistenaugen. Ich wäre nicht gern sein Sohn gewesen. Genausowenig, wie ich gern einen Bestattungsunternehmer oder Astronauten zum Vater gehabt hätte. Die Augen eines Bestattungsunternehmers sehen immer so aus, als ob sie schon für deinen Sarg maßnehmen, und die Augen eines Astronauten sehen immer in den Himmel hinauf. Mein Vater war die meiste Zeit arbeitslos. In seinen Augen standen Geschichten geschrieben.

Auf jeden Fall sah der Polizist noch ein bißchen länger in seine Papiere. Dann räusperte er sich.

»Sie wissen bestimmt, warum wir Sie herbestellt haben«, sagte er zu meinem Vater.

»Wegen Jerry Vincent.«

»Ja, genau. Und ich sehe hier, daß Sie in der Sache schon früher vernommen worden sind.«

»Jedes Jahr einmal«, sagte mein Vater.

»Haben Sie Ihrer Aussage noch etwas Neues hinzuzufügen?«

»Ich habe längst alles erzählt, was ich darüber weiß.«

»Und daran hat sich nichts geändert? Ihnen ist nichts mehr eingefallen, irgendein Detail, das Sie vergessen hatten?«

»Nichts.«

Der Detective schrieb etwas auf und ließ dabei ein Stückchen die Zunge heraushängen. Wie ein kleines Kind. Wie ich es immer gemacht hatte, als ich noch sechs, sieben, acht gewesen war. Ich lachte.

»Was gibt es denn hier zu lachen?« fragten mich der Detective und mein Vater. Sie lächelten beide.

Ich schüttelte den Kopf und lachte noch lauter. Bald lachten wir alle drei, über nichts Bestimmts. Vielleicht waren wir alle nervös oder angeödet. Oder beides. Der Detective zog seine Schreibtischschublade auf, holt eine Zuckerstange heraus und gab sie mir.

»Bitte schön«, sagte er.

Ich sah mir die Zuckerstange eine Weile an und gab sie dann meinem Vater. Er sah sie sich auch eine Weile an und gab sie dann dem Detective zurück.

»Es tut mir leid, Detective Clayton«, sagte er. »Aber mein Sohn und ich haben Zucker.«

»Ach, das tut mir leid«, sagte der Detective und sah uns mit traurigen Augen an. Vor allen Dingen mich. Jugenddiabetes. Ein schweres Leben. Ich wußte schon, wie man mit einer Spritze umging, bevor ich radfahren konnte. Ich habe als Kind mehr Blut bei Glukosetests verloren als bei Unfällen.

»Das braucht Ihnen doch nicht leid zu tun«, sagte mein Vater. »Es ist alles unter Kontrolle.«

Der Detective sah uns abwechselnd an, als ob er uns nicht glaubte. Er kannte sich nur mit Verbrechern und ihren Methoden aus. Er muß sich gedacht haben, daß die Zuckerkrankheit wie ein Verbrechen vorging und brutal über einen herfiel. Aber darin hat er sich geirrt. Die Zuckerkrankheit benimmt sich wie ein Geliebter, sie tut einem innen weh. Ich stand meiner Zuckerkrankheit näher als allen meinen Verwandten oder Freunden. Auch wenn ich ganz allein war, wenn ich schwieg und nachdachte und überhaupt keine Gesellschaft wollte, war meine Zuckerkrankheit da. Das ist die Wahrheit.

»Tja«, sagte der Detective. »Ich glaube, ich habe keine weiteren Fragen. Aber wenn Ihnen noch etwas einfällt, lassen Sie es mich unbedingt wissen.«

»Okay«, sagte mein Vater, und wir standen auf. Mein Vater und der Detective schüttelten sich noch einmal die Hand.

»War Jerry Vincent Ihr Freund?« fragte der Detective.

»Das ist er noch«, sagte mein Vater.

Als mein Vater und ich die Polizeiwache verließen, hatten wir ein schlechtes Gewissen. Ich fragte mich die ganze Zeit, ob die Polizei wohl wußte, daß ich mit zehn Jahren bei Sears ein Kartenspiel geklaut hatte. Oder ob sie wußte, daß ich einmal aus Spaß ein kleines Kid verprügelt hatte. Oder ob sie wußte, daß ich meinem Cousin das Fahrrad geklaut und absichtlich zu Schrott gefahren hatte. Daß ich es so lange ramponiert hatte, bis es nicht mehr zu gebrauchen war.

Jedenfalls gingen mein Vater und ich zum Wagen, stiegen ein und fuhren vom Parkplatz.

»Können wir nach Hause fahren?« fragte er.

»Wir können.«

Auf der Rückfahrt ins Reservat gab es nicht viel zu sagen. Schließlich war und blieb Jerry Vincent nun einmal verschwunden. Was sollte ich meinen Vater also noch über ihn fragen? Wann fangen wir an, die Menschen, die aus unserem Leben verschwunden sind, neu zu schaffen? Vielleicht war Jerry Vincent ein alter Säufer. Vielleicht hatte er Schweißfüße und einen schlechten Haarschnitt. Darüber redet keiner. Mittlerweile war er fast so etwas wie in Held, Jerry Vincent, der wahrscheinlich in den Kopf geschossen und vermutlich irgendwo im Manito Park begraben worden war. Manchmal sieht es fast so aus, als könnten Indianer nichts anderes tun, als über die Verschwundenen zu reden.

Mein Vater ist einmal total ausgerastet, weil er seine Autoschlüssel verloren hatte. Erklär das mal einem Soziologen.

Es war schon dunkel, als wir zu Hause ankamen. Mom hatte Frybread und ein scharfes Chili für uns gemacht. Alle meine Geschwister waren zu Hause, sahen fern, spielten Karten. Glaub mir. Als wir nach Hause kamen, waren alle da, alle. Mein Vater setzte sich an den Tisch und hätte beinahe in sein Essen geweint. Und dann hat er natürlich doch noch in sein Essen geweint, und wir sahen ihm alle dabei zu. Wir alle.

Textnachweise

Die Geschichten »Crazy-Horse-Träume«, und »Familienporträt« erschienen zuerst in der Zeitschrift *Hanging Loose,* »Reservatsphantasien« in *Blue Mesa Review,* »Rummelplatz« in *Lactuca* und »Was es bedeutet, Phoenix, Arizona, zu sagen« in *Esquire*. Alle Geschichten erscheinen hier in leicht veränderter Form.

ERLESENES von GOLDMANN

Janosch
Polski Blues

Luciano De Crescenzo
Helena, Helena, amore mio

Gabriel Garcia Marquez
Der General in seinem Labyrinth

Tschingis Aitmatow
Der Junge und das Meer

Bryce Courtenay
Der Glanz der Sonne

Michel Folco
Die rechte Hand Gottes

Nelson Demille
In der Kälte der Nacht

E. M. Forster
Wiedersehen in Howards End

Sidney Sheldon
Schatten der Macht

Robert Goddard
Dein Schatten, dem ich folgte

Alexandre Jardin
Hals über Kopf

Walter Kempowski
Tadellöser & Wolff

Das besondere Geschenk in exquisiter Ausstattung

GOLDMANN

John Fante

»Eines Tages holte ich ein Buch heraus. Mit leichter Hand waren die Zeilen über die Seite geworfen. Hier endlich war ein Mann, der keine Angst vor Emotionen hatte: John Fante. Er sollte einen lebenslangen Einfluß auf mein Schreiben haben ...« Charles Bukowski

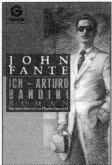

Ich – Arturo Bandini   8809

Warte bis zum Frühling
Bandini   9401

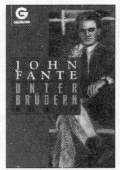

Unter Brüdern   8919

Warten auf Wunder   8845

Goldmann · Der Taschenbuch-Verlag

GOLDMANN

Alice Hoffman

Mit Alice Hoffman hat die junge amerikanische Literatur eine unverwechselbare Stimme gewonnen: eine hochgradig sensible Erzählerin, die Realitäten magisch verwandeln und Gefühle unbestechlich und doch poetisch wiedergeben kann.

Wo bleiben Vögel im Regen   9379

Die Nacht der tausend Lichter   9378

Das erste Kind   9784

Das halbe und das ganze Leben   41349

Goldmann · Der Taschenbuch-Verlag

GOLDMANN TASCHENBÜCHER

Das Goldmann Gesamtverzeichnis erhalten Sie im Buchhandel oder direkt beim Verlag.

Literatur · Unterhaltung · Thriller · Frauen heute
Lesetip · FrauenLeben · Filmbücher · Horror
Pop-Biographien · Lesebücher · Krimi · True Life
Piccolo Young Collection · Schicksale · Fantasy
Science-Fiction · Abenteuer · Spielebücher
Bestseller in Großschrift · Cartoon · Werkausgaben
Klassiker mit Erläuterungen

✶✶✶✶✶✶✶✶✶✶

Sachbücher und Ratgeber:
Gesellschaft / Politik / Zeitgeschichte
Natur, Wissenschaft und Umwelt
Kirche und Gesellschaft · Psychologie und Lebenshilfe
Recht / Beruf / Geld · Hobby / Freizeit
Gesundheit / Schönheit / Ernährung
Brigitte bei Goldmann · Sexualität und Partnerschaft
Ganzheitlich Heilen · Spiritualität · Esoterik

✶✶✶✶✶✶✶✶✶✶

Ein SIEDLER-BUCH bei Goldmann
Magisch Reisen
ErlebnisReisen
Handbücher und Nachschlagewerke

Goldmann Verlag · Neumarkter Str. 18 · 81664 München

Bitte senden Sie mir das neue kostenlose Gesamtverzeichnis

Name: _____

Straße: _____

PLZ / Ort: _____